GRöLS Verlage

„Bücher sind wie Fallschirme. Sie nützen uns nichts, wenn wir sie nicht öffnen."

Gröls Verlag

Redaktionelle Hinweise und Impressum

Das vorliegende Werk wurde zugunsten der Authentizität sehr zurückhaltend bearbeitet. So wurden etwa ursprüngliche Rechtschreibfehler *nicht* systematisch behoben, denn kleine Unvollkommenheiten machen das Buch – wie im Übrigen den Menschen – erst authentisch. Mitunter wurden jedoch zum Beispiel Absätze behutsam neu getrennt, um den Lesefluss zu erleichtern.

Um die Texte zu rekonstruieren, werden antiquarische Bücher von Lesegeräten gescannt und dann durch eine Software lesbar gemacht. Der so entstandene Text wird von Menschen gegengelesen und korrigiert – hierbei treten auch Fehler auf. Wenn Sie ebenfalls antiquarische Texte einreichen möchten, finden Sie weitere Informationen auf www.groels.de

Viel Freude bei der Lektüre wünscht Ihnen das Team des Gröls-Verlags.

Adressen

Verleger: Sophia Gröls, Im Borngrund 26, 61440 Oberursel

Externer Dienstleister für Distribution & Herstellung: BoD, In de Tarpen 42, 22848 Norderstedt

Unsere „Edition | Werke der Weltliteratur“ hat den Anspruch, eine der größten und vollständigsten Sammlungen klassischer Literatur in deutscher Sprache zu sein. Nach und nach versammeln wir hier nicht nur die „üblichen Verdächtigen“ von Goethe bis Schiller, sondern auch Kleinode der vergangenen Jahrhunderte, die – zu Unrecht – drohen, in Vergessenheit zu geraten. Wir kultivieren und kuratieren damit einen der wertvollsten Bereiche der abendländischen Kultur. Kleine Auswahl:

Francis Bacon • Neues Organon • **Balzac** • Glanz und Elend der Kurtisanen • **Joachim H. Campe** • Robinson der Jüngere • **Dante Alighieri** • Die Göttliche Komödie • **Daniel Defoe** • Robinson Crusoe • **Charles Dickens** • Oliver Twist • **Denis Diderot** • Jacques der Fatalist • **Fjodor Dostojewski** • Schuld und Sühne • **Arthur Conan Doyle** • Der Hund von Baskerville • **Marie von Ebner-Eschenbach** • Das Gemeindekind • **Elisabeth von Österreich** • Das Poetische Tagebuch • **Friedrich Engels** • Die Lage der arbeitenden Klasse • **Ludwig Feuerbach** • Das Wesen des Christentums • **Johann G. Fichte** • Reden an die deutsche Nation • **Fitzgerald** • Zärtlich ist die Nacht • **Flaubert** • Madame Bovary • **Gorch Fock** • Seefahrt ist not! • **Theodor Fontane** • Effi Briest • **Robert Musil** • Über die Dummheit • **Edgar Wallace** • Der Frosch mit der Maske • **Jakob Wassermann** • Der Fall Maurizius • **Oscar Wilde** • Das Bildnis des Dorian Grey • **Émile Zola** • Germinal • **Stefan Zweig** • Schachnovelle • **Hugo von Hofmannsthal** • Der Tor und der Tod • **Anton Tschechow** • Ein Heiratsantrag • **Arthur Schnitzler** • Reigen • **Friedrich Schiller** • Kabale und Liebe • **Nicolo Machiavelli** • Der Fürst • **Gotthold E. Lessing** • Nathan der Weise • **Augustinus** • Die Bekenntnisse des heiligen Augustinus • **Marcus Aurelius** • Selbstbetrachtungen • **Charles Baudelaire** • Die Blumen des Bösen • **Harriett Stowe** • Onkel Toms Hütte • **Walter Benjamin** • Deutsche Menschen • **Hugo Bettauer** • Die Stadt ohne Juden • **Lewis Caroll** • *und viele mehr….*

Jack London

König Alkohol

Übersetzung von

Erwin Magnus

Am Wahltage war es über mich gekommen. An dem warmen kalifornischen Nachmittage war ich von der Ranch nach dem Mondtal geritten, um im Dörfchen für oder gegen eine Menge beantragter Änderungen in der Verfassung des amerikanischen Staates Kalifornien zu stimmen. Der Wärme wegen hatte ich schon vor der Abstimmung mehrere Gläser getrunken, und hinterher kamen noch verschiedene. Dann ritt ich über die weinbewachsenen Höhen und wogenden Weiden heim und kam gerade rechtzeitig, um noch ein Glas zum Abendbrot zu bekommen.

„Wie hast du zum Frauenwahlrecht gestimmt?“

„Dafür.“

Sie ließ einen überraschten Ausruf hören. Denn ich will nicht verschweigen, daß ich in meinen jüngeren Jahren, obgleich glühender Demokrat, stets gegen das Wahlrecht der Frauen gestimmt hatte. Als ich später toleranter wurde, erkannte ich in ihm ohne Begeisterung ein unumgängliches Glied in der sozialen Entwicklung.

„Wieso hast du denn dafür gestimmt?“ fragte Charmian.

Ich antwortete. Ich antwortete ausführlich. Ich antwortete ärgerlich. Je mehr ich antwortete, desto ärgerlicher wurde ich. (Nein, ich war nicht betrunken. Der Gaul, den ich geritten hatte, hieß nicht ohne Grund der „Geächtete“. Ich möchte den Betrunkenen sehen, der den reiten könnte.)

Und doch war ich – wie soll ich es nennen? – in gehobener Stimmung, ich fühlte mich „sauwohl“, hatte einen kleinen Schwips.

„Wenn die Frauen das Wahlrecht erhalten, stimmen sie für die Prohibition (Enthaltsamkeitsgesetz)“, sagte ich. „Die Frauen, Schwestern und Mütter, und nur sie sind es, die die Nägel in den Sarg König Alkohols schlagen werden – –“

„Aber ich glaubte, du seist ein Freund König Alkohols“, warf Charmian ein.

„Das bin ich. Ich war es. Ich bin es nicht. Ich war es nie. Nie bin ich weniger sein Freund, als wenn wir beisammensitzen und anscheinend die besten Freunde sind. Er ist der König der Lügner. Keiner sagt die Wahrheit so offen wie er. Er ist der erhabenste Begleiter; mit ihm wandert man wie mit Göttern. Er ist auch mit dem „Nasenlosen“ verbündet. Sein Weg führt zur nackten Wahrheit und zum Tode. Er schenkt klare Gesichte und trübe Träume. Er ist der Feind des Lebens und der Lehrer der Weisheit jenseits der Weisheit des Lebens. Er ist ein blutiger Mörder, und er tötet die Jugend.“

Charmian blickte mich an, und ich merkte, wie sie sich wunderte, woher ich meine Weisheit haben mochte.

Ich redete weiter. Wie gesagt, ich befand mich in etwas gehobener Stimmung. Aber in meinem Hirn war jeder Gedanke an Ort und Stelle. Jeder Gedanke stand völlig bekleidet sprungbereit hinter der Tür seiner kleinen Zelle, wie Gefangene, die mitternächtlich auf das Ausbrechen warten. Und jeder Gedanke war eine Vision, klar und deutlich, scharfgeschnitten, unverkennbar. Mein Hirn war von dem klaren, weißen Licht des Alkohols erleuchtet. König Alkohol hatte einen Anfall von Wahrheitssucht und gab die tiefsten Geheimnisse über sich selbst zum besten. Und ich war sein Sprecher. Die Scharen der Erinnerungen aus meinem früheren Leben rückten vor, alle in Reih' und Glied, wie die Soldaten bei einer riesigen Parade. Ich brauchte nur hineinzugreifen und zu wählen. Ich war der Herr meiner Gedanken, der Meister meines Wortschatzes und der Summe meiner Erfahrungen: konnte unfehlbar meine Daten wählen und meine Darstellung aufbauen. Denn so weiß König Alkohol zu verführen und auch zu schmeicheln, indem er die Würmer des Verstandes wühlen lallt, verhängnisvolle Wahrheitsoffenbarungen einflüstert und Purpur über die Monotonie des Alltags wirft.

Ich schilderte Charmian mein Leben und erklärte ihr das Wesen meiner Konstitution. Ich war kein erblich belasteter Alkoholiker. War nicht mit einer organischen, chemischen Veranlagung für den Alkohol geboren. In dieser Beziehung war meine Familie völlig normal. Der Geschmack am Alkohol war erworben. Alkohol war mir schrecklich zuwider, war mir ekelhafter als irgendeine Medizin gewesen. Selbst jetzt konnte ich seinen Geschmack nicht ausstehen. Ich trank ihn nur, weil er anregte. Und von meinem fünften bis zu meinem fünfundzwanzigsten Jahre hatte ich noch nicht gelernt, mir etwas aus dieser Anregung zu machen. Zwanzig Lehrjahre voll Widerstreben waren nötig gewesen, meinen Organismus in empörendem Maße duldsam gegen den Alkohol und mich von ganzer Seele begierig auf ihn zu machen.

Ich deutete kurz meine erste Begegnung mit dem Alkohol an, erzählte von meinem ersten Rausch und meinem ersten Widerwillen und wies immer wieder auf das einzige hin, was mich schließlich überwunden hatte – die leichte Zugänglichkeit des Alkohols. Und nicht nur war er stets zugänglich gewesen, alle meine Interessen hatten mich auf meiner Lebensbahn geradeswegs zu ihm gezogen. Als Zeitungsjunge auf den Straßen, als Goldgräber, als Wanderer in fernen Ländern, überall, wo Männer zusammentrafen, um Gedanken auszutauschen, zu lachen, zu prahlen, zu wagen, zu ruhen, die stumpfe Plackerei mühseliger Tage und Nächte zu vergessen, überall trafen sie sich beim Alkohol. Die Kneipe war ihre Versammlungsstätte. Männer kamen dort zusammen, wie die Männer bei den Wilden am Feuer des Lagerplatzes oder vor dem Eingang der Höhle zusammenkommen.

Ich erinnerte Charmian an die Kanuhäuser im Stillen Ozean, von denen sie ausgeschlossen gewesen, wo die wollköpfigen Kannibalen sich vor ihren Weibern versteckt hatten, um zu feiern und in Frieden trinken zu können, während die heilige Stätte für die Frauen bei Todesstrafe Tabu war. Als ich jung war, entrann ich nur mit Hilfe der Kneipen aus der Enge weiblichen Einflusses in die freie Welt der Männer. Alle Wege führten zur Kneipe. Die tausend Straßen von Abenteuern und Erlebnissen liefen in der Kneipe zusammen und führten von dort über die ganze Erde.

„Die Sache ist eben," schloß ich meine Predigt, „daß die leichte Zugänglichkeit des Alkohols mich auf den Geschmack gebracht hat. Ich machte mir nichts aus ihm. Ich pflegte über ihn zu lachen. Und doch bin ich nun schließlich vom Verlangen des Trinkens besessen. Es dauerte zwanzig Jahre, bis mir dies Verlangen eingeimpft war, und in weiteren zehn Jahren ist es stark geworden. Und die Folgen davon, wenn man dies Verlangen befriedigt, sind alles eher als gut. Mein Temperament ist ruhig und lustig. Wandere ich aber mit König Alkohol zusammen, so fühle ich alle Verdammnis der Melancholie.

„Aber", fügte ich schnell hinzu (ich füge immer irgend etwas schnell hinzu), „König Alkohol soll haben, was ihm gebührt. Er spricht stets die Wahrheit. Und das ist sein Fluch. Die sogenannten Wahrheiten des Lebens sind nicht wahr. Sie sind notwendige Lügen, die dem Lebenden das Leben möglich machen, und König Alkohol beweist, daß sie Lügen sind."

„Was nicht zum Leben führt", sagte Charmian.

„Sehr richtig", antwortete ich. „Und das ist das Allerschlimmste. König Alkohol führt zum Tode. Deshalb stimmte ich heute für das Frauenwahlrecht. Ich blickte auf mein Leben zurück und sah, wie ich durch die leichte Zugänglichkeit des Alkohols Geschmack an ihm bekommen hatte. Sieh, es werden verhältnismäßig wenige Alkoholiker in einer Generation geboren. Unter einem Alkoholiker verstehe ich einen Mann, dessen Organismus Alkohol verlangt und ihn ihm widerstandslos in die Arme treibt. Die große Mehrzahl sind Gewohnheitstrinker, die nicht nur ohne Drang nach dem Alkohol, sondern sogar mit ausgesprochenem Widerwillen gegen ihn geboren sind. Weder das erste, noch das zwanzigste oder das hundertste Glas vermag ihnen die Neigung zu geben. Aber sie haben es allmählich gelernt, geradeso wie man rauchen lernt – nur daß rauchen entschieden leichter als trinken ist. Sie haben es gelernt, weil der Alkohol so leicht zugänglich ist. Die Frauen wissen das. Sie bezahlen dafür – die Frauen, Schwestern und Mütter. Und wenn sie das Wahlrecht erhalten, werden sie für die Prohibition stimmen. Und das beste dabei ist, daß man der nächsten Generation gar keinen Zwang anzutun braucht. Da ihnen der Alkohol nicht zugänglich ist und sie keine ererbte Neigung für ihn besitzen, werden sie ihn nie entbehren. Das wird das Leben reicher für diese Jungen machen, wenn sie zu Männern herangewachsen sind – und auch glücklicher für die jungen Mädchen, die geboren und herangewachsen sind, um das Leben dieser jungen Männer zu teilen."

„Warum willst du nicht dies alles aufschreiben zum Nutzen der kommenden jungen Männer und Frauen?" fragte Charmian. „Warum es nicht aufschreiben, um Frauen, Schwestern und Müttern den Weg zu weisen, den sie gehen müssen, wenn sie einmal stimmen sollen?"

„„Erinnerungen eines Säufers"", höhnte ich – oder besser „König Alkohol"; denn er saß neben mir am Tische in Gestalt meiner frohen, menschenfreundlichen, etwas gehobenen Stimmung, und es gehört zu seinen eigentümlichen Gewohnheiten, so plötzlich und unvermittelt den Scherz in Hohn überschlagen zu lassen.

„Nein", sagte Charmian, ohne die Grobheit König Alkohols zu beachten, wie so viele Frauen es gelernt haben. „Du hast gezeigt, daß du selbst kein Alkoholiker bist, sondern nur ein Gewohnheitstrinker, einer, der die Bekanntschaft König Alkohols gemacht hat, als er jahrelang Schulter an Schulter mit ihm marschierte. Schreib es auf und nenn' es „König Alkohol“.“

*

Ehe ich jedoch beginne, muß ich den Leser bitten, mir mit Sympathie zu folgen; und da Sympathie ja nichts als Verständnis ist, so möge er beginnen mit seinem Verständnis für mich, für den und für das, worüber ich schreibe. Vor allem: Ich bin nur allein durch Gewohnheit zum Trinker geworden. Ich bin nicht mit dem Verlangen nach Alkohol geboren. Ich bin nicht schwachsinnig. Ich bin kein Tier. Ich verstehe die Kunst, zu trinken, von A bis Z, und ich trinke mit Verstand. Ich brauche nie ins Bett gebracht zu werden. Ich schwanke auch nie. Kurz, ich bin ein ganz gewöhnlicher, normaler Mensch, und ich trinke auf die gewöhnliche, normale Art und Weise. Und dies ist der Kernpunkt: Ich schreibe über die Wirkungen des Alkohols auf einen gewöhnlichen, normalen Menschen. Auf den unendlich gleichgültigen Trunkenbold, der kein Maß kennt, will ich nicht ein einziges Wort verschwenden.

Es gibt, ganz allgemein gesprochen, zwei Typen von Trinkern: Erstens den Mann, den wir alle kennen, stumpfsinnig, ohne Einbildungskraft, dessen Hirn nur ein schlaffer Klumpen von dumpfen Empfindungen ist; der mit weitausladenden Bewegungen, spreizbeinig und unsicher daherschwankt und gewöhnlich im Rinnstein endet oder, auf der Höhe seiner Ekstase, blaue Mäuse und rote Elefanten sieht. Das ist der Typ, von dem die Witzblätter leben.

Der andere Trinkertyp hingegen hat Einbildungskraft und Visionen. Selbst im schwersten Rausche geht er aufrecht und gerade, schwankt und fällt nicht, sondern weiß immer genau, wo er ist und was er tut. Nicht sein Körper ist trunken, sondern sein Hirn. Er kann vor Geist strahlen, von Kameradschaftlichkeit überströmen. Oder er kann jene Gespenster und Visionen des Geistes sehen, die natürliche und logische Zusammenhänge und die Gestalt von Vernunftsschlüssen annehmen. In diesem Zustand streift er die Schale von den gesundesten Illusionen des Lebens und betrachtet ernsthaft den eisernen Reif der Notwendigkeit, der um den Hals seiner Seele geschmiedet ist. Das ist die Stunde, da König Alkohol seine feinsten Kräfte entfaltet. Es ist kein Kunststück, in den Rinnstein zu fallen. Aber es ist eine schreckliche Feuerprobe für einen Mann, aufrecht und sicher auf den Beinen zu stehen und festzustellen, daß es auf der ganzen Welt nur eine einzige Art und Weise gibt, wie man seine

Freiheit gewinnen kann – nämlich, seinem Todestage vorzugreifen. Dann hat dieser Mann die Stunde der weißen Logik (darüber später mehr) erreicht, und dann weiß er, daß er nur die Gesetze, nie aber ihren Sinn erkennen kann. Das ist seine gefährlichste Stunde. Dann beschreitet er den Weg, der ins Grab führt.

Alles ist ihm klar. All dieses törichte Streben nach Unsterblichkeit ist nur das Angstgeschrei von Seelen, die in der Furcht vor dem Tode zittern und verdammt sind mit dem dreifach verdammten Geschenk der Einbildungskraft. Ihnen fehlt der Instinkt des Todes; sie ermangeln des Willens zum Sterben, wenn die Zeit zum Sterben gekommen ist. Sie täuschen sich selbst den Glauben vor, daß sie dem Spiele Trotz bieten und eine Zukunft gewinnen könnten, während sie doch alle andern Geschöpfe der Finsternis des Grabes oder dem vernichtenden Feuer des Krematoriums verfallen sehen. Aber er, dieser Mann in der Stunde der weißen Logik, weiß, daß sie nur sich selber täuschen und trotzen. Der eine Ausgang ist allen sicher. Es gibt nichts Neues unter der Sonne, nicht einmal das ersehnte Spielzeug für schwache Seelen: die Unsterblichkeit. Ja, er weiß es, er, der hier aufrecht, ohne zu schwanken auf seinen Füßen steht. Er besteht aus Fleisch, Wein und Funken, aus Sonnen- und Weltenstaub, ein zerbrechlicher Mechanismus, geschaffen, um eine Spanne zu laufen, um von Seelen- und Leibesärzten verpfuscht und zuletzt auf den Kehricht geworfen zu werden.

Natürlich ist alles das nur Seelenkrankheit, Lebenskrankheit. Das ist die Buße, die der Mann mit der Einbildungskraft für seine Freundschaft mit König Alkohol erlegen muß. Die Buße, die der Stumpfsinnige bezahlen muß, ist einfacher, leichter. Er trinkt sich in viehische Bewußtlosigkeit. Er schläft einen vergifteten Schlaf, und wenn er träumt, sind seine Träume unklar und unzusammenhängend. Aber dem Mann mit der Einbildungskraft schickt König Alkohol die unerbittlichen visionären Folgerungen der weißen Logik. Er betrachtet das Leben und alle seine Angelegenheiten mit dem scheelen Blick eines pessimistischen deutschen Philosophen. Er durchschaut alle Illusionen. Er überschätzt alle Werte. Gutes ist schlecht, Wahrheit Lüge und das Leben ein Witz. Von den Höhen seines stillen Wahnsinns betrachtet er mit der unfehlbaren Sicherheit eines Gottes alles Leben als Übel. Gattin, Kinder, Freunde – in dem klaren, weißen Licht seiner Logik lösen sie sich auf in Trug und Schein. Er durchschaut sie und sieht ihre Schwäche, ihre Kleinlichkeit, ihren Schmutz und ihre Kläglichkeit. Sie narren ihn nicht mehr. Sie sind elende kleine Egoisten, wie all die andern kleinen Sterblichen, die wie Eintagsfliegen eine Stunde lang durch ihren Lebenstanz flattern. Sie kennen keine Freiheit. Sie sind Puppen des

Schicksals. Das ist er auch. Das weiß er. Und er erkennt, wie er frei werden kann: er muß dem Tode vorgreifen. Aber dies alles ist nicht gut für einen Mann, der geboren ist, um zu leben, zu lieben und geliebt zu werden. Selbstmord, schneller oder langsamer, ein plötzlicher Sturz oder ein jahrelanges allmähliches Zerrinnen – das ist der Preis, den König Alkohol fordert. Keiner seiner Freunde entrinnt je der Bezahlung seiner Schuld.

*

Mit fünf Jahren war ich zum ersten Male berauscht. Es war ein heißer Tag, und mein Vater pflügte auf dem Felde. Ich wurde eine halbe Meile weit fortgeschickt, um ihm einen Krug Bier zu holen. „Und paß auf, daß du es nicht verschüttest", ermahnte er mich, als ich ging. Ich weiß noch genau, daß das Gefäß schwer, oben sehr weit war und keinen Deckel hatte. Als ich lostrottete, schwappte das Bier über den Rand und tropfte mir auf die Beine. Und wie ich so dahinzottelte, dachte ich nach. Bier war etwas sehr Kostbares. Mir kam der Gedanke, daß es etwas ganz Wunderbares sein müßte. Warum durfte ich sonst nie zu Hause davon kosten? Was die Erwachsenen mir verboten, hatte ich immer gut gefunden. Also war dies auch etwas Gutes. Auf die Erwachsenen konnte man sich verlassen. Die wußten Bescheid. Und zudem war die Kanne übervoll. Ich goß es nur über meine Beine und verschüttete es auf den Boden. Warum es vergeuden? Keiner würde sehen, ob ich es getrunken oder verschüttet hätte.

Ich war so klein, daß ich mich, um an das Bier zu gelangen, hinsetzen und die Kanne auf den Schoß nehmen mußte. Zuerst schlürfte ich den Schaum. Ich war enttäuscht. Ich begriff nicht das Wunderbare daran. Offenbar steckte es nicht im Schaum. Der schmeckte gar nicht gut. Dann erinnerte ich mich, gesehen zu haben, daß die Erwachsenen den Schaum fortbliesen, bevor sie tranken. Ich steckte das Gesicht in den Schaum und leckte an dem schweren Getränk darunter. Das schmeckte auch nicht. Aber ich trank doch. Die Erwachsenen mußten doch wissen, was sie taten. Klein, wie ich war, und mit der Kanne auf dem Schoße und mit angehaltenem Atem das Gesicht bis zu den Ohren im Schaum vergraben, konnte ich schwer entscheiden, wieviel ich trank. Ich schluckte es wie Medizin so schnell wie möglich hinunter, um die schreckliche Prüfung zu überstehen.

Ich schüttelte mich, als ich weiterging, und dachte, daß der gute Geschmack wohl hinterher kommen würde. Ich versuchte es noch mehrmals während dieser langen halben Meile. Als ich dann erschrocken merkte, wieviel von dem Bier fehlte, fiel mir ein, daß ich gesehen hatte, wie man abgestandenes Bier wieder zum Schäumen bringen konnte. Ich nahm einen Stock und rührte den Rest um, bis der Schaum wieder ganz an den Rand reichte.

Und mein Vater hat es nie entdeckt. Er leerte den Krug mit dem starken Durst des schwitzenden Pflügers, gab ihn mir zurück und machte sich wieder ans Pflügen. Ich versuchte neben den Pferden zu gehen. Ich weiß noch, wie ich über ihre Hufe stolperte und gerade vor die schimmernde Pflugschar fiel, und wie mein Vater so heftig die Zügel zurückriß, daß die Pferde sich beinahe auf mich gesetzt hätten. Er erzählte mir später, es hätten nur wenige Zoll gefehlt, daß mir der Leib aufgeschlitzt worden wäre. Undeutlich erinnere ich mich auch, wie mein Vater mich in seinen Armen nach dem Rande des Feldes trug, während die ganze Welt rings um mich schaukelte und schwankte, und ich todkrank vor Übelkeit war und dazu noch ein schrecklich schlechtes Gewissen hatte.

Den Nachmittag verschlief ich unter den Bäumen, und als mein Vater mich bei Sonnenuntergang weckte, war es ein sehr kranker kleiner Junge, der aufstand und sich müde heimwärts schleppte. Ich war vollkommen erschöpft, das Gewicht meiner Glieder drückte mich zu Boden, und im Leibe spürte ich ein seltsames, harfenartiges Zittern, das sich bis in die Kehle und ins Gehirn fortsetzte. Ich war in einem Zustande, als hätte ich einen Kampf mit Gift ausgefochten. Und wirklich: Ich war ja vergiftet gewesen.

In den folgenden Wochen und Monaten interessierte ich mich für Bier nicht mehr als für den Küchenherd, nachdem ich mich einmal an ihm verbrannt hatte. Die Erwachsenen hatten recht. Bier war nichts für Kinder. Die Erwachsenen merkten es nicht; aber die merkten es auch nicht, wenn sie Pillen und Rizinusöl nahmen. Was mich betraf, so konnte ich ausgezeichnet ohne Bier auskommen. Ja, ich hätte es sehr gut bis zu meinem Todestage entbehren können. Aber das Schicksal wollte es anders. Bei jedem Schritt durch die Welt, in der ich lebte, winkte mir König Alkohol. Es gab kein Entrinnen. Alle Wege führten zu ihm. Aber es dauerte zwanzig Jahre, in denen ich ihm immer wieder begegnete, Grüße mit ihm wechselte und schweigend vorbeiging, bis sich der Schurke in mein Herz geschlichen hatte.

*

Meine nächste Begegnung mit König Alkohol fand statt, als ich sieben Jahre alt war. Diesmal verleitete mich meine Einbildungskraft und meine Furcht zu dem Zusammenstoß. Mein Vater war zwar noch Farmer, wir waren aber nach der rauhen Küste von San Mateo, südlich von San Francisco, gezogen. Es war damals eine wilde, primitive Gegend; und ich hörte oft meine Mutter damit prahlen, daß wir aus einer alten amerikanischen Familie und keine irischen und italienischen Einwanderer wie unsre Nachbarn seien. In unserm ganzen Distrikt gab es nur noch eine altamerikanische Familie.

Eines Sonntags morgens befand ich mich – wie und warum weiß ich nicht mehr – auf Morriseys Ranch. Eine Anzahl junger Leute war dort von den umliegenden Höfen zusammengekommen. Übrigens waren auch die Älteren da, tranken seit dem frühen Morgen, und einige sogar seit dem vorangegangenen Abend. Die Morriseys waren eine große Familie mit vielen stämmigen Söhnen und Onkeln, Männern in schweren Stiefeln, mit mächtigen Fäusten und rauhen Stimmen.

Plötzlich kreischten und schrien die Mädchen: „Sie prügeln sich!" Ein Getöse entstand. Die Männer stürzten aus der Küche hinaus. Zwei Riesen mit rotem Gesicht und grauem Haar hielten sich dicht umschlungen. Der eine war der schwarze Matt, der, wie man sagte, einmal zwei Männer erschlagen hatte. Die Frauen kreischten leise, bekreuzten sich oder stammelten Stoßgebete, während sie die Hände vors Gesicht schlugen und durch die Finger sahen. Aber ich nicht. Ich war ungelogen der eifrigste Zuschauer. Vielleicht wollte ich das Wunderbare sehen: wie ein Mann getötet wurde. Jedenfalls wollte ich einen Kampf zwischen Männern sehen. Meine Enttäuschung war groß. Der schwarze Matt und Tom Morrisey hielten sich nur fest und lüfteten ihre plump bestiefelten Füße wie bei einem grotesken Elefantentanz. Sie waren zu betrunken, um zu kämpfen. Dann bekamen die Friedensvermittler sie zu fassen und führten sie in die Küche zurück, wo sie ihre neue Freundschaft begossen.

Bald schwatzten sie beide durcheinander, polternd und laut, wie es die Art der Freiluftmänner ist, wenn der Whisky ihrer Schweigsamkeit erst einmal ein Ende gemacht hat. Und ich, ein siebenjähriger Knirps, stand dabei, das Herz im Halse und den Körper zum Sprunge gespannt wie ein fluchtbereiter Hirsch, spähte verwundert durch die offene Tür und lernte wieder etwas von der Seltsamkeit der Menschen. Und ich staunte über den Schwarzen Matt und Tom Morrisey, die, einer den Arm um den Hals des andern, der Länge nach auf dem Tische lagen und vor Liebe weinten.

In der Küche wurde weitergetrunken, und die Mädchen draußen wurden ängstlich. Sie wußten, was bei dem Trinken herauskam, und waren alle sicher, daß irgend etwas Schreckliches geschehen würde. Sie erklärten, daß sie nicht dabei sein wollten, wenn es geschähe, und einige von ihnen schlugen vor, nach einer vier Meilen entfernten großen italienischen Ranch zu gehen, wo getanzt wurde. Unverzüglich ordnete man sich zu Paaren und machte sich auf den Weg. Und jeder Bursche ging mit seiner Liebsten – soweit man einem Siebenjährigen zutrauen kann, daß er die Liebesangelegenheiten der Umgegend erlauscht hat und kennt. Und selbst ich kleiner Bursche hatte mein Mädel. Ein kleines irisches Mädchen in meinem Alter wurde mir zugesellt. Wir waren die einzigen Kinder bei diesem unvorbereiteten Auftritt. Die ältesten Paare mochten vielleicht zwanzig sein. Es waren völlig entwickelte Bälger von vierzehn und sechzehn mit ihren Liebsten dabei. Aber wir waren doch noch viel jünger, die kleine Irin und ich, und wir gingen Hand in Hand, und zuweilen schlang ich nach dem Vorbild der älteren meinen Arm um ihren Leib. Bequem war das allerdings nicht. Aber ich war doch sehr stolz, wie ich so an jenem hellen Sonntagmorgen den langen öden Weg zwischen den Sandhügeln daherschritt. Ich hatte auch mein Mädel und war ein kleiner Mann.

Auf der italienischen Ranch gab es nur Junggesellen. Unser Besuch wurde daher mit Jubel begrüßt. Es wurde Rotwein für alle eingeschenkt und das große Eßzimmer zum Tanzen ausgeräumt. Und die jungen Männer tranken und tanzten zu den Tönen einer Harmonika mit den Mädchen. In meinen Ohren war die Musik göttlich. Nie hatte ich etwas so Wunderbares gehört. Der junge italienische Musikant wollte auch ein Tänzchen machen, und so spielte er, die Arme um ein Mädchen, hinter ihrem Rücken auf seiner Harmonika. Für mich war das alles wundervoll, ich tanzte nicht, sondern saß mit weit aufgerissenen Augen an einem Tisch und starrte auf das erstaunliche Treiben. Ich war nur ein kleines Bürschchen, und es gab noch soviel im Leben für mich zu lernen. Wie die Zeit verstrich, begannen die irischen Burschen selbst ihre Gläser wieder zu füllen, und Lustigkeit und Freude herrschten. Ich sah, wie einige von ihnen mitten im Tanze schwankten und hinfielen, während andere in irgendeinem Winkel eingeschlafen waren. Einige der jungen Mädchen beklagten sich auch und wollten gehen, andere hingegen kicherten zufrieden und waren zu allem bereit.

Wenn unsere italienischen Wirte mir wieder andern Wein anboten, dankte ich. Meine Erfahrung mit dem Bier genügte, und ich verspürte nicht die geringste Lust, die Bekanntschaft mit dieser oder einer ähnlichen Flüssigkeit zu erneuern. Unglücklicherweise sah mich ein junger Italiener, Pietro, ein

Teufelskerl, allein dasitzen und hatte den Einfall, ein Glas halb mit Wein zu füllen und es mir anzubieten. Er saß mir gerade gegenüber am Tische. Ich dankte. Er runzelte die Brauen und bot mir wieder den Wein an. Und da ergriff mich Entsetzen – ein Entsetzen, das ich erklären muß.

Meine Mutter hatte ihre Theorien. Erstens behauptete sie fest und steif, daß brünette Menschen und überhaupt alle dunkeläugigen falsch wären. Ich brauche wohl nicht zu sagen, daß meine Mutter blond war. Ferner war sie überzeugt, daß die dunkeläugigen lateinischen Rassen äußerst empfindlich, äußerst treulos und äußerst mordgierig seien. Immer wieder hatte ich sie, wie ich von ihren Lippen Lehren über die Seltsamkeit und Gefährlichkeit der Welt trank, feststellen hören, daß ein Italiener, den man – einerlei, ob leicht oder schwer, mit oder ohne Vorsatz – beleidigt hatte, sich ganz bestimmt früher oder später rächen und einen hinterrücks erdolchen würde. Das war ihr ständiger Ausdruck – „hinterrücks erdolchen".

Obwohl ich nun heute morgen sehr darauf erpicht gewesen war, zu sehen, wie Tom Morrisey getötet wurde, hatte ich doch nicht die geringste Lust, den Tanzenden den Anblick eines Messers in meinem eigenen Rücken zu verschaffen. Ich hatte noch nicht gelernt, zwischen Tatsachen und Theorien zu unterscheiden. Ich hegte blindes Vertrauen zu den Erklärungen meiner Mutter bezüglich des Charakters der Italiener. Dazu kam, daß ich eine dunkle Ahnung von der Heiligkeit der Gastfreundschaft hatte. Hier bot mir nun ein treuloser, empfindlicher, mordgieriger Italiener Gastfreundschaft. Beleidigte ich ihn, so stieß er mich mit seinem Messer nieder, so sicher, wie ein Pferd ausschlug, wenn man ihm zu nahe kam und es reizte. Dazu hatte dieser Pietro gerade die schrecklichen schwarzen Augen, von denen meine Mutter gesprochen. Seine Augen waren ganz anders als die Augen, die ich kannte, von den blauen, grauen und nußbraunen meiner eigenen Familie bis zu den blaßblauen, ausdrucksvollen der Iren. Vielleicht hatte Pietro zuviel getrunken. Jedenfalls waren seine Augen glänzend schwarz und funkelten vor Teufelei. Sie waren rätselhaft geheimnisvoll, und wie konnte ich, ein Siebenjähriger, sie erforschen und die Schelmerei in ihnen erkennen? Ich sah in ihnen meinen plötzlichen Tod und schlug den Wein nur zögernd aus. Der Ausdruck in seinen Augen änderte sich. Sie wurden finster und gebieterisch, und er schob mir das Glas wieder hin.

Was sollte ich tun? Ich habe seither manches Mal dem Tode ins Auge geblickt, aber nie wieder habe ich eine solche Todesangst verspürt. Ich setzte das Glas an meine Lippen, und Pietros Augen wurden milder. Ich sah, daß er mich nicht gleich töten wollte. Das war eine Erleichterung. Aber der Wein war kein Vergnügen. Es war ein billiger junger Wein, bitter und sauer, aus den Resten und Abfällen der Weinberge und Fässer bereitet, und er schmeckte weit schlimmer als das Bier. Es gibt nur eine Art und Weise, wie man Medizin nehmen kann – und das ist eben: sie zu nehmen. Und so machte ich es auch mit dem Wein. Ich lehnte den Kopf zurück und goß das Getränk hinunter. Ich mußte nochmals schlucken, um das Gift bei mir zu behalten, denn für Organe eines Kindes war es Gift.

Wenn ich jetzt zurückdenke, kann ich mir vorstellen, wie erstaunt Pietro war. Er füllte ein zweites Glas zur Hälfte und schob es mir über den Tisch zu. Starr vor Angst, verzweifelt über das furchtbare Geschick, das mich betroffen hatte, stürzte ich das zweite Glas hinunter wie das erste. Das war zuviel für Pietro. Er mußte den andern auch das Wunderkind zeigen, das er entdeckt hatte. Er rief Dominico, einen jungen schnurrbärtigen Italiener, daß er mich sehen sollte. Diesmal gab man mir ein volles Glas. Aber was tut man nicht, um sein Leben zu retten! Ich nahm mich zusammen, überwand die in meinem Halse aufsteigende Übelkeit und stürzte die Flüssigkeit hinunter.

Ein so tapferes Kind hatte Dominico noch nie gesehen. Zweimal füllte er das Glas bis zum Rande und sah den Inhalt durch meine Kehle verschwinden. Jetzt erregten meine Leistungen Aufsehen. Ältere italienische Arbeiter, Bauern von drüben, die kein Wort Englisch sprachen und nicht mit den irischen Mädchen tanzen konnten, sammelten sich um mich. Sie waren braunhäutig und wildäugig; sie trugen Gürtel und rote Hemden; und ich wußte, daß sie Messer bei sich hatten. Und sie umringten mich wie eine Räuberbande. Und Pietro und Dominico führten mich ihnen vor.

Hätte ich nicht Einbildungskraft genug besessen, wäre ich stumpfsinnig und eigensinnig gewesen und hätte mich geweigert, ihrem Begehr Folge zu leisten, ich wäre nie in diese Klemme geraten. Und dazu tanzten die Burschen und Mädel, und es war keine Hilfe von ihnen zu erwarten. Wieviel ich trank, weiß ich nicht. Aber in meiner Erinnerung bedeutet dieser Abend für mich jahrhundertelange Todesangst inmitten einer mordgierigen Räuberbande und eine unendliche Reihe von Gläsern mit Rotwein, die mir über den weinbefleckten bloßen Tisch zugeschoben wurden und durch meine brennende Kehle verschwanden. So schlecht der Wein auch war, war er immerhin noch besser als ein Messer im Rücken, und ich wollte mein Leben um jeden Preis retten.

Wenn ich heute mit der Erfahrung eines Trinkers auf jenen Abend zurückblicke, weiß ich, wie es überhaupt kommen konnte, daß ich nicht bewußtlos unter den Tisch fiel. Wie gesagt: ich war ganz starr, ich war gelähmt durch die Furcht. Die einzige Bewegung, die ich machte, war, daß ich die nicht endende Reihe von Gläsern an die Lippen führte. Ich war ein vergiftetes, unbewegliches Gefäß für diese ungeheure Menge von Wein. Er lag unbeweglich in meinem vor Schrecken ebenfalls unbeweglichen Magen. Ich war zu entsetzt, um mich erbrechen zu können. Daher kam es, daß die ganze Bande von Italienern sich belustigen konnte über dieses Phänomen von einem Kinde, das Wein mit der Kaltblütigkeit eines Automaten hinuntergoß. Ohne zu prahlen, kann ich wohl behaupten, daß sie noch nie so etwas gesehen hatten.

Es wurde Zeit zu gehen. Die trunkenen Possen der Burschen bewogen die Mehrheit der nüchtern gebliebenen Mädchen zum Aufbruch. Ich fand mich an der Tür neben meinem kleinen Mädchen. Sie hatte nicht derartige Erfahrungen wie ich gemacht und war daher nüchtern. Sie war begeistert von dem Schwanken und Torkeln der Burschen, die neben ihren Auserwählten zu gehen versuchten, und begann sie nachzuahmen. Das schien mir ein prachtvolles Spiel zu sein, und ich begann ebenfalls zu torkeln, als ob ich berauscht wäre. Aber sie hatte ja keinen Wein bekommen und blieb ruhig, während meine Bewegungen mir bald den Dunst zu Kopfe steigen ließen. Ich sah, wie einer der Burschen einige Schritte vorwärts taumelte, dann am Wegrande stehenblieb, ernsthaft in den Graben starrte und erst, nachdem er sich die Sache offenbar reiflich überlegt hatte, hineinfiel. Ich fand das außerordentlich komisch. Ich torkelte bis zum Rande des Grabens mit dem festen Vorsatz, dort anzuhalten. Ich kam erst wieder zu mir, als ich im Graben lag und einige erschrockene Mädchen sich mühten, mich herauszuziehen.

Ich hatte keine Lust mehr, den Betrunkenen zu spielen. Es war kein Humor mehr in mir. Meine Augen begannen zu schwimmen, und mit weit offenem Munde schnappte ich nach Luft. Ein junges Mädchen nahm mich bei der Hand, aber meine Beine waren schwer wie Blei. Der Alkohol, den ich getrunken, hatte mein Herz und mein Gehirn wie mit einer Keule getroffen. Wäre ich ein schwächliches Kind gewesen, so bin ich überzeugt, daß er mich getötet haben würde. Aber auch so war ich, das weiß ich, dem Tode näher, als eines der erschrockenen Mädchen sich träumen ließ. Ich konnte hören, wie sie sich stritten, wer die Schuld hätte; einige weinten – über sich, über mich und über die schändliche Art und Weise, wie ihre Liebsten sich benommen hatten. Aber mich interessierte das nicht. Ich drohte zu ersticken und schnappte nach Luft. Gehen war tödliche Qual, es vermehrte noch meine Atemnot. Aber die Mädchen ließen mich immer weiter gehen, und es waren vier Meilen bis nach Hause. Vier Meilen! Ich entsinne mich, wie meine schwimmenden Augen in unendlich weiter Ferne eine schmale Brücke über den Weg erblickten. Tatsächlich war sie keine hundert Fuß entfernt. Als ich die erreichte, brach ich zusammen und blieb stöhnend auf dem Rücken liegen. Die Mädchen versuchten mich aufzuheben, aber ich war völlig hilflos und nahe am Ersticken. Ihr Hilfegeschrei rief indessen Larry herbei, einen betrunkenen Bengel von siebzehn Jahren, der mich zum Aufstehen bewegen wollte, indem er mir auf der Brust herumtrampelte. Ich erinnere mich dessen dunkel, ebenso des Geschreis der Mädchen, als sie mit ihm rangen, um ihn fortzuziehen. Und dann weiß ich nichts mehr, hörte aber später, daß Larry unter der Brücke liegengeblieben war und die Nacht dort verbracht hatte.

Als ich wieder zu mir kam, war es dunkel. Bewußtlos war ich die vier Meilen heimgetragen und gleich ins Bett gesteckt worden. Ich war ein krankes Kind, und trotz der furchtbaren Anstrengung meines Herzens und meines ganzen Organismus verfiel ich noch immer wieder in das furchtbare Delirium. Aller Schrecken und alles Grauen meiner kindlichen Phantasie überkam mich. Die fürchterlichsten Visionen wurden mir zur Wirklichkeit. Ich sah Morde vor meinen Augen begehen und wurde selbst von Mördern verfolgt. Ich schrie, raste und tobte. Meine Leiden waren ungeheuerlich. Als ich einmal aus einem solchen Anfall erwachte, hörte ich meine Mutter sagen: „Er wird den Verstand verlieren!" Und wieder ins Delirium versinkend, verfolgte mich dieser Gedanke, und ich sah mich eingemauert im Tollhaus, von den Wächtern geschlagen und von heulenden Irren umgeben.

Etwas, was einen starken Eindruck auf mich gemacht hatte, waren die Erzählungen meiner Eltern über die Lasterhöhlen im Chinesenviertel von San Francisco. In meinen Fieberträumen wanderte ich nun tief unter der Erde durch Tausende solcher Höhlen, wurde hinter verschlossenen Eisentüren gefoltert und starb tausend Tode. Und wenn ich dann zu meinem Vater wollte, der an einem Tisch in diesen unterirdischen Gewölben saß und mit Chinesen um große Haufen von Gold spielte, machte sich meine Erbitterung in den gemeinsten Flüchen Luft. Ich versuchte, aus dem Bett zu springen, kämpfte mit den Händen, die mich festhielten, und verfluchte meinen Vater, daß die Wände zitterten. All die unbegreiflichen Unflätigkeiten, die ein Kind beim Herumstreifen in einer primitiven Gegend von Männern hört, kannte ich; und obgleich ich noch nie gewagt hatte, diese furchtbaren Flüche auszusprechen, entströmten sie mir jetzt mit der vollen Kraft meiner Lunge, als ich meinen Vater verfluchte, der hier in den unterirdischen Höhlen saß und mit langhaarigen, langnägligen Chinesen spielte.

Es ist ein Wunder, daß weder mein Herz noch mein Gehirn in jener Nacht barst. Die Arterien und Nervenzentren eines siebenjährigen Kindes sind kaum den furchtbaren Krämpfen gewachsen, die mich erschütterten. Niemand schlief jene Nacht, als König Alkohol sein Spiel mit mir trieb, in dem schlechten Fachwerkbau. Aber Larry, der unter der Brücke lag, hatte kein Delirium wie ich. Ich bin überzeugt, daß er fest und traumlos schlief, daß er am nächsten Tage nur mit einem Katzenjammer und schlechter Laune erwachte, und daß er sich, wenn er heute noch lebt, überhaupt nicht mehr jener Nacht erinnert, ein so nebensächliches Erlebnis war es für ihn. Aber in mein Hirn prägte sie unverlöschbare Spuren. Während ich dies, dreißig Jahre später, niederschreibe, sehe ich alles so scharf und deutlich und fühle jeden Schmerz so lebendig und schrecklich wie in jener Nacht.

Ich war tagelang krank, und es bedurfte nicht der Ermahnungen meiner Mutter, König Alkohol in Zukunft zu meiden. Meine Mutter hatte einen furchtbaren Schrecken bekommen. Sie behauptete, ich hätte ein großes Unrecht begangen und gerade das Gegenteil von dem getan, was sie mich gelehrt hatte. Und wie hätte ich, der nie antworten durfte, und dem die Worte fehlten, das auszudrücken, was sich in ihm regte – wie hätte ich meiner Mutter erzählen können, daß gerade ihre Lehre verantwortlich für meine Trunkenheit war? Wären ihre Theorien von schwarzen Augen und dem Charakter der Italiener nicht gewesen, so hätte ich meine Lippen nie mit dem sauren, bitteren Wein benetzt. Und erst als erwachsener Mann erzählte ich ihr den wahren Zusammenhang jener unglückseligen Geschichte.

In den Tagen nach der Krankheit war ich in einigen Punkten wirr, in andern dagegen ganz klar. Ich hatte ein schlechtes Gewissen, zugleich aber das Gefühl, daß man mir Unrecht getan hätte. Es war nicht meine Schuld gewesen, und doch hatte ich ein Unrecht begangen. Sehr klar aber war mein Entschluß, nie ein Getränk mehr anzurühren. Kein toller Hund konnte sich mehr vor Wasser fürchten, als ich vor Alkohol.

Aber ich möchte doch besonders darauf aufmerksam machen, daß selbst diese Erfahrung, so schrecklich sie auch war, mich auf die Dauer nicht abhalten konnte, König Alkohols bester Freund zu werden. Schon damals waren rings um mich Kräfte in Bewegung, um mich ihm zuzutreiben. Vor allem schien es mir, daß mit Ausnahme meiner Mutter, die in ihren Ansichten immer sehr extrem war, alle Erwachsenen die Begebenheit sehr nachsichtig beurteilten. Das Geschehene war ein Spaß, etwas Lustiges. Es war keine Schande dabei. Soweit ich sehen konnte, war keine Schande dabei. Es war mal etwas anderes und verteufelt Lustiges gewesen – eine prachtvolle Episode in der Eintönigkeit von Leben und Arbeit an dieser traurigen, nebligen Küste.

Die irischen Bauern neckten mich gutmütig mit meinen Taten und klapsten mich auf den Hintern, bis ich fühlte, daß ich eine Heldentat vollbracht hatte. Pietro und Dominico und die andern Italiener waren stolz auf meine Trunkfestigkeit. Moralische Entrüstung über das Trinken gab es nicht; tranken doch alle. In der ganzen Gegend gab es nicht einen Abstinenzler. Sogar der Lehrer in unserer kleinen Landschule, ein ergrauter Mann in den Fünfzigern, gab uns Ferien, wenn er mit König Alkohol rang und von ihm geworfen wurde. Es gab keinen Abscheu vor dem Alkohol. Meine Abneigung gegen ihn war rein physisch. Ich mochte das verdammte Getränk nicht leiden.

* * *

Diese physische Abneigung gegen den Alkohol habe ich nie überwinden können. Aber ich habe mit ihr gekämpft. Bis zum heutigen Tage bekämpfe ich sie jedesmal, wenn ich ein Glas trinke. Der Gaumen hört nie auf, zu rebellieren, und auf ihn kann man sich verlassen, wenn man wissen will, was gut oder schädlich für den Körper ist. Aber Männer trinken nicht um der Wirkung willen, die der Alkohol auf den Körper ausübt. Sie trinken wegen der Wirkung auf das Gehirn; und ist der Körper auch nur der Mittler – um so schlimmer für ihn.

Und doch waren, trotz meiner physischen Abneigung gegen den Alkohol, die Kneipen in meiner Jugend mein liebster Aufenthalt. Wenn ich, in dichten Nebel gehüllt, auf dem schweren Kartoffelwagen saß und mir die Füße aus Mangel an Bewegung eingeschlafen waren, während die Pferde sich langsam über den sandigen Weg zwischen den Dünen hinschleppten, gab es eine lichte Vision, die mir den Weg nie zu lang werden ließ. Diese lichte Vision war die Wirtschaft in Colma, wo mein Vater, oder wer sonst fuhr, stets abstieg, um etwas zu trinken. Und ich stieg auch ab, um mich an dem großen Ofen zu wärmen und einen

Pfefferminzbonbon zu bekommen. Nur einen Pfefferminzbonbon, aber das war ein fabelhafter Luxus. Kneipen hatten also ihr Gutes. Wenn ich nachher hinter den trabenden Pferden saß, konnte ich eine ganze Stunde an diesem einen Bonbon lutschen. Ich leckte ganz wenig daran und lutschte, bis er zu einem ganz winzig kleinen, herrlichen Plättchen geworden war. Und dies Plättchen durfte ich ja nicht überschlucken. Ich lutschte und sog daran, drehte es immer wieder mit meiner Zunge um, schob es bald in die eine, bald in die andere Backe, bis schließlich das Ende kam und es in kleinen Tröpfchen durch meine Kehle rann und träufelte. Horace Fletcher hätte, soweit es Pfefferminzbonbons betraf, nichts gegen mich einwenden können. Ich liebte die Kneipen. Besonders in San Francisco. Dort gab es die herrlichsten Leckerbissen – merkwürdige Brote und Kuchen, Käse, Würste, Sardinen –, wunderbare Nahrungsmittel, wie ich sie nie daheim auf unserm mageren Tische sah. Und einmal, das weiß ich noch, mischte mir der Kellner ein süßes Getränk aus Fruchtsaft und Selterwasser. Mein Vater brauchte nichts dafür zu bezahlen. Der Kellner spendierte, und er wurde das Ideal eines guten freundlichen Mannes für mich. Jahrelang träumte ich Wachträume von ihm. Obwohl ich damals erst sieben Jahre alt war, sehe ich ihn heute noch mit gleicher Deutlichkeit vor mir, obgleich ich ihm nie wieder begegnet bin. Die Kneipe befand sich im Süden der Market Street in San Francisco, auf der Westseite der Straße. Wenn man eintrat, lag der Schanktisch links vom Eingang. Rechts, an der Mauer, stand der Freilunchtisch. Es war ein langer, schmaler Raum, und im Hintergrunde, hinter den angestochenen Fässern, standen kleine runde Tische und Stühle. Der Kellner hatte blaue Augen und schönes, weiches Haar, das unter einem schwarzen Käppchen hervorlugte. Ich entsinne mich, daß er eine braune Strickjacke trug, und ich weiß noch genau die Stelle, von der er die Flasche mit dem roten Fruchtsaft nahm. Er sprach lange mit meinem Vater, und ich nippte an meinem roten Trank und betete den Spender an. Und noch nach Jahren pflegte ich sein Gedächtnis.

So stieß ich trotz meiner abschreckenden Erfahrungen immer wieder auf König Alkohol, der, siegreich und allgegenwärtig wie immer, auf mich lauerte und mich an sich zog. Hier war es die Nebenbedeutung der Kneipe, die einen tiefen Eindruck auf das empfängliche Gemüt des Kindes machte. Und hier war ein Kind, das sich seine ersten Urteile über die Welt bildete und die Kneipe prachtvoll und wunderbar fand. Weder Läden noch öffentliche Gebäude oder menschliche Wohnungen öffneten mir ihre Türen und erlaubten mir, mich an ihrem Herd zu wärmen oder von der Götterspeise zu essen, die auf den schmalen

Borden an der Wand stand. Ihre Türen blieben mir stets verschlossen; die Türen der Kneipen aber standen immer offen. Und immer und überall fand ich Kneipen, auf Wegen und Pfaden, in engen Gassen und geschäftigen Hauptstraßen, erleuchtet und freundlich, im Winter warm, im Sommer dunkel und kühl. Ja, die Kneipen waren eine herrliche Stätte, und sie waren mehr als das.

Als ich zehn Jahre alt war, hatte meine Familie die Ranch verlassen und war in die Stadt gezogen. Und hier begann ich nun als Zeitungsjunge. Einer der Gründe hierfür war, daß wir Geld brauchten. Ein anderer, daß wir Beschäftigung brauchten. Ich hatte den Weg zur Volksbibliothek gefunden und las nun bis zur Nervenzerrüttung. Auf den armen Ranchs, auf denen ich gelebt hatte, gab es keine Bücher. Durch ein wahres Wunder hatte ich vier Bücher geliehen bekommen, prachtvolle Bücher, und die hatte ich verschlungen. Eins war das Leben Garfields; das zweite Paul du Chaillus afrikanische Reisen; das dritte ein Roman von Quida, von dem die letzten vierzig Seiten fehlten; und das vierte Irvings „Alhambra“, dieses hatte mir eine Schullehrerin geliehen. Ich war ein schüchternes Kind. Ich brachte es nicht wie Oliver Twist fertig, um mehr zu bitten. Als ich der Lehrerin „Alhambra“ wiedergab, hoffte ich, sie würde mir ein anderes Buch leihen. Und da sie es nicht tat – wahrscheinlich hielt sie mich für sehr unbegabt –, weinte ich den ganzen Heimweg, die drei Meilen von der Schule bis zur Ranch. Ich wartete sehnsüchtig darauf, daß sie mir wieder ein Buch leihen würde. Viele Stunden versuchte ich mir selbst so viel Mut einzuflößen, daß ich sie bitten konnte, aber nie erlangte ich die erforderliche Kühnheit.

Und dann kam Oakland, und auf den Regalen jener Volksbibliothek entdeckte ich die ganze große Welt. Hier gab es Tausende von Büchern, die ebensogut wie meine vier Wunderbücher, und einige, die sogar noch besser waren. Die Bibliotheken waren damals noch nicht auf Kinder eingerichtet, und ich erlebte seltsame Abenteuer. Ich erinnere mich, wie mich im Katalog der Titel „Die Abenteuer des Peregrine Pickle“ reizte. Ich füllte einen Bücherzettel aus, und der Bibliothekar händigte mir die gesammelten, unverkürzten Werke von Smollett in einem Bande aus. Ich las alles, hauptsächlich jedoch Geschichte und Abenteuer, und alle die alten Reisenden und Entdecker. Ich las morgens, nachmittags und nachts. Ich las im Bett, ich las bei Tisch, ich las auf dem Schulwege, und ich las in den Pausen, wenn die andern spielten. Ich fing an, reizbar zu werden. Jedem sagte ich: „Geh weg. Du machst mich nervös.“

Und nun, mit zehn Jahren, war ich also als Zeitungsjunge auf der Straße. Ich hatte keine Zeit zum Lesen. Ich hielt mich daran, um zu lernen, wie man sich durchschlägt, wie man dreist und frech wird und die Leute verblüfft. Meine Einbildungskraft und Neugier allen Dingen gegenüber machten mich anpassungsfähig. Dabei galt meine Neugier nicht am wenigsten den Kneipen, und in mehr als einer von ihnen ging ich ein und aus. Ich erinnere mich noch jetzt der langen Reihe Kneipen von einer Ecke zur andern auf der Ostseite des Broadways, zwischen der Sixth und Seventh Avenue.

Das Treiben in den einzelnen Kneipen war sehr verschieden. Hier redeten Männer laut, lachten mächtig, und die Atmosphäre trug das Gepräge einer gewissen Größe. Dort war alles alltäglich, und es geschah nichts Außergewöhnliches. In einer dritten wieder war immer Leben, zuweilen sogar unheimliches, wenn Fäuste hieben und Messer stachen, das Blut floß und breitschultrige Polizisten in geschlossenem Trupp hereinkamen. Große Augenblicke für mich, der ich den Kopf voll hatte von all den wilden, heftigen Kämpfen der tapferen Abenteurer zu Wasser und zu Lande. Es gab keine spannenden Erlebnisse, wenn ich durch die Straßen trottete und meine Zeitungen durch die Türen steckte. Aber in den Kneipen lag selbst über den Trunkenbolden, die sich, sinnlos berauscht, auf den Tischen oder Sägespänen wälzten, ein Schimmer des Geheimnisvollen und Wunderbaren.

Und mehr noch: es war nichts gegen die Kneipen einzuwenden. Die Väter der Stadt sanktionierten sie und gaben ihre Bewilligung. Sie waren nicht die schrecklichen Stätten des Lasters, als die ich Knaben sie beurteilen hörte, die nicht wie ich Gelegenheit hatten, sie kennenzulernen. Schrecklich mochten sie sein, aber höchstens schrecklich wunderbar, und gerade das schrecklich Wunderbare möchte ein Junge ja kennenlernen. Auch Seeräuber, Schiffswracks und Schlachten waren schrecklich, und welcher richtige Junge gäbe nicht seine unsterbliche Seele, um mit dabei zu sein?

Übrigens sah ich in den Kneipen auch Reporter, Redakteure, Rechtsanwälte, Richter, deren Namen und Gesichter ich kannte. Sie drückten der Kneipe das Siegel bürgerlicher Billigung auf. Sie bestätigten mein Gefühl, das mich an die Kneipe fesselte. Auch sie mußten hier ja etwas Ungewöhnliches finden, dieses gewisse Etwas, nach dem ich suchte und tappte. Was das war, wußte ich nicht; aber etwas mußte es schon sein, denn die Kneipe zog die Männer an, wie der Honigtopf die Brummer. Ich hatte keine Sorgen, und die Welt erschien mir hell und licht; ich ahnte daher nicht, daß diese Männer Vergessen von ewiger Plackerei und altem Gram suchten.

Nicht, daß ich damals getrunken hätte. Von meinem zehnten bis zu meinem fünfzehnten Jahre rührte ich selten ein Glas an, aber ich kam ständig in Berührung mit Trinkern und Orten, wo getrunken wurde. Der einzige Grund, weshalb ich nicht trank, war, daß ich den Geschmack nicht leiden konnte. Im Laufe der Zeit arbeitete ich als Hilfsjunge auf einem Eiswagen, stellte Kegel auf einer Kegelbahn auf, die zu einer Wirtschaft gehörte, und fegte Kneipen an Sonntagsausflugsorten aus.

Die gemütliche dicke Josie Harper hatte eine Kneipe an der Ecke der Telegraph Avenue und der Thirty-ninth Street. Hier trug ich ein Jahr lang eine Abendzeitung aus, bis ich nach der Hafengegend von Oakland versetzt wurde. Als ich das erstemal bei Josie Harper einkassierte, bot sie mir ein Glas Wein. Ich genierte mich, es abzuschlagen, und trank daher. Aber später richtete ich es so ein, daß ich kam, wenn sie nicht da war, und ließ mir das Geld von ihrem Kellner geben.

Als ich den ersten Tag auf der Kegelbahn arbeitete, rief der Kellner, wie es üblich war, uns Jungen, um uns etwas zu trinken zu geben. Die andern baten um Bier. Ich sagte, daß ich Ingwerbier haben möchte. Die Jungens kicherten, und ich bemerkte, daß der Kellner mich mit einem merkwürdig forschenden Blick beehrte. Er öffnete jedoch eine Flasche Ingwerbier. Als wir nachher wieder auf der Kegelbahn waren, klärten mich die Jungen in einer Spielpause auf. Ich hatte den Kellner beleidigt. Eine Flasche Ingwerbier kostete der Wirtschaft bedeutend mehr als ein Glas Lagerbier; wenn ich meine Stelle behalten wollte, mußte ich Bier trinken. Zudem war Bier nahrhafter. Ich konnte besser danach arbeiten. Das Ingwerbier hatte keinen Nährwert. Seitdem konnte ich mich nicht mehr drücken, ich trank Bier und wunderte mich, was man daran gut finden konnte. Ich war überzeugt, daß mir in dieser Beziehung etwas fehlte.

Was ich damals wirklich liebte, waren Bonbons. Für fünf Cents konnte ich fünf „Kanonenkugeln“ kaufen – dicke Klumpen, die prachtvoll lange vorhielten. An einem einzigen konnte ich über eine Stunde kauen und lutschen. Ferner gab es einen Mexikaner, der dicke Tafeln Kaukonfekt für fünf Cents das Stück verkaufte. Es gehörte ein viertel Tag dazu, um mit einer von ihnen fertig zu werden. Und manch lieben Tag bestand mein ganzes Frühstück aus einer dieser Tafeln. Wahrlich: in ihnen fand ich Nahrung, aber nicht im Bier.

*

Aber die Zeit rückte mit reißender Schnelligkeit näher, da ich meinen zweiten Gang mit König Alkohol ausfechten sollte. Als ich vierzehn Jahre alt war, den Kopf voll von alten Reisebeschreibungen und Bildern tropischer Inseln und ferner Küsten, durchfuhr ich mit einer kleinen Schwertjolle die Bucht von San Francisco und den Meeresarm von Oakland. Ich wollte zur See gehen. Ich wollte fort von der Eintönigkeit und Alltäglichkeit. Ich war in der Blüte meiner Jugend, durchdrungen von Romantik und Abenteuern, und ich träumte von dem wilden Leben der wilden Welt des Mannes. Ich ahnte nur wenig, daß alles Wirken und Weben in dieser Welt des Mannes eng mit dem Alkohol verknüpft war.

Da geschah es eines Tages, als ich gerade die Segel meiner Jolle hißte, daß ich Scotty traf. Er war ein etwas anrüchiger Bursche von siebzehn Jahren und, wie er mir selbst erzählte, als Schiffsjunge von einem englischen Schiff in Australien durchgebrannt. Er hatte sich gerade auf einem andern Schiff nach San Francisco durchgearbeitet; und jetzt wollte er gern auf einem Walfänger heuern. Jenseits der Bucht, in der Nähe des Liegeplatzes der Walfänger, lag die Schaluppe „Faulpelz". Der Wächter war ein Harpunierer, der seine nächste Fahrt auf dem Walfänger „Bonanza" zu machen gedachte. Ob ich Scotty nicht in meiner Jolle zu dem Harpunierer bringen wolle?

Ob ich wollte! Hatte ich nicht Dutzende von Geschichten und Gerüchten über den „Faulpelz" gehört – jene große Schaluppe, die gerade von den Sandwichinseln gekommen war, wo sie Opium geschmuggelt hatte? Und der Harpunierer, ihr Wächter! Wie oft hatte ich ihn gesehen und um seine Freiheit beneidet! Er brauchte das Wasser nie zu verlassen. Er schlief an Bord des „Faulpelzes", während ich an Land mußte, um zu Bett zu gehen. Der Harpunierer war erst neunzehn Jahre alt (ich habe nichts als sein eigenes Wort dafür gehabt, daß er wirklich Harpunierer war), aber er war eine viel zu strahlende, ruhmvolle Persönlichkeit, als daß ich je hätte wagen dürfen, ihn anzusprechen, wenn ich in ehrfurchtsvoller Entfernung um das Schiff herumsegelte. Ob ich Scotty, den durchgebrannten Matrosen, zum Besuch bei dem Harpunierer nach dem Opiumschmuggler bringen wolle? Ob ich wollte!

Der Harpunierer kam an Deck, um unsern Anruf zu beantworten, und lud uns ein, an Bord zu kommen. Ich spielte den Seemann und Erwachsenen, hielt die Jolle so weit ab, daß sie den neuen weißen Anstrich der Jacht nicht schrammte, und brachte sie achtern an eine lange Leine, die ich nachlässig mit zwei

Halbstichen festmachte. Wir gingen hinunter. Es war das erste Schiffsinnere, das ich je gesehen hatte. Die Kleidungsstücke an der Wand rochen muffig. Aber was tat das? War es nicht das Zeug eines Seemanns? Mit Kord gefütterte Lederjacken, Röcke aus blauem Lotsenstoff, Südwester, Seestiefel, Ölzeug. Und überall war deutlich zu spüren, wie es an Platz fehlte – die engen Kojen, die Drehtische, die unglaublichen Kisten. Hier gab es einen selbsttätigen Kompaß, Schiffslampen in Doppelringen, blaugeränderte Karten, die nachlässig aufgerollt und weggesteckt waren, Signalflaggen in alphabetischer Ordnung und einen Marine-Teilzirkel, der ins Holzwerk gesteckt war, um als Kalender zu dienen. Endlich erlebte ich etwas! Hier saß ich nun zum erstenmal in einem Schiff, einem Schmuggler, als Kamerad anerkannt von einem Harpunierer und einem durchgebrannten englischen Matrosen, der sagte, daß er Scotty hieß.

Das erste, was der neunzehnjährige Harpunierer und der siebzehnjährige Matrose taten, war, zu zeigen, daß sie Männer waren und sich wie Männer zu benehmen wußten. Der Harpunierer deutete an, wie ungeheuer wünschenswert ein Gläschen sein würde, und Scotty durchsuchte seine Taschen nach Geld. Dann verschwand der Harpunierer mit einer rosa Flasche, um sie in irgendeiner heimlichen Kneipe füllen zu lassen, denn in dieser Gegend wurden Wirtschaften nicht konzessioniert. Wir tranken das billige Gesöff aus Biergläsern. Trinken war das Zeichen der Männlichkeit. So trank ich denn mit ihnen, Glas auf Glas, hintereinander weg, obgleich das verdammte Zeug nicht mit einer Tafel Kaukonfekt oder gar einer delikaten „Kanonenkugel“ verglichen werden konnte. Ich schauderte und würgte an jedem Schluck, verbarg jedoch mannhaft alle diese Anzeichen von Schwäche.

Mehrere Male im Laufe des Abends füllten wir die Flasche von neuem. Alles, was ich besaß, waren zwanzig Cents, aber ich holte sie hervor wie ein Mann, wenn ich auch mit Bedauern an die riesigen Mengen von Bonbons dachte, die ich dafür hätte kaufen können. Der Branntwein stieg uns allen zu Kopfe, und der Harpunierer und Scotty redeten von der Fahrt an der Ostküste, den Stürmen bei Kap Horn und den Pamperos von La Plata, von Marssegelbrisen und Passatwinden, Taifunen im Stillen Ozean und zertrümmerten Walfängerbooten im Nördlichen Eismeer.

„Du kannst nicht schwimmen in dem eisigen Wasser“, sagte der Harpunierer vertraulich zu mir. „In einer Minute bist du fertig und gehst unter. Wenn ein Wal dein Boot zerschmettert, ist das einzige, was du tun kannst, daß du dich quer über einen Riemen legst, so daß du immer noch oben schwimmst, wenn die Kälte dich auch erledigt."

„Natürlich", sagte ich dankbar und mit einem Ausdruck, der deutlich zeigte, daß mir auch noch mal beim Walfang im Nördlichen Eismeer das Boot zerschmettert werden würde. Und wirklich, ich verleibte seine Warnung als eine ungewöhnlich wertvolle Lehre meinem Gedächtnis ein und verstaute sie in meinem Gehirn, wo sie bis zum heutigen Tage aufbewahrt blieb.

Aber ich selbst konnte nicht reden – wenigstens im Anfang nicht. Du lieber Himmel! Ich war erst vierzehn und nie in meinem Leben auf dem Ozean gewesen. Ich konnte nur den beiden Seeratten zuhören und meine Mannhaftigkeit beweisen, indem ich ehrlich ein Glas nach dem andern mit ihnen trank.

Allmählich begann ich die Wirkung des Schnapses zu spüren; die Reden Scottys und des Harpunierers strömten durch den engen Kajütsraum des „Faulpelzes" und durch mein Gehirn wie ein starker Hauch des weiten, freien Meeres. Und in meiner Einbildung erlebte ich die Jahre, die kommen sollten, und durchschweifte die wilde, tolle, strahlende Welt auf unzählige Abenteuer.

Wir wurden offener. Unsre Hemmungen und die schweigsamen Augenblicke schwanden. Es war, als kennten wir uns schon seit Jahren, und wir gelobten uns, in Zukunft zusammen zu fahren. Der Harpunierer erzählte von Mißgeschick und heimlicher Schande. Scotty weinte über seine arme alte Mutter in Edinburgh – eine Dame von vornehmer Herkunft, wie er behauptete –, die jetzt in sehr bescheidenen Verhältnissen lebte, aber ihren letzten Groschen gegeben hatte, um die schwere Summe zu bezahlen, die die Reeder für seine Ausbildung verlangt hatten. Sie hatte davon geträumt, ihn einmal als Offizier eines Kauffahrteischiffes und als Gentleman zu sehen, und jetzt war ihr das Herz gebrochen, weil er in Australien desertiert und mit einem andern Schiff als einfacher Matrose vor dem Mast gefahren war. Und Scotty bewies es. Er zog ihren letzten traurigen Brief aus der Tasche und weinte, als er ihn vorlas. Der Harpunierer und ich weinten mit ihm und schworen, daß wir alle drei mit dem Walfänger fahren, viel Geld verdienen und, immer noch gemeinsam, eine Pilgerfahrt nach Edinburgh machen und der lieben Dame das Geld in den Schoß legen würden.

Und wie König Alkohol sich seinen Weg durch mein Gehirn brannte, meine Zurückhaltung wegfegte und meine Bescheidenheit schmolz, indem er durch mich, mit mir und als mein zweites Ich redete, erhob auch ich meine Stimme, um mich als Mann und Abenteurer zu zeigen, und prahlte des langen und breiten, wie ich in meiner offenen Jolle bei heulendem Südweststurm durch die Bucht von San Francisco gekreuzt sei, als selbst die Leute auf den Schonern zweifelten, daß ich heil hinüberkäme. Ferner erzählte ich – oder König Alkohol, was auf dasselbe hinauskam – Scotty, wenn er auch gewohnt sei, auf offener See zu fahren, und wenn er auch die kleinste Trosse auf einem großen Schiff kennte, so könnte ich ihn doch im kleinen Boot in Grund und Boden segeln.

Das beste war, daß meine prahlerische Behauptung stimmte. Immerhin hätte ich bei meiner gewöhnlichen Zurückhaltung und Schüchternheit nie den Mut gehabt, Scotty zu verraten, wie ich seine Segelkunst einschätzte. Aber das ist eben die Art König Alkohols, daß er die Zunge löst und die geheimsten Gedanken verrät.

Scotty, König Alkohol oder beide waren natürlich über meine Bemerkungen sehr gekränkt. Und ich war auch nicht bange. Ich konnte es mit jedem Matrosen von siebzehn Jahren aufnehmen. Scotty und ich kochten vor Wut wie ein paar junge Hähne, bis der Harpunierer eine neue Runde ausgab, um uns wieder zu versöhnen. Und das geschah denn auch, wir schlangen einer den Arm um den Hals des andern und schworen uns feierlich ewige Freundschaft – ganz wie der Schwarze Matt und Tom Morrisey es in der Küche auf der Ranch in San Mateo gemacht hatten. Und wie ich mich jener Begebenheit entsann, wußte ich, daß ich jetzt selbst ein Mann war – trotz meiner vierzehn Jahre –, ein Mann, der ebenso groß und männlich war wie jene beiden ausgewachsenen Riesen, die sich an jenem denkwürdigen Sonntagmorgen vor langer Zeit geprügelt und wieder vertragen hatten.

Um diese Zeit hatten wir das Stadium des Singens erreicht, ich vereinte meine Stimme mit der Scottys und des Harpunierers, und wir sangen abgerissene Stücke von Matrosenliedern. Hier, in der Kajüte des „Faulpelzes“, hörte ich zum erstenmal „Weht den Mann runter“, „Die fliegende Wolke“ und „Whisky, Johnny, Whisky“. Oh, es war prachtvoll! Ich fing an, den Sinn des Lebens zu verstehen. Es gab keine Oaklandbucht, keinen ermüdenden Rundgang mit Zeitungen von Tür zu Tür, keine Einlieferung, kein Kegelaufstellen. Die ganze Welt war mein, alle ihre Wege lagen vor meinen Füßen, und König Alkohol verwirrte meine Einbildungskraft und setzte mich instand, dem abenteuerlichen Leben, nach dem ich mich sehnte, vorzugreifen.

Wir waren keine gewöhnlichen Sterblichen. Wir waren drei berauschte junge Götter, unglaublich weise, herrlich genial, und unsre Macht hatte keine Grenzen. Ach – ich sage es jetzt, nach Jahren –, könnte König Alkohol einen immer auf dieser Höhe halten, dann würde ich nie mehr einen nüchternen Atemzug tun. Aber diese Welt verschenkt nichts. Man bezahlt nach eisernen Regeln – für jede Stärke, die man gewinnt, die entsprechende Schwäche; für jede Höhe eine angemessene Tiefe; für jeden Augenblick eingebildeter Gottähnlichkeit eine entsprechende Stunde im Schleim der Kriechtiere. Jeden Fußbreit der Tage und Wochen, in strahlend tollen Augenblicken verlebt, muß man mit einer Verkürzung des Lebens bezahlen, und oft dazu noch mit blutigen Wucherzinsen.

Intensität und Dauer sind ebenso alte Feinde wie Feuer und Wasser. Sie vernichten sich gegenseitig. Sie können nicht zusammen bestehen. Und ein wie großer Zauberer König Alkohol auch ist, so ist er doch ebensogut ein Sklave des Organismus wie wir Sterblichen selber. Wir bezahlen für jeden Marathon-Lauf, und auch König Alkohol kann nicht dazwischentreten und uns von der Steuer befreien. Er kann uns auf die Höhen führen, aber er kann uns nicht oben halten, sonst würden wir alle seine Untertanen sein. Und es gibt keinen Untertan König Alkohols, der nicht bezahlen muß für den wahnsinnigen Tanz, den er nach der Pfeife seines Herrschers tanzt.

Aber hinterher ist gut reden. Der vierzehnjährige Bengel, der mit dem Harpunierer und dem Matrosen in der Kajüte des „Faulpelzes“ saß, wußte nichts davon, er atmete mit weitgeöffneten Nüstern den muffigen Geruch des Seemannszeugs ein und brüllte im Chor mit: „Ein Yankeeschiff kommt den Fluß herab – pullt, Jungens, pullt!“

Wir wurden allmählich benebelt und redeten alle auf einmal. Ich besaß eine glänzende Konstitution, einen Magen, der altes Eisen verdauen konnte, und ich war noch in vollem Schwunge, als Scotty schon nachzulassen anfing. Seine Rede wurde unzusammenhängend. Er suchte nach Worten und konnte sie nicht finden, und die, die er noch fand, konnten seine Lippen nicht formen. Sein vergiftetes Bewußtsein begann ihn zu verlassen. Seine Augen verloren ihren Glanz, und sein Blick wurde ebenso stumpfsinnig wie seine wiederholten Versuche, zu reden.

Mit dem schwindenden Bewußtsein gaben auch sein Gesicht und sein Körper nach. (Der Mensch kann ja nur durch einen Willensakt aufrecht sitzen.) Scottys schwindelndes Hirn konnte nicht mehr seine Muskeln kontrollieren. Alle Verbindungen waren unterbrochen. Er versuchte, noch ein Glas zu trinken, ließ es jedoch zu Boden fallen. Da begann er zu meinem Erstaunen bitterlich zu weinen, taumelte aber schließlich in eine Koje und schlief auf der Stelle ein.

Der Harpunierer und ich tranken weiter und grinsten uns überlegen über Scottys Zustand an. Die letzte Flasche wurde geöffnet, und wir tranken sie unter uns zur Begleitung von Scottys Schnarchen. Dann verschwand auch der Harpunierer in seiner Koje, und ich blieb allein, unbesiegt, auf dem Schlachtfelde.

Ich war sehr stolz, und König Alkohol war es mit mir. Ich konnte also etwas vertragen. Ich hatte zwei Mann – Glas für Glas – unter den Tisch getrunken. Und ich stand noch fest auf den Füßen, als ich an Deck ging, um meine brennende Lunge frische Luft schöpfen zu lassen. Bei diesem Gelage auf dem „Faulpelz" merkte ich, was ein guter Magen und ein starker Kopf fürs Trinken bedeuten – eine Erkenntnis, die mir in den nächsten Jahren eine Quelle des Stolzes wurde, die mir aber schließlich viel Kummer bereiten sollte. Der glücklichste Mann ist, wer nur wenige Gläser vertragen kann, ohne sich zu berauschen. Der unglücklichste, wer viele Gläser vertragen kann, ohne es zu spüren, und zahllose Gläser nehmen *muß*, um auch nur angeregt zu werden.

Die Sonne ging gerade unter, als ich an Deck des „Faulpelzes" kam. Unten gab es Kojen genug, so daß ich es nicht nötig gehabt hätte, nach Hause zurückzukehren. Aber ich wollte mir selbst zeigen, was für ein Mann ich war. Dort achtern lag meine Jolle.

Der letzte Teil einer sehr starken Ebbe lief durch eine Stromrinne gegen einen Seewind von vierzig Meilen die Stunde. Ich konnte die großen Schaumkämme sehen, und an Tal und Gipfel jeder Welle war deutlich die Richtung des Sogs zu erkennen. Ich setzte Segel, warf los, setzte mich ans Ruder, nahm die Schoot in die Hand und jagte zur Rinne hinaus. Die Jolle hahlte über und stampfte wie verrückt. Der Schaum begann zu sprühen. Es war die Höhe der Exaltation. Im Fahren sang ich „Weht den Mann runter!" Ich war kein vierzehnjähriger Knabe, der in kleinen Verhältnissen in der schläfrigen Stadt namens Oakland lebte. Ich war ein Mann, ein Gott, und selbst die Wellen huldigten mir, als ich sie meinem Willen unterwarf.

Es war tiefste Ebbe. Ganze hundert Meter Schlick waren zwischen Bollwerk und Wasser. Ich hahlte das Schwert hoch, lief in voller Fahrt in den Schlick, holte das Segel ein, und, achtern stehend, wie ich es oft bei Ebbe getan hatte, begann ich die Jolle mit dem Riemen vorwärtszuschieben. Da begann ich die Herrschaft über mich zu verlieren. Ich verlor das Gleichgewicht und fiel kopfüber in den Schlamm. Und wie ich jetzt vom Kopf bis zu den Füßen im Schlamm zappelte und das Blut mir von den Armen troff, die ich gegen einen muschelbewachsenen Pfahl geschrammt hatte, merkte ich erst, daß ich berauscht war. Aber was tat das? Jenseits der Rinne lagen zwei starke Seemänner, die ich unter den Tisch getrunken hatte, in ihren Kojen.

Ich war ein ganzer Mann. Ich stand noch auf meinen Füßen, wenn auch bis zu den Knien im Schlamm. Mit Verachtung schob ich den Gedanken von mir, wieder ins Boot zu klettern. Ich watete durch den Schlick, schob die Jolle vor mir her und sang das Lied meiner Mannhaftigkeit in die Welt hinaus.

Ich mußte dafür bezahlen. Mehrere Tage war ich krank, recht krank, und an den Stellen, wo ich mir die Arme an dem Pfahl geschrammt hatte, bekam ich eine schmerzhafte Vergiftung. Eine ganze Woche konnte ich sie nicht gebrauchen, und das Ankleiden war eine wahre Tortur für mich.

Ich schwor: „Nie wieder!“ Das Spiel war es nicht wert. Der Preis war zu hoch. Ich hatte nicht etwa einen moralischen Katzenjammer. Meine Abneigung war rein physisch. Kein noch so erhabener Augenblick wog diese Stunden des Elends und der Verzweiflung auf. Als ich wieder in meine Jolle kam, mied ich den „Faulpelz“. Ich wäre gern bis auf die andere Seite der Rinne gekreuzt, um nur nicht dem Schoner zu begegnen. Scotty war verschwunden. Der Harpunierer war noch da, aber ich schnitt ihn. Als er einmal beim Bollwerk an Land ging, versteckte ich mich. Ich fürchtete, daß er mich wieder zum Trinken auffordern würde; vielleicht hatte er eine volle Whiskyflasche in der Tasche.

Und doch – und hier spürt man die Zauberkraft König Alkohols –, und doch war das Gelage an jenem Nachmittage auf dem „Faulpelz“ ein Purpurschimmer in der Eintönigkeit meiner Tage gewesen. Ich vergaß es nie. Meine Gedanken kehrten immer wieder dahin zurück. Unter anderm war ich zu den Triebfedern und Quellen männlicher Tatkraft gelangt. Ich hatte Scotty weinen sehen über seine eigene Schlechtigkeit und die traurige Lage, in der seine Mutter, eine feine Dame in Edinburgh, sich befand. Der Harpunierer hatte mir schrecklich wunderbare Dinge über sich erzählt. Ich hatte Myriaden lockender und entflammender Winke erhalten über eine Welt jenseits der meinen, in die ich wenigstens ebensogut paßte wie die beiden Burschen, die mit mir getrunken hatten. Ich war hinter die Seelen von Männern gekommen. Ich war hinter meine eigene Seele gekommen und hatte ungeahnte Fähigkeiten und eine unerwartete Größe gefunden.

*

Ich war kaum fünfzehn Jahre alt und arbeitete viele Stunden täglich in einer Konservenfabrik. Monatelang war mein kürzester Arbeitstag zehn Stunden. Rechnet man zu diesen zehn Stunden wirklicher Arbeit die Mittagszeit, ferner den Weg zur Arbeit und wieder heim, die Zeit, die Ankleiden, Frühstücken, Abendbrotessen und Zubettgehen in Anspruch nahmen, so blieben von den vierundzwanzig Stunden des Tages kaum mehr als die neun, welche die Gesundheit eines Jünglings für den Schlaf fordert. Von diesen neun Stunden stahl ich mir, wenn ich im Bette lag und ehe mir die Augen zufielen, immer noch ein Stündchen zum Lesen.

Aber manchen Abend wurde nicht vor Mitternacht Feierabend gemacht, und zuweilen arbeitete ich achtzehn und zwanzig Stunden am Tage. Einmal stand ich sechsunddreißig Stunden hintereinander an meiner Maschine. Wochenlang konnte ich nie vor elf Schluß machen, war um halb eins im Bett und wurde um halb sechs am nächsten Morgen geweckt, um mich anzukleiden, zu essen, zur Arbeit zu gehen und um sieben – sobald das Pfeifen ertönte – an meiner Maschine zu stehen.

Da blieb mir kein Augenblick für meine geliebten Bücher. Aber was hatte König Alkohol zu schaffen mit dieser anstrengenden, heldenmütigen Arbeit eines kaum fünfzehnjährigen Burschen? Er hatte sehr viel damit zu schaffen. Laßt es mich erzählen. Ich fragte mich, ob das der Sinn des Lebens sei – ein Arbeitstier zu sein? Ich wußte, daß kein Pferd in Oakland soviel Stunden täglich zu arbeiten hatte wie ich. Wenn das Leben hieß, so machte ich mir wahrlich nichts daraus, zu leben. Ich dachte an meine Jolle, die am Bollwerk lag und Entenmuscheln ansetzte; ich dachte an den Wind, der täglich über die Bucht wehte, an Sonnenaufgang und Sonnenuntergang, die ich nie mehr sah; an das Beißen der Salzluft in meiner Nase, an das Beißen des Salzwassers in meiner Haut, wenn das Boot überkrengte. Ich dachte an alle Schönheit, alles Wunderbare und Sinnbetörende, das die Welt mir jetzt vorenthielt. Es gab nur eine Möglichkeit, der tötenden Plackerei zu entrinnen: Ich mußte zur See gehen. Ich mußte mein Brot auf dem Wasser verdienen. Und dieser Weg führte unweigerlich zu König Alkohol. Ich wußte das nicht. Und als ich es erfuhr, war ich tapfer genug, nicht zu meinem furchtbaren Leben an der Maschine zurückzukehren.

Ich wollte dort sein, wo der Wind des Abenteuers wehte. Und der Wind des Abenteuers wiegte die Schaluppen der Austernräuber in der Bucht von San Francisco von den nächtlichen Kämpfen bei den Austernbänken bis zu den Märkten am Morgen auf den Kais der Stadt, wo Händler und Gastwirte kauften. Jede Plünderung einer Austernbank war ein Verbrechen. Als Strafe stand Gefängnis, gestreifte Tracht und Gänsemarsch darauf. Aber was tat das? Die Männer in der gestreiften Tracht hatten einen kürzeren Arbeitstag als ich an meiner Maschine. Und mit der Austernräuberei und dem Gefängnis war eine unsagbar größere Romantik verbunden, als mit dem Dasein als Sklave der Maschine. Und hinter allem, hinter dem ganzen brausenden Übermut meiner Jugend lockte die Romantik, das Abenteuer.

Daher redete ich mit meiner Mammy Jennie, meiner alten Amme, an deren schwarzen Brüsten ich gesogen hatte. Sie war wohlhabender als meine Familie. Sie pflegte Kranke für einen guten Wochenlohn. Ob sie ihrem „weißen Kinde" Geld leihen wollte? *Ob sie das wollte*! Was sie hatte, gehörte mir.

Dann suchte ich Franzosen-Frank auf, den Austernräuber, der, wie ich gehört hatte, seine Schaluppe „Razzle Dazzle" verkaufen wollte. Ich fand ihn auf der Alabamaseite der Oaklandbucht in der Nähe der Webster Streetbrücke vor Anker liegen, und er hatte Gäste an Bord, die er mit Wein bewirtete. Er kam an Deck, um mit mir zu verhandeln. Er war bereit, zu verkaufen. Aber heute sei Sonntag. Zudem habe er Gäste. Morgen wolle er den Kaufvertrag aufsetzen, und ich könne das Boot übernehmen. Inzwischen müsse ich aber nach unten kommen und seine Freunde begrüßen. Es waren zwei Schwestern da: Mamie und Teß; eine Frau Hadley, die sie bemutterte; der „Whisky-Bob", ein jugendlicher Austernräuber von sechzehn Jahren, und schließlich Healey, „die Spinne", eine schwarzbärtige, zwanzigjährige Hafenratte. Mamie, die Nichte der Spinne, wurde die Königin der Austernräuber genannt; sie pflegte den Vorsitz bei den Zusammenkünften zu führen. Der Franzosen-Frank war in sie verliebt, was ich damals aber noch nicht wußte; sie weigerte sich aber standhaft, ihn zu heiraten.

Franzosen-Frank füllte ein Rotweinglas aus einer großen Korbflasche, um das Geschäft zu begießen. Ich dachte an den Rotwein auf der italienischen Ranch und schauderte innerlich. Whisky und Bier waren längst nicht so widerlich. Aber die Königin der Austernräuber blickte mich an, und sie hielt selbst ein geleertes

Glas in der Hand. Ich besaß meinen Stolz. Wenn ich auch erst fünfzehn war, so konnte ich mich doch nicht weniger männlich zeigen als sie. Außerdem waren ihre Schwester, Frau Hadley, der junge Austernräuber und die bärtige Hafenratte da, und alle hielten Gläser in den Händen. War ich ein Milch- und Wassersäufer? Nein, tausendmal nein! Ich goß das volle Glas hinunter wie ein Mann.

Franzosen-Frank war in gehobene Stimmung versetzt worden durch den Verkauf, den ich durch zwanzig Dollar Handgeld bindend gemacht hatte. Er schenkte mehr Wein ein. Ich hatte die Stärke meines Kopfes und meines Magens kennengelernt und war sicher, wenn ich mit einer gewissen Mäßigkeit trank, mich nicht für eine ganze Woche zu vergiften. Ich konnte ebensoviel vertragen wie sie; außerdem hatten sie schon ziemlich viel getrunken, ehe ich kam.

Wir begannen zu singen. Die Spinne sang den „Einbrecher von Boston“ und „Schwarze Lulu“. Die Königin sang „Wenn ich Flügel hätte“. Und ihre Schwester Teß sang „Ach, hüte mir mein Töchterlein“. Die Lustigkeit wuchs. Ich entdeckte, daß ich gut ein Glas vorbeigehen lassen konnte, ohne daß man es bemerkte oder mich zur Ordnung rief. Wenn ich auf der Kajütentreppe stand, so daß Kopf, Schultern und die Hand, die das Glas hielt, draußen waren, konnte ich zudem hin und wieder den Wein über Bord schütten.

Ich dachte etwa so: Es ist eine Eigentümlichkeit dieser Leute, daß sie diesen schlechtschmeckenden Wein mögen. Schön, laß sie! Über den Geschmack läßt sich nicht streiten. Meine Männlichkeit erfordert indessen ihrer merkwürdigen Ansicht gemäß, daß ich auch so tue, als möchte ich den Wein. Schön. Ich werde so tun. Aber ich werde nicht mehr trinken, als unvermeidlich ist.

Und die Königin begann mir schöne Augen zu machen, mir, dem jüngsten Rekruten der Austernräuberflotte, der kein Untergeordneter, sondern Besitzer und Herr eines Schiffes war. Sie ging an Deck, um Luft zu schöpfen, und nahm mich mit. Sie wußte natürlich, was ich mir nicht träumen ließ, daß der Franzosen-Frank unten raste. Dann gesellte Teß, die auf dem Kajütendeckel saß, sich zu uns; dann die Spinne und Bob; und zuletzt Frau Hadley und Franzosen-Frank. Und wir saßen da, die Gläser in der Hand, und sangen, während die dicke Korbflasche herumging; und ich war der einzige wirklich Nüchterne von allen.

Und ich genoß die Stunde, wie keiner von ihnen sie genießen konnte. Hier in dieser Welt der Abenteuer mußte ich unwillkürlich des vergangenen Tages gedenken, als ich in der stickigen Luft vor der Maschine saß und endlos und mit Aufwendung aller Kräfte immer dieselben mechanischen Bewegungen wiederholte. Und jetzt saß ich hier, das Glas in der Hand, in glühender Kameradschaft mit den Austernräubern, Abenteurern, die nicht die Sklaven einer elenden Routine sein wollten, die allen Zwanges und aller Gesetze spotteten, und die allein in ihren eigenen Händen ihr Leben und ihre Freiheit hielten. Und König Alkohol war es, der mich diesen freien Seelen ohne Furcht und Tadel zugesellte.

Und die Abendbrise wehte mir ihren Tangduft in die Lunge und kräuselte die Wellen in der mittleren Rinne. Vorn kam im Fluge das Fährboot daher und ließ die Pfeife gellen, damit die Zugbrücke aufgezogen würde. Schlepper mit roten Schornsteinen kamen vorbei, und die „Razzle Dazzle“ wiegte sich auf den Wellen in ihrem Kielwasser. Eine Zuckerbark wurde von der „Boneyard“ in die offene See geschleppt. Die sinkende Sonne warf ihren Schimmer auf die schäumenden Wellen, und das Leben war groß. Und die Spinne sang:

„O, it's Lulu, black Lulu, my Darling,
O, it's where have you been so long?“

Hier war endlich ein Hauch von dem Geiste des Aufruhrs, von Abenteuer, Romantik, von den Dingen, die verboten sind und doch herausfordernd und großartig getan werden. Und ich wußte, daß ich morgen nicht wieder zu meiner Maschine in der Konservenfabrik zurückkehren würde. Morgen war ich ein Austernräuber, ein Freibeuter, so frei, wie das Jahrhundert und die Wasser der Bucht von San Francisco es erlaubten. Die Spinne hatte schon zugesagt, als einzige Mannschaft und zugleich als Koch mit mir zu fahren, während ich selbst alle Arbeit an Deck verrichten sollte. Morgen wollten wir Proviant und Wasser einnehmen, das Großsegel heißen (das größte Stück Leinwand, unter dem ich je gefahren war) und mit der ersten Brise und der letzten Ebbe anfahren. Dann wollten wir die Schooten loslassen, bei Beginn der Flut die Bucht hinunter bis zu den Spargelinseln laufen und dort vier Meilen von der Küste ankern. Und zuletzt sollte mein höchster Traum in Erfüllung gehen: Ich sollte auf dem Wasser schlafen. Und am nächsten Morgen sollte ich auf dem Wasser erwachen; und alle meine Tage und Nächte sollte ich von jetzt an auf dem Wasser verleben.

Und als Franzosen-Frank sich anschickte, seine Gäste fortzubringen, bat die Königin mich, sie in meiner Jolle an Land zu rudern. Ich verstand nicht, warum er so schnell andern Sinnes wurde und Whisky-Bob seine Jolle rudern ließ, während er selbst an Bord der Schaluppe blieb. Ebensowenig verstand ich die

Bemerkung der grinsenden Spinne: „Was! Du hast wohl keinen schwachen Punkt?“ Wie sollte ich es wohl in meinen Jungenskopf bringen können, daß er, ein ergrauter Mann von fünfzig, eifersüchtig auf mich war?

*

Unserer Verabredung gemäß trafen wir uns früh am Montagmorgen in Johnny Heinholds „Letzter Chance“ – natürlich einer Kneipe –, um den Abschluß zustande zu bringen. Ich bezahlte den Restbetrag, erhielt den Kaufvertrag, und dann schmiß er eine Runde. Es war offenbar ganz selbstverständlich und folgerichtig, daß der Verkäufer etwas von dem eingenommenen Gelde in der Wirtschaft ausgab, wo das Geschäft abgeschlossen worden war. Zu meiner Überraschung traktierte Franzosen-Frank jedoch das ganze Lokal. Daß er und ich tranken, erschien mir nicht mehr als billig; aber warum mußte Johnny Heinhold, der Besitzer der Wirtschaft, der hinter dem Schenktisch stand, eingeladen werden? Ich stellte mir sofort vor, daß er also an jedem Glase, das er selbst trank, verdiente. Ich konnte auch mehr oder weniger gut verstehen, daß die Spinne und Whisky-Bob eingeladen wurden, waren sie doch Freunde und Schiffskameraden; aber warum mußten auch die Schauerleute, Bill Kelley und Soup Kennedy, mit dabei sein?

Dazu kam noch Pat, der Bruder der Königin, so daß wir alles in allem acht waren. Es war früh am Morgen, und alle bestellten sich Whisky. Was sollte ich machen in dieser Gesellschaft großer Männer, die alle Whisky tranken? „Whisky“, sagte ich nachlässig, als hätte ich es schon tausendmal gesagt. Und was für ein Whisky! Ich goß ihn hinunter. Brrr! Ich kann ihn heute noch schmecken. Und ich war entsetzt über den Preis, den Franzosen-Frank bezahlen mußte – achtzig Cent. Achtzig Cent! Das war eine Schande für meine sparsame Seele. Achtzig Cent – acht Stunden Lohn für meine Plackerei an der Maschine – durch unsere Kehlen gegossen, und das in einem Nu, im Handumdrehen; und man behielt nichts als einen schlechten Geschmack im Munde. Darüber war nicht zu streiten: Franzosen-Frank war ein Verschwender.

Ich wäre am liebsten gegangen, hinaus in den Sonnenschein, aufs Wasser zu meinem prächtigen Boot. Aber alle blieben stehen, auch die Spinne, meine Mannschaft. Es war mir ganz unbegreiflich, warum sie stehenblieben. Ich habe mir später oft überlegt, was sie wohl von mir, dem Neuling, gedacht haben mögen, der jetzt hier in ihrem Kreise willkommen geheißen war, mit ihnen am Schenktisch stand und nicht eine einzige Runde ausgab. Franzosen-Frank, der, ohne daß ich es ahnte, seinen Ärger gestern abend verschluckt hatte, begann jetzt, als er das Geld für die „Razzle Dazzle“ in der Tasche hatte, merkwürdig gegen mich zu werden. Ich spürte den Unterschied in seinem Wesen, sah den abschreckenden Schimmer in seinen Augen und wunderte mich. Je mehr ich die Männer kennenlernte, desto seltsamer wurden sie. Johnny Heinhold lehnte sich über den Schenktisch und flüsterte mir ins Ohr: „Er hat's auf dich abgesehen. Nimm dich in acht.“

Ich nickte zum Zeichen, daß ich verstanden hatte, wie ein Mann nicken muß, der über die Männer Bescheid weiß. Aber im geheimen war ich bestürzt. Du lieber Himmel! Wie sollte ich, der schwer gearbeitet und Abenteuerromane gelesen hatte, der erst fünfzehn Jahre alt war und sich nicht träumen ließ, daß ihm die Königin der Austernräuber auch nur einen Gedanken schenkte, und der nicht wußte, daß Franzosen-Frank wahnsinnig in sie verliebt war – wie sollte ich ahnen, daß ich ihn blamiert hatte? Und wie sollte ich ahnen, daß die Geschichte, wie die Königin ihn in seinem eigenen Boot abgewiesen hatte, und zwar in dem Augenblick, als ich in Sicht gekommen war, im Hafen schon von Mund zu Mund ging? Und wie sollte ich ferner ahnen, daß die Zurückhaltung ihres Bruders Pat gegen mich etwas anderes bedeutete als angeborene Mürrischkeit?

Whisky-Bob zog mich einen Augenblick beiseite. „Halt die Augen offen“, murmelte er. „Laß dir's sagen. Franzosen-Frank ist gefährlich. Ich fahre jetzt mit ihm den Fluß hinauf, um einen Schoner für die Austernfischerei zu finden. Wenn er zu den Bänken zurückkommt, so sei vorsichtig. Er sagt, er will dich überrennen. Wenn er nach Dunkelwerden in der Nähe ist, so wechsle den Ankerplatz und lösch' das Ankerlicht. Verstanden?“

O gewiß, ich hatte verstanden. Ich nickte und dankte ihm, wie ein Mann dem andern für einen Wink dankt. Dann schlenderte ich zu der Gruppe am Schenktisch zurück. Nein, ich gab nichts aus. Ich ließ mir nicht träumen, daß man das von mir erwartete. Ich brach mit der Spinne auf, und noch heute klingen mir die Ohren, wenn ich mir vorzustellen versuche, was sie von mir gesagt haben müssen.

Ich fragte die Spinne beiläufig, was mit dem Franzosen-Frank wäre.

„Er ist mächtig eifersüchtig auf dich“, lautete die Antwort.

„Meinst du wirklich?“ sagte ich und verließ dann die Sache, als sei sie nicht wert, daß man darüber nachdächte.

Aber ich überlasse es jedem, sich vorzustellen, wie meine fünfzehnjährige Männlichkeit vor Stolz schwoll, als ich erfuhr, daß Franzosen-Frank, der fünfzigjährige Abenteurer, der alle Meere der ganzen Welt befahren hatte, eifersüchtig auf mich war – und das wegen eines Mädchens, das den romantischsten aller Namen trug: Königin der Austernräuber. Ich hatte so etwas wohl in Büchern gelesen und auch als persönliche Möglichkeiten in einer fernen Zeit der künftigen Reife betrachtet. Oh, ich fühlte mich wie ein unvergleichlicher junger Teufel, als wir an diesem Morgen das mächtige Großsegel heißten, den Anker lichteten, nach dem Drei-Meilen-Schlage nach Lee überholten und bei scharfem Winde in die Bucht hinausjagten.

So entrann ich der tötenden Plackerei an der Maschine, und so kam ich zu den Austernräubern. Zwar hatte es mit Trinken begonnen, und allem Anschein nach wurde das Trinken bei diesem Leben fortgesetzt. Aber sollte ich deswegen davor zurückschrecken? Wo immer das Leben frei und groß war, wurde getrunken. Romantik und Abenteuer schienen stets Arm in Arm mit König Alkohol ihre Straße zu wandern. Wollte ich die beiden kennenlernen, konnte ich dem dritten nicht ausweichen. Oder ich mußte eben zurück zu meinen Volksbibliotheksbüchern, von den Taten anderer Männer lesen und selbst keine begehen, sondern weiter für zehn Cent die Stunde an der Maschine in einer Konservenfabrik fronen.

Nein; von dem herrlichen Leben auf dem Meere konnte mich die Tatsache nicht abschrecken, daß die Seeratten ein sonderbares, kostspieliges Verlangen nach Bier, Wein und Whisky hegten. Was tat es, wenn zu ihrem Glück das merkwürdige Vergnügen gehörte, mich trinken zu sehen? Wenn sie wieder dies widerwärtige Getränk kauften und in mich hineingossen, nun schön, dann trank ich es eben. Das war der Preis, den ich für ihre Kameradschaft zu zahlen hatte. Und ich brauchte mich nicht zu betrinken. Hatte ich mich doch auch nicht an jenem Nachmittage betrunken, als ich den Kauf der „Razzle Dazzle“ abschloß, obgleich nicht einer von den andern nüchtern geblieben war. Nun schön, in Zukunft wollte ich es ebenso machen: trinken, wenn es ihnen Vergnügen machte, daß ich trank, mich aber wohl hüten, zuviel zu trinken.

* * *

Wenn ich mich auch erst nach und nach zum schweren Trinker unter den Austernräubern entwickelte, so kam das wirkliche Laster doch ganz plötzlich und hatte seine Ursache nicht in einem Verlangen nach Alkohol, sondern in reinen Vernunftsgründen.

Je mehr ich dieses Leben kennenlernte, desto begeisterter war ich von ihm. Nie werde ich die Glückseligkeit vergessen, als ich in der ersten Nacht an einem gemeinsamen Zug an Bord der „Annie“ teilnahm, mit rauhen, großen und unerschrockenen Männern, alten Hafenratten, von denen mehr als eine schon im Zuchthause gesessen hatte, und die alle auf gespanntem Fuße mit dem Gesetz standen und das Gefängnis verdienten. Sie trugen Seestiefel und Ölzeug, sprachen leise in barschem Ton miteinander, und der „Große“, Georg, hatte sich sogar einen Revolver umgeschnallt, um zu zeigen, daß es Ernst war.

Oh, wenn ich jetzt zurückblicke, weiß ich wohl, daß das alles gemein und dumm war. Aber damals, als ich Schulter an Schulter mit König Alkohol wanderte und ihn anzuerkennen begann, damals blickte ich nicht zurück. Das Leben war prächtig und wild, und ich erlebte die Abenteuer, von denen ich so viel gelesen hatte.

Nelson, „der junge Fuchs“, wie er zur Unterscheidung von seinem Vater, dem „alten Fuchs“, genannt wurde, fuhr die Schaluppe „Renntier“ mit seinem Partner, „die Muschel“. Die Muschel war ein Waghals, Nelson aber geradezu verrückt. Er war zwanzig Jahre alt und hatte den Körper eines Herkules. Als er einige Jahre später in Benicia erschossen wurde, sagte der Totenbeschauer, er sei der breitschultrigste Mann, den er je auf dem Brett habe liegen sehen.

Nelson konnte weder lesen noch schreiben. Sein Vater hatte ihn an der Bucht von San Francisco „erzogen“, und Segeln war ihm zur zweiten Natur geworden. Seine Kraft war ungeheuer, und er war an der ganzen Küste als gewalttätig berüchtigt. Er geriet hin und wieder in Berserkerwut und verübte dann schreckliche Untaten. Ich machte seine Bekanntschaft auf meinem ersten Zuge mit der „Razzle Dazzle“ und sah, wie er mit dem „Renntier“ im Sturm ausfuhr und Austern fischte, während wir andern vor Anker lagen, da wir uns fürchteten, bei solchem Wetter in See zu gehen.

Das war ein Mann, dieser Nelson! Und als er mich eines Tages, als ich bei der „Letzten Chance“ vorbeikam, ansprach, fühlte ich mich sehr geehrt. Aber wer kann sich meinen Stolz vorstellen, als er mich geradeheraus zu einem Glase einlud? Ich stand am Schenktisch, trank ein Glas Bier mit ihm, und wir sprachen wie Männer über Austern und Boote und die rätselhafte Geschichte, wie jemand neulich eine Ladung Schrot durch das Großsegel der „Annie“ geschickt hatte.

Wir blieben am Schenktisch stehen und schwatzten weiter. Ich fand es merkwürdig, daß wir stehenblieben. Wir hatten ja unser Bier getrunken. Aber wie konnte ich aufbrechen, wenn der große Nelson sich noch an den Schenktisch lehnen wollte? Nach einigen Minuten fragte er mich zu meiner Überraschung, ob ich noch ein Glas trinken wolle, und ich sagte ja. Und wir redeten weiter, und Nelson machte nicht die geringste Miene, aufzubrechen.

Habt Nachsicht mit mir, wenn ich euch meinen Gedankengang und meine Unschuld erkläre. Vor allem war ich sehr stolz auf die Gesellschaft Nelsons, des größten Helden unter den Austernräubern und Abenteurern der Bucht. Zum Schaden meines Magens und meiner Schleimhäute hatte Nelson den merkwürdigen Einfall gehabt, mich zu seinem Vergnügen mit Bier zu traktieren. Ich hegte keine moralische Abneigung gegen das Bier, und der Umstand, daß ich den Geschmack und die Schwere des Getränks nicht leiden mochte, war kein Grund, daß ich die Ehre seiner Gesellschaft hätte ausschlagen sollen. Er hatte nun einmal Lust, Bier zu trinken, und ich sollte ihm dabei Gesellschaft leisten. Da mußte ich eben die vorübergehende Unannehmlichkeit mit in Kauf nehmen. So blieben wir also am Schenktisch stehen und schwatzten und tranken Bier, das Nelson bestellte und bezahlte. Wenn ich jetzt daran zurückdenke, nehme ich an, daß Nelson neugierig war. Er wollte herausbekommen, wes Geistes Kind ich war. Und er wollte wohl auch sehen, wie oft ich ihn Bier ausgeben ließ, ohne mich zu revanchieren.

Nachdem ich ein halbes Dutzend Glas getrunken hatte, fand ich, meines Entschlusses, nie zuviel zu trinken, gedenkend, daß ich für diesmal genug hätte. Ich bemerkte daher, daß ich an Bord der „Razzle Dazzle“ gehen wolle, die am städtischen Bollwerk, kaum hundert Meter entfernt lag.

Ich verabschiedete mich von Nelson und machte mich auf den Weg. Aber ich hatte sechs Glas Bier getrunken, und König Alkohol ging mit mir. Mein Hirn tönte und sprühte vor Leben. Die Erkenntnis meiner Mannhaftigkeit erhob mich. Ich sollte jetzt als echter Austernräuber an Bord meines eigenen Schiffes gehen, nachdem ich mit Nelson, dem größten aller Austernräuber, in der „Letzten Chance“ getrunken hatte. In mein Gehirn eingeprägt war das Bild, wie wir beide uns über den Schenktisch lehnten und Bier tranken. Und merkwürdig erschien mir dieser Einfall eines erwachsenen und erfahrenen Mannes, dem es Spaß machte, gutes Geld auf Bier für einen Burschen wie mich zu verschwenden, der es nicht einmal mochte.

Während ich hierüber nachdachte, fiel mir ein, daß verschiedene Männer in die „Letzte Chance“ gekommen waren und, erst der eine, dann der andere, eine Runde geschmissen hatten. Mir fiel auch ein, daß bei dem Gelage auf dem „Faulpelz“ Scotty, der Harpunierer, und ich selbst alles Geld, das wir besaßen, zusammengekratzt hatten, um Whisky zu kaufen. Dann tauchten auch die Regeln auf, die für uns Knaben gegolten hatten: Wenn ein Knabe eines Tages einem andern eine „Kanonenkugel“ oder eine Tafel Kaukonfekt schenkte, erwartete er dafür an einem andern Tage seinerseits eine „Kanonenkugel“ oder Kaukonfekt zu bekommen.

Deshalb war Nelson am Schenktisch stehengeblieben. Nachdem er mir ein Glas spendiert hatte, wartete er, daß ich ihm eins spendieren sollte. Ich hatte ihn sechs Glas bezahlen lassen und mich nicht ein einziges Mal revanchiert. Und er war der große Nelson! Ich konnte fühlen, wie ich vor Scham errötete. Ich setzte mich auf einen Pfahl am Kai und verbarg mein Gesicht in den Händen. Und meine Scham brannte bis in den Nacken, bis in meine Wangen und meine Stirn. Ich bin oft in meinem Leben errötet, aber nie so heftig wie damals.

Und wie ich so in meiner Scham auf dem Pfahl saß, dachte ich über vieles nach und schuf Werte um. Ich war ein armes Kind gewesen. Arm hatte ich gelebt. Ich hatte auch gehungert. Nie hatte ich ein Spielzeug besessen wie andre Kinder. Meine ersten Lebenseindrücke waren von der Armut geprägt. Das Gepräge der Armut war chronisch gewesen. Ich war acht Jahre alt, als ich mein erstes Hemd aus einem Ausverkauf bekam. Und das war nur ein winziges Hemdchen. Wenn es schmutzig war, mußte ich, bis es gewaschen war, zu den schrecklichen heimgearbeiteten Dingern zurückkehren. Ich war so stolz darauf gewesen, daß ich nichts anderes darüber hatte anziehen wollen. Zum erstenmal war ich aufsässig gegen meine Mutter geworden – hatte mich bis zum Wahnsinn erregt, bis meine Mutter mich dieses gekaufte Hemd so tragen ließ, daß alle Leute es sehen konnten.

Nur wer gehungert hat, weiß, was Essen wert ist; nur Seeleute und Wüstenwanderer wissen frisches Wasser zu schätzen. Und nur ein Kind mit der Einbildungskraft des Kindes vermag die Bedeutung der Dinge zu fassen, die ihm lange vorenthalten werden. Ich entdeckte früh, daß ich nur die Dinge erhalten konnte, die ich mir selbst verschaffte. Meine kümmerliche Kindheit entwickelte auch Kümmerlichkeit. Die ersten Dinge, die ich mir selbst verschaffen konnte, waren Zigarettenbilder, Zigarettenplakate und Zigarettenalbums. Von dem Geld, das ich regulär verdiente, konnte ich sie mir nicht leisten, und so verkaufte ich

„Extra"-Zeitungen, um diese Schätze zu erstehen. Ich tauschte Dubletten mit andern Knaben, und da das Austragen der Zeitungen mich durch die ganze Stadt führte, hatte ich mehr Gelegenheit zum Erwerb und Tausch als andere.

Nicht lange, so besaß ich alle Serien sämtlicher Zigarettenfabriken vollständig – „Berühmte Rennpferde", „Pariser Schönheiten", „Frauen aller Völker", „Flaggen aller Nationen", „Bekannte Schauspieler", „Championboxer" usw. Und jede Serie besaß ich dreimal: in den der Packung beiliegenden Karten, in Plakaten und im Album.

Dann begann ich Dubletten und Dublettenalbums zu sammeln. Ich tauschte sie ein gegen andere Dinge, auf die die Jungen Wert legten und die sie gewöhnlich mit Geld bezahlten, das ihre Eltern ihnen gegeben hatten. Natürlich hatten sie nicht den ausgesprochenen Sinn für den Wert der Dinge wie ich, der nie Geld bekommen hatte, um sich etwas zu kaufen. Ich handelte mit Briefmarken, Mineralien, Kuriositäten, Vogeleiern, Murmeln (ich hatte die prächtigste Sammlung von Achatmurmeln, die je im Besitze eines Knaben gewesen ist), und das Hauptstück der Sammlung bildete „eine Handvoll", die wenigstens drei Dollar wert war. Ich bekam sie als Sicherheit für zwanzig Cent, die ich einem Botenjungen lieh; bevor er sie einlösen konnte, wurde er in eine Erziehungsanstalt geschickt.

Ich handelte und tauschte all und jedes und setzte es auf dutzenderlei Art wieder um. Ich war berühmt als Händler, berüchtigt als Geizhals. Ich konnte selbst einen chinesischen Matrosen zum Weinen bringen, wenn ich Geschäfte mit ihm machte. Andere Jungen baten mich, den Verkauf ihrer Sammlungen mit Flaschen, Lumpen, altem Eisen, Korn- und Mehlsäcken und Fünf-Liter-Ölflaschen zu vermitteln, und zahlten mir Provision dafür.

Und dieser sparsame, knauserige Junge, der gewohnt war, für zehn Cent die Stunde an der Maschine zu fronen, saß nun auf dem Pfahl und stellte Betrachtungen an über das Bier, das fünf Cent das Glas kostete und im Nu verschwunden war, ohne eine Spur zu hinterlassen. Ich lebte jetzt mit Männern zusammen, die ich bewunderte. Ich war stolz darauf, daß ich mit ihnen zusammen sein durfte. Hatte all mein Sparen und Zusammenscharren mir auch nur einen Schauer von Glück verschafft, wie ich so viele erlebte, seit ich unter die Austernräuber gekommen war? Was war also mehr wert – Geld oder Glücksschauer? Diese Männer machten sich nichts daraus, einen Groschen oder auch viele Groschen wegzuwerfen. Wie gleichgültig mußte das Geld ihnen sein, wenn sie acht Mann zu Whisky, zehn Cent das Glas, einluden, wie Franzosen-Frank getan hatte. Und Nelson erst, der sechzig Cent für uns beide allein ausgegeben hatte! Was sollte ich also tun? Ich war mir klar darüber, daß ich im Begriffe stand, einen bedeutungsvollen Entschluß zu fassen. Ich sollte wählen zwischen Geld und Männern, zwischen Geiz und Romantik. Entweder mußte ich alle meine bisherigen Begriffe von Geld über Bord werfen und es als etwas betrachten, was man mit vollen Händen um sich wirft, oder ich mußte auf die Kameradschaft mit diesen Männern verzichten, deren merkwürdige Launen sie starke Getränke lieben ließen.

Ich ging daher vom Kai nach der „Letzten Chance“ zurück, vor der Nelson noch stand. „Komm, laß uns ein Glas Bier trinken“, lud ich ein. Wieder standen wir am Schenktisch, tranken und schwatzten, aber diesmal war ich es, der die zehn Cent bezahlte! Eine ganze Stunde Arbeit an der Maschine ging drauf für ein Getränk, das ich nicht mochte und das muffig schmeckte. Aber es war nicht schwer. Ich hatte einen Entschluß gefaßt: Geld spielte keine Rolle mehr. Die Kameradschaft war das Wahre. „Noch eins?“ fragte ich. Und wir tranken noch eins, und ich bezahlte. Nelson sagte mit der Weisheit des erfahrenen Trinkers zum Kellner: „Mir ein Kleines, Johnny.“ Johnny nickte und gab ihm ein Glas, das nur ein Drittel soviel wie die Gläser enthielt, aus denen wir bisher getrunken hatten. Aber der Preis war derselbe – fünf Cent.

Jetzt begann der Alkohol zu wirken, und meine Verschwendung tat mir nicht mehr weh. Dazu lernte ich etwas: Bei diesem Trinken kam es nicht allein auf die Menge an. Ich merkte mir das. Es gab ein Stadium, in dem nicht das Bier selbst die Hauptsache war, sondern eben der Geist der Kameradschaftlichkeit. Und, ja! – noch etwas! Ich konnte auch kleine Gläser Bier verlangen und dadurch die abscheuliche Bürde, die die Kameradschaftlichkeit einem auferlegte, um zwei Drittel vermindern.

„Ich mußte an Bord, um mir etwas Geld zu holen“, bemerkte ich beiläufig, als wir tranken, in der Hoffnung, Nelson würde das als Entschuldigung dafür gelten lassen, daß ich ihn sechsmal hintereinander hatte bezahlen lassen.

„Oh, das war nicht nötig“, antwortete er. „Johnny gibt einem Kerl wie dir gern Kredit – nicht wahr, Johnny!“

„Gewiß“, versicherte Johnny lächelnd.

„Wieviel bin ich dir schuldig?“ fragte Nelson.

Johnny nahm das Buch heraus, das er hinter dem Schenktisch aufbewahrte, fand Nelsons Seite und rechnete eine Summe von mehreren Dollar zusammen. Auf einmal wurde ich von dem Wunsche ergriffen, ebenfalls eine Seite in diesem Buche zu haben. Das erschien mir als der Gipfel der Männlichkeit.

Nach mehreren Gläsern, die ich bestellte und bezahlte, entschloß Nelson sich zu gehen. Wir schieden wahrhaft kameradschaftlich, und ich wanderte den Kai hinunter zur „Razzle Dazzle". Die Spinne machte gerade Feuer, um das Abendessen zu kochen. „Wo hast du dir denn den geholt?" grinste er mir durch die offene Kajütsklappe entgegen.

„Ach, ich war mit Nelson zusammen", sagte ich nachlässig, indem ich meinen Stolz zu verbergen suchte.

Dann kam mir ein Einfall. Hier war noch einer. Jetzt hatte ich meinen Entschluß gefaßt, und da wollte ich ihn auch folgerichtig durchführen. „Komm mit zu Johnny," sagte ich, „und laß uns eins genehmigen."

Als wir den Kai entlang gingen, kam die Muschel uns entgegen. Die Muschel war Nelsons Partner, ein feiner, tüchtiger, hübscher, schnurrbärtiger Dreißigjähriger – kurz, nichts von dem, was sein Spitzname ausdrückte. „Komm," sagte ich, „wir wollen eins trinken." Er kam mit. Als wir in die „Letzte Chance" eintraten, war Pat, der Bruder der Königin, gerade im Begriff zu gehen.

„Was hast du für Eile?" begrüßte ich ihn. „Wir wollen eins trinken. Los, komm mit."

„Ich hab' gerade eins getrunken", brummte er.

„Was tut das? Wir wollen jetzt eins genehmigen", erwiderte ich. Und Pat entschloß sich mitzukommen, und ich bahnte mir mit einigen Gläsern Bier den Weg in sein Herz. Oh, an diesem Nachmittage lernte ich König Alkohol kennen! Es war doch mehr an ihm als der schlechte Geschmack, wenn man das widerliche Getränk durch die Kehle goß. Da verwandelte sich für den elenden Preis von zehn Cent ein finsteres, heimtückisches Individuum, das zum Feinde zu werden drohte, in einen guten Freund. Er wurde ganz liebenswürdig, seine Blicke waren freundlich, und unsere Stimmen verschmolzen sich, als wir Hafen- und Austernbankgeschichten erzählten.

„Mir ein Kleines, Johnny", sagte ich, als die andern sich große Gläser bestellt hatten. Ja, und das sagte ich wie ein geübter Trinker, nachlässig, beiläufig, als wäre es mir plötzlich so eingefallen. Wenn ich heute zurückdenke, so bin ich überzeugt, daß der einzige, der erriet, daß ich Neuling im Trinken war, Johnny Heinhold gewesen ist.

„Wo hat er sich den Schwips geholt?“ hörte ich die Spinne vertraulich Johnny fragen.

„Oh, er hat den ganzen Nachmittag hier mit Nelson gekneipt“, lautete Johnnys Antwort.

Ich habe nie verraten, daß ich es hörte, aber stolz war ich. Sogar der Wirt gab mir also das Zeugnis, daß ich ein Mann war. „Er hat den ganzen Nachmittag hier mit Nelson gekneipt.“ Zauberworte! Der Ritterschlag, von einem Gastwirt mit einem Bierglas erteilt!

Ich erinnerte mich, daß Franzosen-Frank an dem Tage, als ich die „Razzle Dazzle“ kaufte, Johnny traktiert hatte. Die Gläser waren gefüllt, und wir schickten uns zum Trinken an. „Trink selbst doch auch was, Johnny“, sagte ich mit einer Miene, als hätte ich es schon längst sagen wollen und wäre nur durch das fesselnde Gespräch mit der Muschel und Pat daran verhindert worden.

Johnny warf mir einen kurzen scharfen Blick zu, ich bin sicher, er ahnte die Fortschritte, die ich in meiner Erziehung machte. Dann schenkte er sich ein Glas Whisky aus einer privaten Flasche ein. Das traf mich einen Augenblick an meinem wunden Punkt. Er hatte sich ein Getränk für zehn Cent genommen, während wir andern Bier für fünf Cent das Glas tranken! Aber der Schmerz währte nur einen Augenblick. Ich überwand ihn als niedrig, erinnerte mich meines Entschlusses und verriet mich nicht.

„Schreib es lieber auf“, sagte ich, als er ausgetrunken hatte. Und ich hatte die Genugtuung zu sehen, wie eine neue Seite meinem Namen geweiht und mir der Betrag für eine Runde mit dreißig Cent angeschrieben wurde. Und wie durch einen goldenen Nebel erblickte ich die Zukunft, in der auf dieser Seite viel angeschrieben, durchgestrichen und wieder belastet wurde.

Ich gab noch eine Runde aus, und dann machte Johnny zu meinem Erstaunen die Geschichte mit dem Zehn-Cent-Getränk wieder gut. Von seinem Platz hinter dem Schenktisch aus traktierte er uns, und ich sah, daß er auf die netteste Art mathematisch genau abgerechnet hatte.

„Laßt uns nach dem St.-Louis-Haus gehen“, schlug die Spinne vor, als wir ins Freie traten. Pat, der den ganzen Tag Kohlen geschaufelt hatte, war nach Hause gegangen, und die Muschel hatte sich nach dem „Renntier“ begeben, das

Abendessen zu kochen. So ging ich denn mit der Spinne nach dem St.-Louis-Haus, einem mächtigen Lokal, das ich noch nicht kannte, und wo ungefähr fünfzig Männer, meist Schauerleute, versammelt waren. Und hier traf ich Soup Kennedy zum zweitenmal und Bill Kelley. Und Smith von der „Annie“ kam herein – der mit dem umgeschnallten Revolver. Auch Nelson ließ sich blicken. Und noch andere traf ich, wie die Brüder Vigy, denen das Lokal gehörte, und vor allem Joe Goose mit den schalkhaften Augen, der schiefen Nase und der geblümten Weste, der die Harmonika wie ein gefallener Engel spielte und so gräßlich soff, daß selbst der Hafen von Oakland nicht seinesgleichen kannte und ihn bewunderte. Als ich eine Runde ausgab – die andern spendierten natürlich auch –, schoß mir der Gedanke durch den Kopf, daß Mammy Jennie diese Woche nicht viel von ihrem Darlehen zurückerhalten würde. Aber was macht das? dachte ich, oder vielmehr König Alkohol dachte es für mich. Du bist ein Mann, und du hast die Bekanntschaft von Männern gemacht. Mammy Jennie braucht das Geld nicht so nötig. Dies alles ist wichtiger. Sie darbt nicht. Das weißt du ja. Sie hat noch mehr Geld auf der Bank. Laß sie warten und bezahl' es ihr nach und nach.

Und so lernte ich noch einen Zug König Alkohols kennen. Er hemmt die Moral. Schlechtigkeiten, die dem Nüchternen unmöglich sind, erscheinen dem Betrunkenen ganz einfach und leicht. Wirklich, man kann gar nicht anders, denn König Alkohol errichtet eine Mauer zwischen den eigensten Wünschen und der angelernten Moral.

Ich ließ den Gedanken an meine Schulden bei Mammy Jennie fahren und machte weitere Bekanntschaften mittels der nichtigen Verschwendung von etwas Kleingeld und eines Rausches, der unangenehm wuchs. Wer mich in der Nacht an Bord brachte und mir ins Bett half, weiß ich nicht, aber ich vermute, daß es die Spinne war.

*

Und so erwarb ich mir die Sporen meiner Mannhaftigkeit. Meine Stellung im Hafen und unter den Austernräubern wurde mit einem Schlage ausgezeichnet. Man betrachtete mich als guten Kameraden und nicht als Duckmäuser. Und wie es nun gekommen sein mag: Seit dem Tage, als ich auf dem Pfahl am Kai von Oakland saß und meinen Entschluß faßte, habe ich mir nie mehr viel aus Geld gemacht. Keiner hat mich je als Geizhals angesehen, im Gegenteil, meine

Sorglosigkeit in Geldsachen ist für ein paar Menschen, die mich kennen, eine Quelle der Angst und Sorge geworden.

So völlig brach ich mit meiner sparsamen Vergangenheit, daß ich meiner Mutter schrieb, sie möchte alle meine Sammlungen unter die Jungen aus der Nachbarschaft verteilen. Ich habe mich später nie darum gekümmert, in welcher Weise die Verteilung stattgefunden hat. Ich war jetzt ein Mann, und ich machte reinen Tisch mit allem, das mich an meine Knabenzeit band.

Mein Ansehen wuchs. Als die Geschichte im Hafen herumkam, wie Franzosen-Frank versucht hatte, mich mit seinem Schoner zu überrennen, und ich an Deck der „Razzle Dazzle" mit einer gespannten doppelläufigen Schrotbüchse gestanden, sie mit den Füßen gesteuert und ihn so gezwungen hatte, das Ruder umzulegen und sich aus dem Staube zu machen, entschied der ganze Hafen, daß ich trotz meiner Jugend Haare auf den Zähnen hätte. Und ich fuhr fort, ihnen zu zeigen, daß ich Haare auf den Zähnen hatte. Es gab Tage, an denen ich mehr Austern auf der „Razzle Dazzle" einbrachte, als irgendein anderes Boot mit zwei Mann Besatzung. Da war der Tag, als wir weit unten in der Unterbucht segelten und mein Boot das einzige war, das sich bei Tagesanbruch wieder auf dem Ankerplatz bei den Spargelinseln befand. Da war jene Donnerstagnacht, als wir um die Wette fuhren, wer zuerst zum Markt käme, und ich die „Razzle Dazzle" ohne Ruder und doch als erste von der ganzen Flotte hereinbrachte und ich beim Freitagsmorgenverkauf die Sahne abschöpfte; und da war der andere Tag, als ich von der Oberbucht nur mit dem Klüver hereinkam, weil Scotty mir das Großsegel verbrannt hatte. (Ja, Scotty von dem Abenteuer auf dem „Faulpelz".) Der Ire hatte die Spinne an Bord der „Razzle Dazzle" abgelöst, und als Scotty wieder auftauchte, hatte er die Stelle des Iren eingenommen.

Aber meine Taten zur See waren es nicht allein, die mir den großen Ruf verschafften. Was allem erst die Krone aufsetzte und mir den Titel „Fürst der Austernbänke" einbrachte, war der Umstand, daß ich mich an Land stets als guter Kamerad erwies, und daß ich Geld ausgab und wie ein Mann trank. Ich ließ mir nicht träumen, daß eine Zeit kommen sollte, da ich der Hafenwelt in Oakland, die mir zuerst so imponiert hatte, selbst imponieren und sie in Aufregung versetzen sollte durch die Teufeleien, die ich beging.

Aber stets war das Leben mit Trinken verknüpft. Die Kneipen sind die Klubs des armen Mannes. Wir trafen uns stets in irgendeiner Kneipe. Wir feierten unsere Erfolge und beweinten unser Mißgeschick in der Kneipe. Vor allem machten wir aber Bekanntschaften in der Kneipe.

Werde ich je den Nachmittag vergessen, als ich den „Alten Fuchs", Nelsons Vater, traf? Er war in der „Letzten Chance". Johnny Heinhold vermittelte die Bekanntschaft. Daß der „Alte Fuchs" Nelsons Vater war, war schon bemerkenswert genug. Aber er war mehr als das. Er war der Besitzer und Kapitän des Schoners „Annie Mine", und ich konnte vielleicht eines Tages als Matrose mit ihm fahren. Mehr noch, er war die Verkörperung der Romantik. Er war ein blauäugiger, gelbhaariger, knochiger Wikinger, groß und trotz seines Alters muskulös. Und er hatte die Meere auf Schiffen aller Nationen in den wilden Tagen der Vergangenheit befahren.

Ich hatte viele seltsame Geschichten über ihn gehört und betete ihn aus der Ferne an. Der Kneipe war es vorbehalten, uns zusammenzubringen. Aber selbst da wäre es nur zu einem Händedruck und ein paar Worten gekommen – er war ein wortkarger alter Bursche –, wäre das Trinken nicht gewesen. „Lassen Sie uns eins trinken", sagte ich bereitwillig nach der Pause, die, wie ich gelernt hatte, nach den Gesetzen der Kneipe zum guten Ton gehörte. Während wir das Bier tranken, das ich bezahlt hatte, mußte er natürlich anhören, was ich sagte, und mit mir reden. Und Johnny machte als tüchtiger Wirt taktvolle Bemerkungen, die uns gemeinsame Berührungspunkte finden ließen. Und nachdem wir *mein* Bier getrunken hatten, kam Kapitän Nelson natürlich an die Reihe. Das führte zu weiterer Unterhaltung, an der Johnny nicht teilnehmen konnte, da er andere Gäste bedienen mußte.

Je mehr Kapitän Nelson und ich tranken, desto bekannter wurden wir. Er fand in mir einen aufmerksamen Zuhörer, der, dank dem Bücherlesen, viel von dem Seemannsleben wußte, das er gelebt hatte. So kehrte er dann zu den Tagen seiner wilden Jagd zurück und spann so manches Garn für mich, während wir den ganzen langen Sommernachmittag hindurch Glas auf Glas tranken. Und nur König Alkohol ermöglichte an diesem Nachmittage mein langes Zusammensein mit dem alten Seebären.

Es war Johnny Heinhold, der mir im geheimen vom Schenktisch aus ein Zeichen machte, daß ich anfinge, zuviel zu bekommen, und kleine Gläser nehmen sollte. Aber solange Kapitän Nelson große Gläser trank, verbot mein Stolz mir, es anders zu machen. Und erst als der Schiffer ein kleines Glas verlangte, bestellte ich auch für mich eins. Als wir uns endlich zögernd und warm voneinander verabschiedeten, war ich betrunken. Aber ich hatte die Genugtuung, daß der „Alte Fuchs", wie ich sah, ebenso betrunken war. Meine jugendliche Bescheidenheit verbot mir zu glauben, daß er sogar noch betrunkener war.

Und hinterher hörte ich von der Spinne, von Pat, der Muschel und von Johnny Heinhold, daß ich dem „Alten Fuchs" gefallen und daß er sich sehr schmeichelhaft über den feinen Kerl, der ich war, ausgesprochen hatte; was um so bemerkenswerter war, als man ihn als einen wilden alten Krakeeler kannte, der keinen ausstehen konnte. Und seine Freundschaft hatte ich nur König Alkohol zu verdanken. Ich habe diesen Fall hauptsächlich als ein Beispiel von der Mannigfaltigkeit der Lock- und Reizmittel und Dienste berichtet, durch die König Alkohol sich Anhänger gewinnt.

*

Und doch spürte ich kein Verlangen, keinen physischen Drang nach Alkohol. In vielen Jahren schweren Trinkens erzeugte das Trinken doch kein Verlangen. Trinken gehörte zu dem Leben, das ich führte, zu dem Leben der Männer, mit denen ich lebte. Während meiner Fahrten auf der Bucht nahm ich keinen Alkohol zu mir; und niemals kreuzte, wenn ich auf der Bucht war, der Gedanke an Trinken und der Wunsch danach mein Hirn. Erst wenn ich die „Razzle Dazzle" am Kai vertäute und die Versammlungsstätten der Männer, wo das Trinken blühte, aufsuchte, empfand ich es als soziale Pflicht und als Ritus der Männlichkeit, Getränke für andere Männer zu bezahlen oder von andern Männern anzunehmen.

Dann geschah es wohl auch, wenn ich am Kai oder auf der andern Seite der Bucht an der Landzunge lag, daß die Königin, ihre Schwester, ihr Bruder Pat und Frau Hadley an Bord kamen. Es war mein Boot, ich der Wirt, und ich konnte der Gastfreundschaft nur in der Weise Genüge tun, wie sie sie verstanden. So schickte ich denn die Spinne oder den Iren oder Scotty, oder wer sonst meine Besatzung war, mit einer Kanne um Bier und einer Korbflasche um Rotwein. Und endlich gab es dunkle Abende, wenn ich meine Austern am Kai ablieferte und große Polizisten und Männer in Zivil sich im Zwielicht an Bord stahlen. Und weil wir im Schatten der Polizei lebten, öffneten wir Austern für sie, bereiteten Pfeffersoße dazu und holten in aller Eile Bier oder stärkeren Stoff.

Aber ich mochte trinken, soviel ich wollte, ich konnte König Alkohol nicht liebgewinnen. Ich schätzte ihn außerordentlich wegen seiner Beziehungen, aber nicht wegen seines eigenen Geschmacks. Stets bestrebte ich mich, ein Mann zu sein, und stets sehnte ich mich heimlich nach Bonbons. Aber ich schämte mich dessen so, daß ich lieber gestorben wäre, als daß ich jemand meinen Wunsch hätte ahnen lassen. Ich pflegte mich dieser Lust in einsamen Schwelgereien hinzugeben, in Nächten, wenn ich wußte, daß meine Mannschaft an Land gegangen war, um sich schlafen zu legen. Dann ging ich in die Volksbibliothek, tauschte meine Bücher, kaufte mir dann für einen viertel Dollar alle möglichen Bonbons, aber nur solche, die lange vorhielten, und schlich mich dann auf die „Razzle Dazzle", wo ich mich in der Kajüte einschloß, zu Bett ging und lange glückliche Stunden, lesend und Bonbons lutschend, dalag. Und das waren die einzigen Stunden, in denen ich fühlte, daß ich wirklich etwas von meinem Gelde hatte. Noch so viele Dollars konnten am Schenktisch nicht die Befriedigung erkaufen, die mir diese fünfundzwanzig Cents in einem Konfitürengeschäft verschafften.

Als ich mehr zu trinken begann, bemerkte ich immer häufiger bei diesen Trinkgelagen jenen Purpurschimmer. Ein Rausch war stets etwas Bemerkenswertes. In diesen Stunden ereignete sich etwas. Männer wie Joe Goose berechneten die Zeit nach ihren Räuschen. Die Schauerleute warteten die ganze Woche auf ihren Sonnabendabendrausch. Wir von den Austernbooten warteten, bis wir unsre Ladung abgesetzt hatten, ehe wir richtig loslegten, wenn uns auch eine gelegentliche Begegnung mit Freunden hin und wieder einen Schwips verschaffte.

Auf gewisse Weise waren die zufälligen Räusche die besten. Seltsamere und aufregendere Dinge geschahen in solchen Stunden. Wie zum Beispiel an jenem Sonntag, als Nelson, Franzosen-Frank und Kapitän Spink dem Griechen-Nicky das gestohlene Lachsboot stahlen. In der Bemannung der Austernboote waren Veränderungen eingetreten. Nelson war mit Bill Kelley auf der „Annie" in eine Prügelei geraten und hatte eine Kugel durch die linke Hand bekommen. Da er sich auch mit der Muschel verkracht und die Kompanieschaft aufgehoben hatte, war er, die verletzte Hand in der Binde, und mit einer Mannschaft, die nur aus zwei Hochseematrosen bestand, mit dem „Renntier" draußen gewesen und so wahnsinnig gefahren, daß seine beiden Leute vor Schrecken wieder an Land gingen. Seine Rücksichtslosigkeit war so bekannt, daß kein Mensch im Hafen mehr mit Nelson fahren wollte. Daher hatte das „Renntier" keine Mannschaft und lag auf der andern Seite der Bucht an der Landzunge. Übrigens lag hier auch die „Razzle Dazzle" mit verbranntem Großsegel und mit Scotty und mir an Bord.

Whisky-Bob hatte sich mit Franzosen-Frank verkracht und einen Abstecher mit dem Griechen-Nicky den Fluß hinauf gemacht.

Das Ergebnis dieses Abstechers war ein funkelnagelneues Columbia-Lachsboot, das sie einem italienischen Fischer gestohlen hatten. Wir Austernräuber wurden alle von dem Italiener bei seiner Nachforschung aufgesucht, und nach allem, was wir vom Whisky-Bob und dem Griechen-Nicky wußten, waren wir überzeugt, daß sie die Täter waren. Aber wo war das Lachsboot? Hunderte von griechischen und italienischen Fischern am Flusse und an der Bucht hatten jeden Sumpf, jede Schilfwiese nach ihm durchsucht. Als aber der Besitzer in seiner Verzweiflung einen Finderlohn von fünfzig Dollar aussetzte, wuchs unser Interesse, und das Mysterium wurde immer größer.

Eines Sonntagmorgens stattete mir der alte Kapitän Spink einen Besuch ab. Die Unterredung war vertraulich. Er hatte gerade mit seinem Boot im Fahrwasser der alten Alemedafähre gefischt. Bei Eintritt der Ebbe hatte er ein Seil entdeckt, das unter Wasser an einem Pfahl befestigt war und in der Richtung der Strömung lief. Er hatte vergebens versucht, das, was am andern Ende befestigt war, zu heben. Weiterhin hatte er ein ähnliches Seil gefunden, das ebenfalls an einem Pfahl befestigt war und sich auch nicht herausziehen ließ. Zweifellos war das das vermißte Lachsboot. Wenn wir es seinem gesetzmäßigen Eigentümer wiederbrachten, hatten wir fünfzig Dollar verdient. Ich hatte indessen merkwürdige moralische Bedenken und schlug es ab, etwas mit der Geschichte zu tun zu haben.

Franzosen-Frank war jedoch mit Whisky-Bob uneins geworden, und Nelson war auch sein Feind. (Armer Whisky-Bob! Ohne Lasterhaftigkeit, gutmütig, freigebig, war er doch schwach, in Armut aufgewachsen, und hatte einen unwiderstehlichen Drang nach Alkohol. Er konnte den Lockungen des Buchträubertums nicht widerstehen, und kurz nach diesen Begebenheiten wurde seine Leiche, von vielen Kugeln durchbohrt, aus dem Wasser gezogen.) Kaum eine Stunde, nachdem ich Kapitän Spinks Vorschlag abgelehnt hatte, sah ich ihn mit Nelson an Bord des „Renntiers“ durch die Bucht segeln. Franzosen-Frank folgte ihnen an Bord seines Schoners.

Es dauerte nicht lange, so kamen sie zurück, merkwürdigerweise Seite an Seite. Als sie die Landzunge rundeten, kam das Lachsboot in Sicht, bis zur Reling im Wasser und nur mit Hilfe von Seilen zwischen dem Schoner und der Schaluppe über Wasser gehalten. Die Ebbe war halb vorbei, sie fuhren geradeswegs auf den

Sand los und liefen in einer Reihe, mit dem Lachsboot in der Mitte, auf. Unmittelbar darauf saß Hans, einer der Leute des Franzosen-Frank, in einer Jolle und ruderte schleunigst nach der Nordküste. Die dicke Korbflasche achtern im Boot verriet seinen Auftrag. Sie konnten es nicht erwarten, die fünfzig Dollar zu feiern, die sie so leicht verdient hatten. So machen es die Untertanen König Alkohols nun mal: Haben sie Glück, so trinken sie, haben sie keins, so trinken sie auch, in der Hoffnung, daß es kommen soll. Treffen sie einen Freund, so trinken sie. Geraten sie mit einem Freunde in Streit und verlieren ihn, so trinken sie. Ist ihr Freien mit Erfolg gekrönt, so ist ihr Glück so groß, daß sie unbedingt trinken müssen. Werden sie abgewiesen, so trinken sie aus dem entgegengesetzten Grund. Und wenn nichts von alledem der Fall ist, nun, so trinken sie doch in der sicheren Erkenntnis, daß sie nur erst eine genügende Anzahl Gläser getrunken haben müssen, damit die Würmer in ihrem Hirn zu kriechen beginnen und sie alle Hände voll zu tun haben werden. Sind sie nüchtern, so möchten sie trinken; und wenn sie berauscht sind, möchten sie noch mehr trinken.

Natürlich wurden Scotty und ich als Kameraden an Bord gerufen, um mitzutrinken. Wir halfen, ein Loch in die fünfzig Dollar zu machen, die sie noch gar nicht bekommen hatten. Aus einem ganz gewöhnlichen Sommernachmittage wurde ein purpurstrahlender Abend. Wir redeten und sangen und schrien und brüllten, und beständig schenkten Franzosen-Frank und Nelson ein. Wir lagen weithin sichtbar auf der Reede von Oakland, und der Lärm unseres Gelages rief Freunde herbei. Jolle auf Jolle kam über die Bucht und fuhr auf die Landzunge, während Hans nichts zu tun hatte, als andauernd hin und her zu gondeln, um die Nachfrage nach dem Stoff zu befriedigen.

Da erschienen Whisky-Bob und der Griechen-Nicky, nüchtern, gekränkt, empört, daß ihre Raubgenossen ihre Beute ans Licht gebracht hatten. Franzosen-Frank hielt mit Hilfe König Alkohols eine heuchlerische Rede über Tugend und Redlichkeit und warf trotz seiner fünfzig Jahre Whisky-Bob in den Sand, wo er ihn gehörig verprügelte. Als der Griechen-Nicky Whisky-Bob mit einer kurzen Schaufel zu Hilfe kam, machte Hans kurzen Prozeß mit ihm. Und als die blutenden Überreste von Bob und Nicky in ihre Jolle gepackt waren, mußte das Ergebnis natürlich wieder gefeiert werden.

Jetzt hatten sich zahlreiche Besucher eingestellt, wir waren eine große Menge Leute aus vielen Nationen und von verschiedenartigstem Temperament, alle angefeuert von König Alkohol, so daß sie jede Zurückhaltung abwarfen. Alte

Streitigkeiten wurden wieder aufgefrischt, alter Haß flammte auf. Kampf lag in der Luft. Und sobald einem Schauermann etwas einfiel, was er gegen einen Matrosen hatte, oder umgekehrt, oder wenn ein Austernräuber sich eines alten Streites erinnerte, fuhr eine Faust heraus, und ein neuer Kampf begann. Und jeder Kampf endete damit, daß wieder getrunken wurde, wobei die kämpfenden Parteien, unterstützt von allen andern, sich umarmten und ewige Freundschaft schworen.

Und ausgerechnet jetzt mußte Soup Kennedy kommen und ein altes Hemd zurückverlangen, das er nach einer Fahrt mit der Muschel auf dem „Renntier" vergessen hatte. Bei dem Streit mit Nelson hatte er sich auf die Seite der Muschel gestellt. Er war übrigens auch im St.-Louis-Haus gewesen und hatte getrunken, so daß es König Alkohol war, der ihn nach der Landzunge führte und nach dem alten Hemd fragen ließ. Wenige Worte genügten, um die Bombe zum Platzen zu bringen. In der Cockpit des „Renntiers" fuhr er auf Nelson los, und in dem Wirrwarr entging er nur mit knapper Not einer Eisenstange, mit der der wütende Franzosen-Frank nach ihm schlug – wütend, weil ein Mann mit zwei gesunden Händen einen andern angriff, der nur eine gebrauchen konnte. (Wenn das „Renntier" noch auf dem Wasser schwimmt, muß die Spur der Eisenstange noch an ihrer Cockpit zu sehen sein.)

Aber Nelson riß seine verbundene, durchschossene Hand aus der Binde, und während wir ihn festhielten, weinte und brüllte er in seiner Berserkerwut, selbst mit der einen Hand könne er noch mit Soup Kennedy fertig werden. Und da ließen wir sie auf dem Sande los. Einmal, als es schlimm für Nelson aussah, griffen Franzosen-Frank und König Alkohol in wenig fairer Weise in den Kampf ein. Scotty protestierte und langte nach Franzosen-Frank aus, der sich auf ihn stürzte und ihn, nachdem sie zwanzig Fuß weit über den Sand gerollt waren, unter seine Brust begrub. Bei dem Versuch, diese beiden zu trennen, entstand ein halbes Dutzend Kämpfe unter uns übrigen. Diese Kämpfe wurden irgendwie beendet, oder wir brachten die Kämpfenden mit Hilfe von Alkohol auseinander – aber die ganze Zeit dauerte der Kampf zwischen Nelson und Soup Kennedy an. Hin und wieder wandten wir ihnen wieder unser Interesse zu, erteilten ihnen Ratschläge, wie zum Beispiel, wenn sie erschöpft im Sande lagen, außerstande, einen Schlag zu tun: „Wirf ihm Sand in die Augen." Und sie warfen sich Sand in die Augen, fingen dann wieder an und kämpften, bis sie wieder nicht weiter konnten.

Und nun versucht euch vorzustellen, was dies alles, so scheußlich, lächerlich und einfach tierisch es war, für mich bedeutete, einen noch nicht sechzehnjährigen Bengel, der vor Abenteuerlust brannte und den Kopf voll hatte von Seeräubergeschichten, Plünderungen und Kämpfen zwischen bewaffneten Männern, und dessen Phantasie aufs äußerste gereizt war durch schlechten Fusel, den er getrunken hatte. Das war das Leben, nackt und roh, wild und frei – das einzige Leben, das erstrebenswert war. Und mehr als das. Es enthielt ein Versprechen, war nur der Anfang. Von der Landzunge führte der Weg durch das goldene Tor zu einem Überfluß an Abenteuern in der ganzen Welt, wo Schlachten ausgefochten werden, nicht um alte Hemden und gestohlene Lachsboote, sondern um hohe Zwecke und romantische Ziele.

Und weil ich Scotty meine Meinung darüber sagte, daß er sich von einem alten Manne wie Franzosen-Frank hatte verprügeln lassen, gerieten auch wir aneinander und trugen zur Erhöhung der Feststimmung bei. Und Scotty kündigte mir seine Stellung und verschwand noch in derselben Nacht mit einem Paar Decken, die mir gehörten. Die ganze Nacht hindurch schwammen der Schoner und das „Renntier" auf der Flut und zerrten an ihren Ankern, während die Austernräuber besinnungslos in ihren Kojen lagen. Das noch mit Steinen und Wasser gefüllte Lachsboot blieb auf dem Grunde. Früh am Morgen hörte ich wildes Geschrei vom „Renntier" und taumelte in den kalten Nebel hinaus, um zu sehen, was los sei. Das schöne Lachsboot lag auf dem harten Sande, flachgepreßt wie ein Pfannkuchen durch Franzosen-Franks Schoner und das „Renntier". Unglücklicherweise waren zwei Planken des „Renntiers" von dem schweren Steven des Lachsbootes eingedrückt. Die steigende Flut war durch das Leck eingedrungen und hatte Nelson in seiner Koje geweckt. Ich half ihm, und wir pumpten das „Renntier" lenz und besserten den Schaden aus.

Dann kochte Nelson Frühstück, und während wir aßen, erörterten wir die Situation. Er war ganz gebrochen, und ich auch. Für das elende Wrack neben uns auf dem Sande bekam er im Leben nicht die fünfzig Dollar. Er hatte eine verwundete Hand und keine Mannschaft. Ich hatte ein verbranntes Großsegel und auch keine Mannschaft. „Was meinst du, wenn wir uns zusammentäten?" fragte Nelson. „Ich bin dabei", lautete meine Antwort, und so wurde ich der Partner des „Jungen Fuchses", Nelsons, des wildesten und tollsten von allen. Wir borgten uns Geld von Johnny Heinhold, um unsern Proviant zu ergänzen, und segelten noch am selben Tage nach den Austernbänken.

*

Ich habe auch nie die Monate wilder Teufelei bereut, die ich in Gemeinschaft mit Nelson verlebte. Der konnte wahrhaftig segeln, wenn er auch jeden abschreckte, der mit ihm fuhr. So zu steuern, daß man gerade noch im letzten Augenblick einer Katastrophe entging, machte ihm besonders viel Freude. Zu tun, was kein anderer zu tun wagte, darein setzte er seinen Stolz. Er hatte die Manie, nie zu reffen, und solange ich auf dem „Renntier" fuhr, wurde auch nie gerefft. Auch trocken war das Schiff nie. Wir vertäuten es offen und fuhren es offen, immer und jederzeit. Und wir verließen die Gewässer von Oakland und fuhren weit hinaus auf Abenteuer. Und diese ganze rühmliche Periode meines Lebens ermöglichte mir König Alkohol. Und das ist meine Anklage gegen König Alkohol. Ich brannte vor Durst nach wildem Leben und Abenteuern, und der einzige Weg, der mich zu ihnen führte, war der, den König Alkohol mir wies. Es war der Weg von Männern, die das Leben lebten. Wollte auch ich dieses Leben leben, so mußte ich es ihnen gleichtun. Das Trinken machte mich zu Nelsons Partner und Kameraden. Hätte ich ihn stets bezahlen lassen, oder hätte ich seine Einladung ganz ausgeschlagen, so wäre ich nie von ihm zum Partner erwählt worden. Er brauchte einen Partner, der ihm ebenso als Trinkkumpan wie als Arbeitsgenosse zur Seite stand.

Ich ergab mich diesem Leben, ohne zu erkennen, daß es nur eine eiserne Konstitution ertragen konnte, und daß es schließlich doch zu Stumpfsinn und tierischer Bewußtlosigkeit führen müsse. Unfähig, Geschmack daran zu finden, trank ich nur, um mich zu betrinken, mich hoffnungslos, rettungslos zu betrinken. Und ich, der ich früher gespart und zusammengescharrt, wie ein Shylock gewuchert hatte und selbst einen Juden hätte rühren können, ich, der ganz entsetzt dagestanden hatte, als Franzosen-Frank auf einmal achtzig Cent für Whisky für acht Mann ausgab, ich verachtete das Geld jetzt mehr als irgendeiner von all den Verschwendern. Ich erinnere mich, wie ich eines Abends mit Nelson an Land ging. In meiner Tasche befanden sich hundertundachtzig Dollar. Ich hatte die Absicht, mir neues Zeug zu kaufen und dann etwas zu trinken. Ich brauchte das Zeug notwendig. Alles, was ich besaß, trug ich auf dem Leibe, und es bestand nur aus folgendem: einem Paar Seestiefel, das, dank der göttlichen Vorsehung, das Wasser ebenso schnell heraus- wie hineinlaufen ließ, einer Hose zu fünfzig, einem Wollhemd zu vierzig Cent und einem Südwester. Ich besaß keinen Hut und mußte daher mit dem Südwester gehen. Man wird bemerken, daß in diesem Verzeichnis weder Unterzeug noch Strümpfe aufgeführt sind: ich besaß weder das eine noch das andere.

Um zu den Geschäften zu kommen, wo man Zeug kaufen konnte, mußten wir an einem Dutzend Wirtschaften vorbei. Folglich begann ich gleich zu trinken. Ich kam nie zu den Kleidergeschäften. Gegen Morgen kam ich betrunken, arm, aber zufrieden wieder an Bord, und wir setzten Segel. Ich hatte nur die Kleidungsstücke, in denen ich an Land gegangen war, und von den hundertundachtzig Dollar war nicht ein Cent mehr übrig. Wer so etwas nie erlebt hat, wird es für unmöglich halten, daß man in zwölf Stunden hundertundachtzig Dollar vertrinken kann. Ich weiß es besser. Und ich bedauerte es nicht. Ich war stolz. Ich hatte gezeigt, daß ich es im Geldausgeben mit dem Besten aufnehmen konnte. Unter starken Männern hatte ich selbst meine Stärke erprobt. Ich hatte, wie schon so oft, meinen Fürstentitel wieder einmal behauptet. Mein Benehmen muß freilich auch als eine Reaktion gegen die Armut und die übertriebene Plackerei meiner Kindheit betrachtet werden. Möglicherweise dachte ich im Innersten so: besser, ein Fürst unter Saufbrüdern, als zwölf Stunden täglich an der Maschine bei zehn Cent Stundenverdienst. Über der Arbeit an der Maschine liegt kein Purpurschimmer. Wenn es aber nicht glorios ist, hundertundachtzig Dollar durchzubringen – dann weiß ich nicht!

Ich übergehe viele Einzelheiten meines Verkehrs mit König Alkohol in dieser Periode und will nur solche Ereignisse berichten, die dazu dienen können, Licht auf seine Wege zu werfen. Dreierlei ermöglichte es mir, in dieser wilden Trinkerei fortzufahren: erstens eine glänzende Konstitution; zweitens das gesunde, starke Freiluftleben auf dem Meere; und drittens die Tatsache, daß ich nicht regelmäßig trank. Auf See hatten wir nie etwas Trinkbares.

Die Welt stand im Begriff, sich mir weit zu öffnen. Schon kannte ich mehrere hundert Meilen ihrer Seewege und viele Plätze und Städte und Fischerdörfer an ihren Küsten. Aber es gab noch mehr, das meine Augen noch nicht gesehen – die Welt war weit! Aber für Nelson war sie zu weit. Er sehnte sich nach seinem geliebten Oakland, und als er sich entschloß, dorthin zurückzukehren, trennten wir uns in aller Freundschaft.

Jetzt machte ich die alte Stadt Benicia an der Carquinez-Straße zu meinem Hauptquartier. Zwischen einem Schwarm von Fischerbooten, die in den Schären an der Küste lagen, hielt sich eine ebenbürtige Bande von Säufern und Vagabunden auf, und ihr schloß ich mich an. Ich war oft längere Zeit an Land, vertrieb mir hin und wieder die Zeit mit Lachsfischen oder mit Fahrten durch die Bucht oder auf den Flüssen als Fischereipolizist, trank immer mehr und lernte das Trinken immer besser. Ich nahm es mit jedem auf und trank stets mehr, als mir guttat; nur um zu zeigen, welch ein Mann ich war. Wenn am nächsten Morgen dann mein bewußtloser Körper aus den Netzen auf den Trockengestellen entwirrt wurde, in die ich nachts in einem Zustand tierischen Stumpfsinns gekrochen war, und der ganze Hafen unter Grinsen, Lachen und erneutem Trinken darüber redete, war ich wirklich stolz. Es war eine Heldentat.

Und als ich einmal drei Wochen hintereinander nicht einen einzigen nüchternen Augenblick hatte, war ich überzeugt, den Gipfel erreicht zu haben. Sicher: in dieser Beziehung konnte man es nicht weiterbringen. Es war Zeit für mich, umzukehren. Denn ob ich berauscht oder nüchtern war: stets flüsterte mir etwas in meinem Unterbewußtsein zu, daß dieses Trinker- und Abenteurerdasein auf der Bucht denn doch nicht das ganze Leben sei. Dies Flüstern war mein Glück. Ich konnte es glücklicherweise vernehmen, ich hörte es über die ganze Welt. Nicht, daß ich mich deshalb loben möchte! Es war Neugier, Wißbegier, Unrast und das Suchen nach dem Wunderbaren, von dem ich einen Hauch gespürt zu haben meinte. Was sollte das Leben, fragte ich, wenn das alles war? Nein, in der Ferne mußte mehr winken! Und in Verbindung mit meiner viel späteren Entwicklung zum Trinker muß man dies Flüstern, diese leisen Verheißungen von Dingen an den Grenzen des Lebens wohl beachten, denn sie sollten eine unheimliche Rolle in meinen späteren Kämpfen mit König Alkohol spielen.

Was aber den unmittelbaren Anstoß zu meinem Entschluß, fortzuziehen, gab, war ein Streich, den König Alkohol mir spielte – ein schrecklicher, unglaublicher Streich, der mir bisher ungeahnte Abgründe enthüllte. Um ein Uhr morgens war ich nach einem gewaltigen Gelage im Begriff, an Bord der Schaluppe zu taumeln, um mich schlafen zu legen. Die Ebbe schoß wie ein Mühlbach durch die Carquinez-Straße, und sie hatte ihren Tiefstand erreicht, als ich über Bord fiel. Weder auf dem Bollwerk noch auf der Schaluppe war ein Mensch. Ich wurde von der Strömung fortgetragen, war jedoch keineswegs bestürzt. Das Abenteuer erschien mir prachtvoll. Ich war ein guter Schwimmer, und in meinem erhitzten Zustande fühlte ich die sanfte Berührung meiner Haut mit dem Wasser wie kühles Linnen.

Und da spielte König Alkohol mir seinen wahnsinnigsten Streich. Eine leise Ahnung ergriff mich plötzlich, daß ich durch die Ebbe entführt würde. Ich hatte nie an Sterben gedacht. Selbstmordgedanken lagen mir fern. Und als sie jetzt kamen, erschien dies mir als eine prachtvolle, glänzende Apotheose, als die Krönung meiner kurzen, aber strahlenden Laufbahn. Ich, der ich nie die Liebe eines Mädchens, die Liebe einer Gattin oder die Liebe von Kindern kennengelernt, der ich nie auf den weiten sonnigen Gefilden der Kunst gespielt, nie die sternenkalten Zinnen der Philosophie erklommen und noch nicht mehr als einen Stecknadelkopf von der gewaltigen Welt vor Augen gesehen hatte – ich stellte fest, daß ich alles kannte, alles gesehen und erlebt hatte, was überhaupt erlebenswert war, und daß es jetzt Zeit sei zu verschwinden. Das war der Streich, den König Alkohol mir spielte. Ja, er wußte zu überreden: hatte ich nicht alles im Leben erprobt? Und was war dabei herausgekommen? Die viehische Trunkenheit, in der ich seit Monaten lebte, von einem Gefühl der Erniedrigung und dem Bewußtsein der Sünde begleitet, sie war das Letzte und Beste gewesen, und ihren Wert konnte ich selbst ermessen. Ich sah sie vor mir, alle die verkommenen alten Bummler und Säufer, meine Gäste am Kneipentisch. Sollte ich werden wie sie? Tausendmal nein! Und ich weinte Tränen süßer Trauer über meine strahlende Jugend, die nun mit der Ebbe verrann ... Wer kennt nicht den weinenden Trunkenbold, den melancholischen Säufer? Man kann ihn in jeder Kneipe finden, selbst wenn er keinen andern Zuhörer hat als den Kellner, der bezahlt wird, um sich das Geplärr der Gäste anzuhören.

Das Wasser war herrlich. Das war ein Tod für einen Mann! König Alkohol schlug jetzt einen andern Ton in meinem trunkenen Hirn an. Fort mit Tränen und Klagen! Es war der Tod eines Helden, durch eigene Hand, durch eigenen Willen! So stimmte ich denn meinen Todesgesang an und ließ ihn aus ganzer Seele ertönen, bis das Gurgeln und Plätschern der Wellenwirbel mich doch erwachen ließen.

Unterhalb Benicias, bei der Solano-Mole, erweitert sich die Straße zu der von den Seeleuten so genannten „Bucht von Turneers-Werft“. Ich befand mich in der Küsten-Ebbströmung, die um die Mole herum in die Bucht schießt. Ich kannte von früher her die Macht des Sogs, der dadurch entsteht, daß die Ebbe um die Toteninsel herumströmt und direkt auf das Bollwerk losfährt. Es war keineswegs mein Wunsch, zwischen den Pfählen hindurchgerissen zu werden.

Ich entkleidete mich im Wasser und strich, den Strom im rechten Winkel kreuzend, mit mächtigen Zügen durch die Strömung. Ich hielt erst inne, als ich beim Schein der Bollwerklaterne sah, daß ich sicher war klarzukommen. Da legte ich mich auf den Rücken und ruhte mich aus. Es war eine Schwimmtour gewesen, die es in sich hatte, und ich brauchte Zeit, um wieder zu Atem zu kommen.

Stolz konnte ich sein, denn ich hatte den Sog bezwungen. Und noch einmal wollte ich meinen triumphierenden Totengesang anstimmen. Aber König Alkohol flüsterte mir zu: „Sing nicht – sing nicht. Solano ist die ganze Nacht wach. Auf dem Kai sind Eisenbahner. Sie werden dich hören, und dann kommen sie im Boot und retten dich!“ Richtig, das war zu bedenken. Sollte ich mir meinen Heldentod nehmen lassen? Nie. Und ich schwamm auf dem Rücken im Sternenlicht, sah die wohlbekannten Kailichter rot, grün und weiß vorbeigleiten und sagte jedem ein wehmütiges Lebewohl.

Als ich aber wieder in der Mittelrinne war, fing ich von neuem an zu singen. Hin und wieder schwamm ich ein paar Stöße, beschränkte mich aber in der Hauptsache darauf, auf dem Wasser zu treiben und lange, trunkene Träume zu träumen. Vor Tagesanbruch hatten mich die Kühle des Wassers und die vielen verstrichenen Stunden so weit ernüchtert, daß ich mich zu fragen begann, in welchem Teil der Straße ich mich eigentlich befand und ob der Eintritt der Flut mich nicht zurücktreiben würde, ehe ich noch die San-Pablo-Bucht erreichen konnte.

Als nächstes entdeckte ich, daß ich sehr müde war und mächtig fror. Ich konnte die Selbygießerei an der Contra-Costa-Küste und das Leuchtfeuer auf der Mare-Insel erkennen. Ich begann nach dem Solano-Ufer zu schwimmen, war aber zu schwach und so erstarrt, daß ich es bald wieder aufgab, mich einfach treiben ließ und nur hin und wieder einen Zug tat, um in den Wirbeln, die sich an der Oberfläche bildeten, das Gleichgewicht zu behalten. Und jetzt kam die Angst. Ich war nüchtern und wollte nicht mehr sterben. Ich entdeckte Dutzende von Gründen, um weiterzuleben. Und je mehr Gründe ich entdeckte, desto wahrscheinlicher wurde es mir, daß ich trotz allem versinken müsse.

Das Tageslicht fand mich, nachdem ich vier Stunden im Wasser verbracht hatte, in einer recht schlimmen Verfassung in den Wirbeln beim Mare-Feuer, wo der Ebbstrom von der Vallejo-Straße auf den von der Carquinez-Straße stößt und gerade in diesem Augenblick von der Flutströmung getroffen wurde, die von der San-Pablo-Bucht heraufkam. Eine steife Brise war aufgekommen, die krausen, kleinen Wellen schlugen mir immer wieder in den Mund, und ich fing schon an, Salzwasser zu schlucken. Als erfahrener Schwimmer wußte ich, daß das Ende nahe war …

Und da kam das Boot, ein griechischer Fischerkutter, der nach Vallejo wollte; und wieder hatten meine Konstitution und körperliche Kraft mich vor König Alkohol gerettet.

Nebenbei möchte ich bemerken, daß der verrückte Streich, den König Alkohol mir spielte, durchaus nicht ungewöhnlich war. Eine genaue Statistik der Selbstmorde, die König Alkohol auf dem Gewissen hat, müßte erschreckend sein.

∴

So verließ ich Benicia, wo König Alkohol fast mit mir fertig geworden wäre, und zog weiter in die Welt hinaus, der verführerischen Lockung meines Innern nach. Aber wohin ich auch zog, überall war der Weg von Alkohol getränkt. Die Männer versammelten sich in den Kneipen. Das waren die Klubs der Armen, die einzigen, zu denen sie Zutritt hatten. Dort konnte ich Bekanntschaften machen. Ich konnte in die Kneipe gehen und mit jedermann sprechen. In fremden Orten und Städten, in die mich mein Weg führte, war die Kneipe die einzige Stätte, die sich mir gastlich öffnete. Sobald ich die Kneipe betrat, war ich kein Fremder mehr.

Und hier möchte ich einige Erfahrungen einschalten, die ich erst im letzten Jahre gemacht habe. Ich spannte vier Pferde vor einen leichten Wagen, nahm Charmian mit und durchstreifte drei und einen halben Monat lang die wildesten Berge von Kalifornien und Oregon. Jeden Morgen erledigte ich das schriftstellerische Pensum, das ich mir vorgenommen hatte. Wenn das getan war, fuhr ich weiter von Mittag bis in den Nachmittag hinein zum nächsten Halteplatz. Aber die Unregelmäßigkeit dieser Halteplätze in schwierigem Gelände erforderte, daß ich schon am Tage zuvor einen genauen Plan für Fahrt und Arbeit festsetzte. Ich mußte wissen, wann ich aufbrechen sollte, um wiederum zu berechnen, wann ich mit Schreiben beginnen mußte, damit das Pensum des Tages geschafft wurde. Gab es eine lange Fahrt, so mußte ich daher schon um fünf Uhr früh auf sein und schreiben. An andern Tagen, wenn der Weg kürzer war, brauchte ich erst um neun Uhr mit Schreiben anzufangen.

Aber wie sollte ich den Plan legen? Sobald ich in einer Ortschaft angekommen war und die Pferde in den Stall gebracht hatte, begab ich mich auf dem Wege vom Stall nach dem Hotel in irgendeine Kneipe. Das erste war natürlich, daß ich etwas trank – gewiß, ich trank, aber man darf nicht vergessen, daß ich es lediglich tat, um etwas zu erfahren. „Trinken Sie auch ein Glas“, sage ich zum Kellner, und wenn wir dann trinken, lege ich los und erkundige mich nach

Wegen und Halteplätzen. „Warten Sie," sagt der Kellner dann, „da ist der Weg über den Tarwater-Paß. Der ist gut. Ich bin vor drei Jahren drüben gewesen. Aber dieses Frühjahr war er gesperrt. Hören Sie, ich will Ihnen was sagen: Ich werde Jerry fragen –", und der Kellner dreht sich um und wendet sich an einen Mann, der am Tische sitzt oder sich weiter hin an die Bar lehnt, und der Jerry, Tom oder Bill heißen mag. „Sag', Jerry, wie steht es mit dem Tarwater-Weg? Du warst ja vorige Woche drüben bei Wilkins."

Und während Bill, Jerry oder Tom nun seinen Denk- und Sprechapparat in Bewegung setzt, schlage ich ihm vor, ein Glas mitzutrinken. Dann entsteht eine Diskussion über Wege, Haltestellen, Forellenbäche usw., immer mehr Leute beteiligen sich dann an dieser Diskussion, und den Abschluß bilden weitere Getränke.

Noch zwei oder drei Kneipen, und ich habe einen kleinen Schwips, aber ich weiß auch Bescheid über all und jeden in der Stadt und über die ganze Umgegend. Ich kenne die Rechtsanwälte, Redakteure, Geschäftsleute, Lokalpolitiker, die Gutsbesitzer, Jäger und Minenarbeiter, so daß Charmian, wenn wir abends durch die Hauptstraße schlendern, ganz verblüfft ist über die Zahl meiner Bekanntschaften in dieser vollkommen fremden Gegend.

Hier haben wir einen Dienst gesehen, den König Alkohol erweist, einen Dienst, durch den er seine Macht über die Menschen vermehrt. Und wohin ich auch in all diesen Jahren kam, überall fand ich das gleiche. Mochte es nun ein Kabarett im Quartier Latin, ein Café in einer obskuren italienischen Ortschaft, eine Schnapskneipe in einer Hafenstadt oder der Klub mit seinem Whisky-Soda sein, überall, wo König Alkohol herrschte, kam ich sofort mit den Leuten in Berührung und lernte Neues kennen. Und kommen einmal die guten Zeiten, da König Alkohol mit den andern Resten der Barbarei in die Verbannung gehen muß, dann müssen an Stelle der Kneipen andere Gelegenheiten geschaffen werden, wo die Menschen miteinander in Berührung kommen und etwas Neues erfahren können.

Aber zurück zu meiner Erzählung: Als ich Benicia den Rücken gekehrt, führte mein Weg mich wieder durch die Kneipe. Ich hatte mir immer noch keine Moraltheorie gegen das Trinken gebildet, aber der Geschmack aller Spirituosen war mir nach wie vor zuwider. Ich hatte eher ein achtungsvolles Mißtrauen gegen König Alkohol gefaßt, denn ich konnte immer noch nicht den Streich vergessen, den er mir gespielt hatte – mir, der ich nie den Wunsch gehabt hatte zu sterben. Ich trank daher weiter, beobachtete dabei aber König Alkohol scharf, fest entschlossen, jedem Selbstmordgedanken, der mich etwa beschleichen sollte, in Zukunft zu widerstehen. In fremden Städten schloß ich sofort neue Bekanntschaften in den Kneipen. Wenn ich umherstreifte und kein Geld für ein Nachtlogis hatte, war die Kneipe der einzige Ort, wo ich aufgenommen wurde und ein Plätzchen am Ofen erhielt. Ich konnte in eine Kneipe gehen, mich waschen, mein Zeug bürsten und mein Haar kämmen. Und die Kneipen lagen immer so verflucht bequem. Bei uns im Westen waren sie überall zu finden. Zu den Wohnungen fremder Menschen hatte ich keinen Zutritt; die waren mir immer noch verschlossen, an ihrem Herd gab es keinen Platz für mich. Kirchen und Geistliche sah ich nie, und da ich nichts von ihnen wußte, fühlte ich mich nicht von ihnen angezogen – außerdem waren sie nicht von einem Duft von Romantik, von spannenden Abenteuern umgeben. In ihrer Gesellschaft ereignete sich nichts; sie lebten und blieben stets an derselben Stelle, waren Sklaven des Wortes und der Systematisierung, klein, eng, beschränkt. Sie waren jeder Größe bar, besaßen nicht die leiseste Andeutung von Phantasie, nicht das geringste kameradschaftliche Gefühl. Und gerade die guten Kameraden, die munteren und ermunternden, die verwegenen und – wenn nötig – auch tollkühnen Männer waren es, die ich mir zu Gefährten wünschte – Gefährten, die hochherzig und edelmütig waren, keine Hasenherzen.

Und dies ist eine neue Anklage gegen König Alkohol. Gerade die besten Kameraden holt er sich – die Feuerköpfe, die Größe und Wärme und die edelsten der menschlichen Schwächen besitzen. Und König Alkohol erstickt ihr Feuer, untergräbt ihre Tatkraft, und wenn er sie nicht gleich vernichtet und zu Narren macht, vergröbert und verrät er sie, entstellt und verkrüppelt er die ursprüngliche Güte und Feinheit ihrer Natur.

Ich spreche aus reicher Erfahrung – der Himmel bewahre euch vor den großen Haufen der Durchschnittsmenschen, vor denen, die nicht gute Kameraden sind, die kalten Herzens und kalten Verstandes sind, die weder rauchen, noch trinken, noch fluchen, die keiner kühnen Tat der Leidenschaft, der Liebe und des Hasses fähig sind, weil ihre schwachen Nerven nie den Stachel, das Feuer des Lebens spürten, dieses Feuer, das sie über alle Grenzen hinaus treibt und teuflisch und kühn macht. Diese Leute trifft man nicht in den Kneipen, sie ziehen nicht freudig in den Kampf um verlorene Güter, lodern nicht auf den Pfaden des Abenteuers und lieben nicht wie die trunkenen, tollen Lieblinge Gottes. Sie kennen nur die Sorge für ihre trockenen Füße, sie achten ängstlich auf ihren

Herzschlag und schaffen sich ohne einen Funken von Liebe in ihrem kleinlichen Herzen durch ihre geistige Mittelmäßigkeit kleine Triumphe.

Aber darum ist meine Anklage gegen König Alkohol so schwer und wuchtig. Denn gerade die guten Kameraden, die wertvollen, die Burschen mit der Schwäche allzu großer Kraft, die geistreichen, feurigen und von prachtvoller Tollheit entflammten, gerade die verführt und verdirbt er am liebsten. Selbstverständlich vernichtet er Schwächlinge; aber mit denen beschäftigen wir uns hier nicht. Ich behaupte, daß es gerade die Besten von uns sind, die König Alkohol vernichtet. Und der Grund, daß diese Besten vernichtet werden, ist der, daß König Alkohol an jeder Straße und jedem Wege mit offenen Armen unter dem Schutz der Gesetze und achtungsvoll von der Polizei gegrüßt steht, daß er jeden anspricht und ihn an der Hand dorthin führt, wo die guten Kameraden und die verwegenen Burschen sich treffen und stark trinken. Räumte man König Alkohol aus dem Wege, diese waghalsigen Burschen würden dennoch geboren, und dann würden sie Großtaten verrichten, statt wie jetzt zugrunde zu gehen.

Überall traf ich die Kameradschaft trinkend. Ich gehe das Eisenbahngleis entlang zum Wassertank, um mich dort hinzulegen und auf einen Güterzug zu warten, und ich treffe eine Bande Trunkenbolde von der Sorte, die alles bis zum Brennsprit hinunterspülen. Sofort werde ich willkommen geheißen und in die Brüderschaft aufgenommen. Man reicht mir eine Branntweinflasche, und bald darauf bin ich von der allgemeinen Heiterkeit angesteckt, die Fliegen schwirren durch mein Hirn, und König Alkohol flüstert mir ins Ohr, wie herrlich dies Leben doch ist, daß wir alle prachtvolle Menschen sind – freie Seelen, die sich wie sorglose Götter im Grase wälzen und die ganze konventionelle, fertig zugeschnittene Welt zum Teufel wünschen.

*

Als ich von meinen Wanderungen wieder nach Oakland zurückgekehrt war, nahm ich das Leben am Wasser und die Kameradschaft mit Nelson wieder auf, der jetzt immer an Land war und verrückter als je lebte. Auch ich vergeudete mit ihm meine Zeit an Land, und nur gelegentlich war ich ein paar Tage auf der Bucht und half auf einem zu schwach bemannten Leichter aus. Die Folge war, daß ich tatsächlich in den Kneipen lebte und von morgens bis abends dort zu finden war.

In wenigen Monaten sollte ich mein siebzehntes Lebensjahr vollenden; jeden Gedanken an feste Arbeit wies ich mit Verachtung weit von mir. Ich hielt mich für den zähesten unter diesen doch wahrlich zähen Männern, und fast noch ein Knabe, der freilich nie eine rechte Kindheit gehabt, war ich in dieser Zeit altkluger Männlichkeit von harter, schmerzvoller Weisheit erfüllt. Obwohl ich noch nie die Liebe eines Weibes kennengelernt hatte, war ich doch in solche Tiefen gedrungen, daß ich meiner festen Überzeugung nach das letzte Wort von Leben und Liebe zu kennen glaubte. Und das war kein angenehmes Wissen. Ohne Pessimist zu sein, war ich mir vollkommen klar darüber, daß das Leben arm und wertlos sei.

Die früheren Schärfen und Spitzen meines Geistes stumpften ab. Die Neugier verließ mich. Was ging es mich an, was auf der andern Seite der Welt geschah? Männer und Frauen dort glichen zweifellos ganz denen, die ich hier kannte. Und bis zur andern Seite der Welt war ein weiter Weg; zu weit, um einen Trunk dafür zu opfern. Hier brauchte ich nur um die Ecke zu Joe Vigy zu gehen und bekam alles, was ich wünschte. Und Johnny Heinhold hatte immer noch die „Letzte Chance".

Die lockende Stimme des Lebens wurde immer undeutlicher, je mehr mein Geist und mein Körper erschlafften. Die alte Unrast meines Blutes entschlummerte. Es war gleich, ob ich hier in Oakland oder anderswo verkam und starb. So wäre ich auch beinahe verkommen und gestorben – und in dem Tempo, das König Alkohol einschlug, hätte es nicht lange gedauert. Ich lernte, was Appetitlosigkeit ist. Ich lernte, was es heißt, des Morgens wankend, mit zitterndem Magen und starren Fingern aufzustehen, vom Drange des Säufers nach einem Glase trockenen Whiskys gefoltert, um nur auf die Beine zu kommen. König Alkohol ist ein wunderlicher Zauberer. Er verleiht Kräfte mit dem vernichtenden Gift!

Eines freilich wurde mir klar, daß selbst meine prächtige Konstitution Grenzen hatte. In einer oder zwei kurzen Stunden war ich bisweilen erledigt. König Alkohol triumphierte über meinen starken Kopf, meine breiten Schultern und meinen tiefen Brustkasten, er zwang mich auf den Rücken – mein Leben hing an seinem teuflischen Griff ...

Ich saß mit Nelson im Oberlandhaus. Es war noch früh am Abend, und der einzige Grund, daß wir da saßen, war neben dem Umstand, daß Wahltag war, die Tatsache, daß wir kein Geld hatten. Am Wahltage kommen nämlich die Lokalpolitiker, die Anwärter auf Ämter, in die Kneipen, um Wähler zu gewinnen und freizuhalten. Man sitzt mit trockener Kehle an einem Tisch und wartet darauf, daß einer kommt und zum Trinken einladet, oder überlegt, wenn man in einer andern Kneipe noch Kredit hat, ob es den weiten Weg dorthin lohnt. Plötzlich wird die Tür der Wirtschaft weit aufgerissen, und eine Schar gutgekleideter Männer strömt herein, sofort eine Atmosphäre von Wohlwollen und Kameradschaftlichkeit ausstrahlend.

Sie haben Lächeln und Gruß für jedermann – selbst für dich, der sein Glas Bier nicht bezahlen kann, ja selbst für den ängstlichen Landstreicher, der im Winkel lauert und gar kein Stimmrecht hat. Und wenn diese Politiker die Türen weit öffnen und breitschultrig, breitbrüstig und mit den dicken Bäuchen der Optimisten und Herren des Lebens hereinkommen, ja, dann lebt man auf. Dann keimt die Hoffnung, daß es doch noch ein warmer Abend wird und man wenigstens ein paar Glas Bier kriegt. Und – wer weiß? Vielleicht sind die Götter dir freundlich gesinnt; ein Glas folgt dem andern, und die Nacht endet in Glanz und Pracht. Und das nächste ist, daß du am Schenktisch stehst, Getränke durch die Kehle gießt und die Namen der Herren und die Ämter, die sie erstreben, erfährst.

In dieser politischen Periode aber erhielt ich eine bittere Lehre und verlor ein gut Teil meiner Illusionen – ich, der ich bebend vor Aufregung den „König der Ausbrecher“ und „Vom Waisenknaben zum Präsidenten“ studiert hatte. Ja, ich lernte, wie vornehm Politik und Politiker sind.

In dieser Nacht saßen also Nelson und ich, ohne Geld, durstig, aber mit dem Vertrauen des Trinkers, doch noch unerwartet zu einem Glase zu kommen, im Oberlandhaus und warteten, daß irgend jemand auftauchen sollte, in erster Reihe natürlich ein Politiker. Und da trat Joe Goose ein – er mit dem unlöschlichen Durst, den schalkhaften Augen, der schiefen Nase und der geblümten Weste.

„Los, Jungens – Freibier – soviel ihr wollt. Ohne euch geht's nicht.“

„Wo?“ erkundigten wir uns.

„Los! Das erzähl' ich euch unterwegs. Wir haben keine Minute zu verlieren.“ Und als wir schleunigst hinausliefen, erklärte Joe Goose: „Es ist die Hancock-Feuerwehr. Ihr habt nichts weiter zu tun, als ein rotes Hemd anzuziehen, einen Helm aufzusetzen und eine Fackel zu tragen. Wir fahren mit einem Extrazug zur Parade nach Haywards.“

Ich glaube, es war Haywards, aber es kann auch San Leandro oder Nildes gewesen sein. Und ich weiß auch nicht mehr genau, ob die Hancock-Feuerwehr eine demokratische oder republikanische Einrichtung war. Aber wie dem auch sein mag, so brauchten jedenfalls die Politiker, die damit zu tun hatten, Fackelträger, und jeder, der die Parade mitmachte, konnte sich so vollsaufen, wie er wollte. „Überall gibt es was –“ fuhr Joe Goose fort. “Schnaps? Wird in Strömen fließen, als wäre es Wasser. Die Politiker haben die ganzen Vorräte in den Wirtschaften aufgekauft. Wir brauchen nichts zu bezahlen. Ihr braucht nur hineinzugehen und zu sagen, was ihr haben wollt.“

In der Feuerwehrhalle an der Achten Straße beim Broadway bekamen wir die Hemden und Helme, wurden mit Fackeln ausgestattet und murrend, weil wir nicht ein einziges Glas zu trinken bekamen, zur Bahn gebracht. Oh, diese Politiker hatten nicht das erstemal mit Leuten unseres Schlages zu tun. In Haywards gab es auch nichts zu trinken. Erst die Parade, verdient euch euern Schnaps! lautete die Parole.

Wir hielten die Parade ab. Dann wurden die Kneipen geöffnet. Extrakellner waren angestellt, und die Trinker standen in sechs Reihen vor den schmutzigen, besudelten Schenktischen. Es war keine Zeit, die Schenktische abzuwischen, die Gläser auszuwaschen oder irgend etwas zu tun, außer einzuschenken.

Diese Methode, Queue zu stehen und sich vorn um die Gläser zu reißen, ging uns zu langsam. Die Getränke gehörten uns. Die Politiker hatten sie für uns gekauft. Hatten wir nicht die Parade abgehalten und sie uns sauer verdient, wie? So machten wir denn einen Flankenangriff auf den Schenktisch, schoben die protestierenden Kellner beiseite und versorgten uns selbst mit Flaschen.

Draußen brachen wir den Flaschen die Hälse am Straßenpflaster und tranken. Nun hatten Joe Goose und Nelson gelernt, vorsichtig zu sein, wenn es um trockenen Whisky in größeren Mengen ging. Das hatte ich leider nicht. Ich war immer noch in dem Irrtum befangen, daß man alles trinken müßte, namentlich wenn es nichts kostete. Wir teilten den Inhalt unserer Flaschen mit andern, tranken selbst auch ein Teil, und ich selbst am allermeisten. Ich trank, wie ich mit fünf Jahren Bier, mit sieben Wein getrunken hatte; unaufhörlich, aber mit Widerwillen. Ich beherrschte meinen Ekel und schluckte es wie Medizin. Und wenn wir neue Flaschen haben wollten, gingen wir eben in andere Kneipen, wo es auch nichts kostete, und bedienten uns selbst.

Ich hatte nicht die leiseste Ahnung, wieviel ich getrunken hatte – es konnten zwei Liter sein, oder auch fünf.

Die Politiker waren indessen zu klug, als daß sie die ganze Stadt voller betrunkener Seeleute aus Oakland gelassen hätten. Als die Fahrzeit der Züge kam, wurden wir in den Kneipen zusammengelesen. Schon fühlte ich die Wirkung des Whiskys. Nelson und ich wurden aus einer Kneipe hinausgeworfen und sahen uns gleich darauf im letzten Glied einer sehr ungeordneten Heerschar. Ich taumelte heldenmütig vorwärts, mit immer mehr schwindendem Bewußtsein, mit wankenden Beinen, schwindelndem Kopf, hämmerndem Herzen und keuchenden Lungen.

Meine Hilflosigkeit überkam mich so schnell und plötzlich, daß mein schwindelndes Hirn mir sagte, wenn ich im letzten Gliede bliebe, würde ich unterwegs liegenbleiben und nie zur Bahn kommen. Ich verließ daher meinen Platz und lief unter schattigen Bäumen neben dem Wege weiter. Nelson folgte mir, aus vollem Halse lachend. Gewisse Einzelheiten sind mir wie Alpdrücken im Gedächtnis geblieben. Ganz besonders erinnere ich mich der Bäume und meines verzweifelten Laufens unter ihnen, und wie jedesmal, wenn ich hinfiel, ein brausendes Gelächter die Reihen der andern Betrunkenen durchlief. Sie glaubten, ich hätte nichts als einen tüchtigen Rausch. Sie ließen sich nicht träumen, daß König Alkohol mich mit einem tödlichen Griff an der Kehle gepackt hatte. Aber ich wußte es. Ich erinnere mich noch der Bitterkeit, die mich erfüllte, als ich erkannte, daß ich mit dem Tode kämpfte, und daß die andern nichts davon ahnten. Mir war, als ertränke ich vor den Augen von Zuschauern, die glaubten, daß ich ihnen nur etwas zu ihrer Unterhaltung vorspielte.

Und während ich unter den Bäumen dahinlief, fiel ich hin und verlor das Bewußtsein. Was dann geschah, weiß ich, mit Ausnahme eines undeutlichen Schimmers, nur aus dem, was mir später erzählt wurde. Nelson hob mich mit seinen mächtigen Kräften auf und schleppte mich mit zum Zuge. Trotz seines eigenen Rausches sah er, daß es schlecht um mich stand. Und ich weiß jetzt, daß ich dem Tode niemals näher gewesen bin, als gerade in diesem Augenblick.

Ich verbrannte innerlich und röchelte nach Luft. Ich hatte einen wahnsinnigen Drang nach Luft, aber mein Versuch, das Fenster zu öffnen, war vergeblich, weil alle Fenster im Zuge festgeschraubt waren. Nelson hatte Leute gesehen, die im Rausch wahnsinnig geworden waren, und er glaubte, daß ich mich zum Fenster hinausstürzen wollte. Er versuchte mich zurückzuhalten, aber ich schlug um mich. Ich riß einem andern die Fackel aus der Hand und schlug die Scheibe ein.

Nun gab es unter uns Parteien für und wider Nelson, und berauschte Mitglieder beider Parteien füllten den Wagen. Als ich die Scheibe zerschlug, war das ein Signal für die Gegenpartei. Einer von ihnen langte nach mir aus und streckte mich zu Boden, und damit begann der Kampf, von dem ich nichts weiß, außer dem, was mir hinterher erzählt wurde. Der Mann, der mich schlug, fiel über mich, Nelson folgte ihm, und bei dem jetzt beginnenden Gefecht ging der Wagen in Trümmer.

Die Schlacht war geschlagen, man hob mich auf – aber ich kam noch nicht zu mir. Ich habe keine Erinnerung an das, was ich tat, aber ich schrie so anhaltend „Luft! Luft!", daß es schließlich selbst Nelson klar wurde, daß ich nicht an Selbstmord dachte. Daher entfernte er die Scherben der zerbrochenen Scheibe aus dem Fensterrahmen und ließ mich Kopf und Schultern hinausstrecken. Er erkannte den Ernst meines Zustanden und hielt mich fest um den Leib, um zu verhindern, daß ich hinausfiel. Und den Rest der Fahrt bis nach Oakland hielt ich Kopf und Schultern zum Fenster hinaus und kämpfte wie ein Wahnsinniger dagegen an, so oft mich einer hineinzuziehen versuchte.

Und jetzt begann es in meinem Bewußtsein zu dämmern. Meine einzige Erinnerung von dem Augenblick, als ich unter den Bäumen hinfiel, bis zu meinem Erwachen am nächsten Abend ist, wie ich meinen Kopf zum Fenster hinaushielt, das Gesicht gegen den Luftzug gekehrt, den die Fahrt des Zuges verursachte. Mein ganzer Wille konzentrierte sich darauf, Luft zu schöpfen. Es ging auf Leben und Tod, ich war Schwimmer und Taucher und wußte das. Selbst in den furchtbarsten Erstickungsanfällen war ich mir hierüber klar, und wandte das Gesicht daher gegen Zug und Kohlenstaub und atmete ums Leben.

Alles andere ist Finsternis. Ich kam zu mir am nächsten Abend in einem Logishaus am Strande. Ich war allein. Einen Arzt hatte man nicht gerufen. Und ich hätte dort gut sterben können, ohne jede Hilfe, denn Nelson und die andern meinten, ich schliefe nur meinen Rausch aus, und hatten mich hier siebzehn Stunden in einer Art Starrkrampf liegenlassen.

Jedem Arzt ist es bekannt, daß mancher an der plötzlichen Wirkung von einem Liter Whisky oder mehr gestorben ist. Gewöhnlich liest man von Trinkern, die infolge einer Wette auf diese Art ums Leben gekommen sind. Aber ich wußte es damals noch nicht. Jetzt erst lernte ich es. Wieder hatte meine Konstitution über König Alkohol triumphiert.

Zum zweitenmal entging ich somit dem Tode, schleppte mich durch einen neuen Morast und erwarb mir mit Lebensgefahr die Vorsicht, die mich befähigte, mit größerer Klugheit noch viele Jahre lang zu trinken.

Lieber Himmel! Das ist jetzt zwanzig Jahre her, und ich bin immer noch sehr lebendig; ich habe viel gesehen, viel getan, viel erlebt in der dazwischenliegenden Reihe von Jahren. Und mir graust, wenn ich daran denke, wie dicht das Messer mir an der Kehle saß, wie wenig gefehlt hätte, daß ich das herrliche Vierteljahrhundert verlor, das nun mein ist. Und es war wirklich nicht König Alkohols Schuld, daß er nicht in jener Nacht mit mir fertig wurde, als ich zur Hancock-Feuerwehr gehörte.

*

Früh im Winter des Jahres 1892 beschloß ich, zur See zu gehen. Mein Erlebnis mit der Hancock-Feuerwehr hatte nur sehr wenig damit zu tun. Ich trank immer noch und besuchte die Kneipen – lebte eigentlich in der Kneipe. Whisky war meiner Meinung nach zwar gefährlich, aber nichts Schlimmes. Er war nicht gefährlicher als andere Dinge in dieser Welt. Männer starben an Whisky, aber es waren ja auch schon Fischer gekentert und ertrunken, Vagabunden vom Zuge überfahren und in Stücke geschnitten. Wollte man sich mit Wind und Wogen, mit Eisenbahnen und Kneipen messen, so mußte man seinen Verstand gebrauchen. Nach Männerart zu trinken, war ganz in Ordnung, aber man mußte es mit Vorsicht tun. Literweise wollte ich den Whisky nicht mehr versuchen.

Was mich besonders dazu bestimmte, war die erste Vision des Weges, auf dem König Alkohol seine Untertanen zum Tode führt. Es war zwar keine deutliche Erkenntnis, es waren zwei Phasen, die ineinander übergingen. Wenn ich meine Kameraden beobachtete, fiel mir auf, daß das Leben, das wir führten, vernichtender war als das anderer Männer. Indem König Alkohol die Moral untergrub, förderte er das Verbrechen. Überall sah ich Betrunkene Dinge tun, die sie sich nüchtern nicht hätten träumen lassen. Und das war noch nicht einmal das Schlimmste. Das Schlimmste war die Strafe, die bezahlt werden mußte. Verbrechen war vernichtend. Kneipenbesucher, mit denen ich trank, die nüchtern gute Kameraden und harmlose Menschen waren, taten in der Trunkenheit die wildesten, unberechenbarsten Dinge.

Und dann kriegte die Polizei sie am Kragen, und sie verschwanden aus unserm Gesichtskreis. Zuweilen besuchte ich sie im Untersuchungsgefängnis und sagte ihnen Lebewohl, ehe sie die Reise über die Bucht antraten, um die gestreifte Tracht anzuziehen. Und immer wieder hörte ich denselben Ruf: „Wäre ich nicht betrunken gewesen, so hätte ich es nie im Leben getan." Und manchmal waren im Bann König Alkohols die furchtbarsten Dinge verübt worden – Dinge, die sogar meine verhärtete Seele vor Entsetzen erstarren ließen.

Die andere Phase des Todesweges war die der Gewohnheitstrinker, die ohne besonderen Anlaß um die Ecke gingen. Wurden sie krank, so waren sie einfach erledigt, wenn ihre Krankheit auch so unbedeutend war, daß jeder gewöhnliche Sterbliche ohne weiteres durchkam. Manchmal wurden sie unerwartet tot in ihrem Bett gefunden; gelegentlich wurden ihre Leichen aus dem Wasser gezogen; und zuweilen begegnete ihnen ein einfacher Unglücksfall, wie Bill Kelley, dem beim Löschen ein Finger abgeschnitten wurde, weil er betrunken war, was unter diesen Umständen ebensogut mit seinem Kopf hätte geschehen können.

Ich überdachte meine Lage und kam zu der Erkenntnis, daß ich einen schlechten Lebensweg eingeschlagen hatte. Er führte schneller zum Tode, als meiner Jugend und meiner Lebenslust angemessen war. Und es gab nur noch die eine Möglichkeit, dieser gefährlichen Lebensweise zu entgehen: fortzuziehen.

Die Robbenfängerflotte überwinterte in der Bucht von San Francisco, und in den Kneipen traf ich Schiffer, Maate, Jäger, Bootsmänner und Matrosen. Ich traf den Robbenjäger Peter Holt und verabredete mit ihm, daß ich mich als Matrose auf seinem Schoner anheuern lassen würde. Und ich mußte gleich ein halbes Dutzend Gläser mit Peter Holt genehmigen, um das Abkommen zu besiegeln.

Und auf einmal erwachte all meine alte Unrast, die König Alkohol so lange eingeschläfert hatte. Ich fand mich in diesem Augenblick von dem Leben im Oaklander Hafen angewidert und verstand deshalb nicht, was ich je Verlockendes darin gefunden hatte.

Ich begann zu fürchten, daß mir etwas zustoßen würde, ehe es fortging, da die Ausreise erst auf den Januar festgesetzt war. Deshalb lebte ich umsichtiger, trank weniger und blieb häufiger daheim. Wenn das Gelage zu wild wurde, entfernte ich mich: wenn Nelson seine Tollheitsanfälle hatte, mied ich ihn.

Am 12. Januar 1893 wurde ich siebzehn Jahre alt, und am 20. Januar unterschrieb ich beim Heuerbas den Kontrakt mit dem Schiffer der „Sophie

Sutherland", einem Dreimastschoner, der nach der japanischen Küste bestimmt war. Und das mußten wir natürlich begießen. Joe Vigy gab mir Vorschuß, Peter Holt gab aus, ich gab aus, Joe Vigy gab aus, und andere Jäger ebenfalls. Nun ja, das war Männerart, und wie konnte ich, der eben Siebzehnjährige, es anders machen als diese prachtvollen, derben, erwachsenen Männer?

*

Auf der „Sophie Sutherland" gab es nichts zu trinken, und wir hatten eine herrliche einundfünfzigtägige Fahrt auf der südlichen Route nach den Bonin-Inseln. Diese isolierte Gruppe, die Japan gehört, war zum Treffpunkt für die kanadische und amerikanische Robbenfängerflotte gewählt worden. Hier füllten sie ihre Wasserbehälter und reparierten, ehe sie zu ihrer hunderttägigen Jagd auf die Robbenherden die Nordküste von Japan entlang bis zum Beringmeer aufbrachen.

Diese prachtvolle einundfünfzigtägige Fahrt und die strenge Enthaltsamkeit hatten mich in glänzende Verfassung gebracht. Der Alkohol war aus meinem Körper herausgearbeitet, und von dem Augenblick an, da die Reise begann, hatte ich keinen Drang nach Trinken mehr verspürt. Ich zweifle, daß ich je auch nur an Trinken dachte. Oft drehte sich natürlich das Gespräch auf dem Vorderkastell um Trinken, und die Leute erzählten von seltsamen oder lustigen Gelagen oder erinnerten sich ihrer Räusche mit Vergnügen und größerem Entzücken als aller sonstigen Begebenheiten in ihrem abenteuerlichen Leben.

Der älteste Mann unter uns in der Back war Louis, ein dicker Fünfzigjähriger. Er war ein heruntergekommener Schiffer. König Alkohol hatte ihn auf dem Gewissen, und er beendete seine Laufbahn dort, wo er sie begonnen hatte: auf dem Vorderkastell. Sein Schicksal machte einen tiefen Eindruck auf mich. König Alkohol konnte also noch anderes als einen Mann töten. Er hatte Louis nicht getötet. Er hatte noch etwas viel Schlimmeres getan. Er hatte ihm Kraft, Stellung und Behaglichkeit geraubt, seinen Stolz ans Kreuz geschlagen und ihn zur schweren Arbeit eines gemeinen Matrosen verurteilt, und das sollte dauern, solange seine Gesundheit hielt, also aller Voraussicht nach noch sehr lange. Unsere Fahrt durch den Stillen Ozean ging zu Ende, wir sichteten die vulkanischen, bewaldeten Berge der Bonin-Inseln, fuhren durch die Riffe in den geschützten Hafen und ließen den Anker hinunterrasseln zwischen zwei Dutzend unseresgleichen. Der Duft der fremdartigen Vegetation wehte uns von dem tropischen Lande an. Eingeborene in sonderbaren Auslegerkanus und auch

Japaner in noch sonderbareren Sampans kamen über die Bucht gepaddelt und kletterten an Bord. Es war das erste fremde Land, das ich kennenlernte; ich hatte die andere Seite der Welt erreicht, und nun wollte ich sehen, ob alles, was in den Büchern stand, stimmte. Ich brannte darauf, an Land zu kommen.

Victor, ein Schwede, Axel, ein Norweger, und ich wollten zusammenhalten. Und wir hielten tatsächlich derart zusammen, daß wir für den Rest der Reise nur „die drei lustigen Gesellen“ hießen. Victor machte einen Pfad ausfindig, der in einer wilden Schlucht verschwand, auf einer bloßen Lavastelle wieder auftauchte und darauf, immer höher klimmend, zwischen Palmen und Blumen wieder verschwand und wieder zum Vorschein kam. Er schlug vor, daß wir diesen Weg einschlagen sollten, und wir waren einverstanden und freuten uns, daß wir die herrliche Szenerie und Eingeborenendörfer sehen und schließlich Gott weiß was für Abenteuer erleben sollten. Axel wollte gern fischen. Und damit waren wir auch alle drei einverstanden. Wir wollten einen Sampan und ein paar japanische Fischer, die die Fischgründe kannten, mieten, und es sollte großartig werden. Mir war alles recht.

Und als wir nun unsern Plan gemacht hatten, ruderten wir über Riffe lebender Korallen an Land und zogen das Boot auf den weißen Strand aus Korallensand. Wir wanderten über den Strandstreifen unter Kokospalmen nach der kleinen Ortschaft und trafen dort mehrere Hundert losgelassener Seeleute aus aller Welt, die mächtig tranken, mächtig sangen und mächtig tanzten – und das alles mitten auf der Hauptstraße, zum Ärger der hilflosen japanischen Polizisten.

Victor und Axel meinten, daß wir ein Glas trinken müßten, ehe wir unsere lange Wanderung begännen. Konnte ich es abschlagen, mit diesen beiden tüchtigen Burschen zu trinken? Zusammen zu trinken, das Glas in der Hand, heißt die Kameradschaft besiegeln. Das war Lebensart. Unser Kapitän wurde ausgelacht und verspottet, weil er Antialkoholiker war. Ich hatte nicht die geringste Lust zum Trinken, aber ich wollte ein ordentlicher Kerl und ein guter Kamerad sein. Auch das Schicksal Louis' schreckte mich nicht, als ich das beißende, brennende Getränk die Kehle hinuntergoß. König Alkohol hatte Louis traurig zu Fall gebracht, aber ich war jung. Mein Blut floß heiß und rot; ich hatte eine eiserne Konstitution – und die Jugend lacht stets höhnisch über alte Wracks.

Es war ein sonderbarer, starker Alkohol, den wir tranken. Keiner wußte, wie und wo er fabriziert war – vermutlich war es irgendein Gebräu der Eingeborenen. Aber es war heiß wie Feuer, klar wie Wasser und wirkte schnell wie ein

Schlagfluß. Er befand sich in vierkantigen Flaschen, in denen früher holländischer Genever gewesen war und die noch die Aufschrift „Ankerbrand“ trugen. Und es ist nicht zu bestreiten, daß er uns verankerte. Wir kamen nie aus der Stadt heraus. Wir fischten nie im Sampan. Und obwohl wir zehn Tage dablieben, betraten wir doch nie jenen wilden Pfad zwischen Lavaklippen und Blumen.

Wir trafen alte Bekannte von den andern Schonern, Burschen, denen wir vor der Ausfahrt in den Kneipen von San Francisco begegnet waren. Und jede Begegnung bedeutete ein Gelage; es gab so viel, über das wir uns aussprechen mußten; und wieder trinken; und Lieder, die gesungen werden mußten; und lustige Streiche, die verübt werden mußten, bis die Würmer der Einbildungskraft zu kriechen begannen und mir alles groß und wunderbar erschien; diese lustigen, verwitterten Seebären, die hier am Korallenstrande zum Gelage versammelt waren, und zu denen ich jetzt gehörte. Alte Märchenbilder von Rittern an der Tafel im großen Bankettsaal, und von schmausenden Wikingern, die soeben kampfbereit vom Meere gekommen waren, kamen mir in den Sinn; und ich wußte, daß die alten Zeiten nicht tot waren, und daß wir selbst jenem alten Geschlecht angehörten.

Mitten in der Nacht wurde Victor toll vom Trinken und wollte sich mit all und jedem schlagen. Ich habe seither in den Zellen von Irrenanstalten Wahnsinnige gesehen, die sich in keiner Weise anders benahmen als Victor damals, höchstens daß er es noch ärger trieb. Axel und ich traten als Friedensvermittler dazwischen, erhielten im Gedränge manchen Schlag und Stoß, aber es gelang uns schließlich, mit unendlicher Vorsicht und Schlauheit, unsern Genossen ins Boot zu locken und an Bord des Schoners zu rudern.

Aber kaum hatte Victors Fuß das Deck berührt, als er das ganze Schiff auf den Kopf zu stellen begann. Er hatte Viermännerstärke und lief damit Amok. Ich entsinne mich namentlich eines Mannes, den er zu fassen bekam; er schlug nach ihm mit vernichtenden Schlägen, aber er schlug immer vorbei. Der Mann drehte und duckte sich, und Victor zerbrach sich die Knöchel beider Fäuste an den schweren Gliedern der Ankerkette. Als wir ihn endlich fortbekamen, schlug seine Tollheit um, und nun glaubte er, ein großer Schwimmer zu sein. Im nächsten Augenblick war er über Bord und bewies seine Fertigkeit, indem er wie eine kranke Schildkröte zappelte und viel Salzwasser schluckte.

Wir zogen ihn heraus, und als wir ihn endlich entkleidet und in seine Koje geschafft hatten, waren wir selber wie zerbrochen.

Aber Axel und ich hatten uns nun einmal vorgenommen, daß wir die Stadt sehen wollten, und fort zogen wir und ließen Victor schnarchend zurück. Komisch war übrigens das Urteil, das Victors Schiffskameraden, die selber tranken, über ihn fällten. Sie schüttelten mißbilligend die Köpfe und murmelten: „Solche Leute sollen nicht trinken." Nun war Victor der tüchtigste Matrose und der beste Kamerad im Vorderkastell. Er war in jeder Beziehung ein prachtvoller Seemannstyp; seine Kameraden erkannten seinen Wert an, achteten ihn und hatten ihn gern. Und doch verwandelte König Alkohol ihn in einen gefährlichen Tollen. Und das meinten diese Trinker. Sie wußten, daß Trinken – und Seeleute übertreiben das Trinken immer – sie zwar toll machte, aber doch immer nur in erträglichem Maße. Diese wüste Tollheit war verwerflich, weil sie andern das Vergnügen verdarb und oft wie ein Trauerspiel endete. Von ihrem Standpunkt aus war gegen erträgliche Tollheit nichts einzuwenden. Aber ist vom Standpunkt der ganzen menschlichen Rasse aus nicht jede Tollheit verwerflich? Und wer schafft mehr Tollheit aller Art als König Alkohol?

Wieder an Land, in aller Gemütlichkeit in einem japanischen Vergnügungs-Etablissement, verglichen Axel und ich unsere Beulen und erörterten bei einem angenehmen Trunk die Begebenheiten des Tages. Die Milde des Getränkes gefiel uns, und wir bestellten uns ein zweites Glas. Ein Kamerad trat ein, mehrere kamen hinzu, und wir tranken immer mehr von diesem milden Getränk. Als wir zuletzt ein japanisches Orchester engagiert hatten und die ersten Töne der Samisen und Taikos erklangen, ertönte von der Straße ein wildes Geheul durch die Papierwände. Wir erkannten es. Noch heulend, alles, was Türen hieß, verachtend, brach Victor mit blutunterlaufenen Augen, mit den muskulösen Armen wild um sich schlagend, durch die dünnen Wände. Die Amokraserei war wieder über ihn gekommen, und er wollte Blut sehen, Menschenblut. Das Orchester flüchtete, und wir taten das gleiche. Wir liefen durch die Türen und mitten durch die Papierwände ...

Und als das Lokal halb zerstört war und wir uns verpflichtet hatten, den angerichteten Schaden zu bezahlen, ließen wir Victor teilweise bezwungen und mit Symptomen eines kommenden Starrkrampfes zurück, und Axel und ich machten uns auf die Suche nach einem ruhigeren Ort, um unser Gelage fortzusetzen. Die Hauptstraße war wie ein Tollhaus. Hunderte von Matrosen tobten hier in wilder Ausgelassenheit. Da der Polizeidirektor mit seiner kleinen

Macht ganz hilflos war, hatte der Gouverneur der Kolonie den Kapitänen Order gegeben, daß alle Mannschaften vor Sonnenuntergang an Bord sein sollten.

Wie! Sollte man sich das gefallen lassen? Als diese Neuigkeit auf den Schonern bekannt wurde, waren sie im Augenblick verlassen. Alle Mann gingen an Land. Leute, die gar nicht die Absicht gehabt hatten, an Land zu gehen, kletterten jetzt in die Boote. Es war bereits mehrere Stunden nach Sonnenuntergang, und die Männer wollten sehen, wer es wagen würde, sie an Bord zu bringen. Vor dem Hause des Gouverneurs sammelten sie sich in dichten Scharen, grölten Seemannslieder, ließen vierkantige Flaschen herumgehen und tanzten wilde Virginia-Reels und alte Volkstänze. Die Polizei stand mit allen Reserven in kleinen Gruppen bereit und wartete auf den Befehl, den zu geben der Gouverneur aber doch klugerweise vermied. Ich fand diese Saturnalien großartig. Es war, als wären die alten Tage der spanischen Seeherrschaft wiedergekehrt. Das war Freiheit, das waren Abenteuer! Und ich nahm teil daran, ein echter Seeräuber unter andern Seeräubern – zwischen japanischen Papierhäusern.

Der Gouverneur erteilte den Befehl zur Räumung der Straßen auch später nicht, und Axel und ich wanderten weiter von einem Gelage zum andern. Aber eines Tages, als ich selbst nicht mehr ganz nüchtern war, verlor ich ihn im Gedränge. Ich ließ mich weitertreiben, machte neue Bekanntschaften und trank immer mehr. Ich erinnere mich, daß ich irgendwo mit japanischen Fischern, kanadischen Bootsleuten von unsern eigenen Schiffen und einem jungen dänischen Matrosen zusammentraf, der eben erst in Argentinien Cowboy gewesen war und eine Schwäche für die Gewohnheiten und Zeremonien der Eingeborenen hatte. Mit Ernst und Gründlichkeit und unter dem verwickeltsten japanischen Zeremoniell tranken wir blassen, milden, lauen Sake aus winzigen Porzellantäßchen.

Und dann entsinne ich mich der durchgebrannten achtzehn- und zwanzigjährigen Schiffsjungen aus englischen Mittelstandsfamilien, die in verschiedenen Häfen der Welt desertiert und schließlich im Vorderkastell der Schoner gelandet waren. Sie waren kräftig, feinhäutig, helläugig, und sie waren jung – jung wie ich, und wollten lernen, sich als Männer durch die Welt zu schlagen. Und sie waren wirklich Männer. Für sie war der Sake zu mild, sie wollten die vierkantigen Flaschen, die mit ätzendem Feuer gefüllt waren, das durch ihre Adern flammte und in ihren Köpfen aufloderte. Ich erinnere mich eines schmelzenden Liedes, das sie sangen, und dessen Refrain lautete:

„Tis but a little golden ring,
I give it to thee with pride,
Wear it for your mother's sake
When you are on the tide.“

Sie weinten, als sie es sangen, diese gottverlassenen jungen Burschen, die alle den Stolz ihrer Mutter gebrochen hatten; und ich sang und weinte mit ihnen und schwelgte wie sie in Rührung. Und eines der letzten Bilder, deren ich mich entsinne, tritt sehr deutlich und klar aus dem Dunst hervor, der die andern Ereignisse einhüllte und bald in Finsternis übergehen sollte. Wir – die Schiffsjungen und ich – taumeln, uns gegenseitig stützend, im Schein der Sterne. Wir singen ein komisches Seemannslied, wir alle außer einem, der auf der Erde sitzt und weint; und wir markieren den Takt, indem wir die vierkantigen Flaschen schwingen. Straßauf und straßab ertönen im Chor die Stimmen von Seeleuten, die ähnliche Lieder singen, und das Leben ist groß, schön, romantisch und wie ein toller Traum.

Und dann, nach einer Finsternis, öffne ich die Augen und sehe, wie sich eine japanische Frau bei Tagesanbruch in ängstlicher Spannung über mich beugt. Es ist die Frau des Hafenlotsen, und ich liege in ihrer Tür. Ich zittere und bin krank von den Ausschweifungen des vorigen Tages ... Und – was ist mit mir geschehen? – ich bin so leicht bekleidet! Ach, diese durchgebrannten Schiffsjungen! Sie sind mit meinen Besitztümern durchgegangen! Meine Uhr ist fort. Meine paar Dollars sind fort. Meine Jacke ist fort. Und mein Gürtel auch. Und ja – sogar meine Schuhe.

Und der vergangene Tag war nur einer von den zehn, die ich auf den Bonin-Inseln verbringen sollte. Victor erholte sich von seiner Tollheit und schloß sich Axel und mir wieder an. Aber wir erstiegen nie den Lavaweg unter Blumen. Die Stadt und die vierkantigen Flaschen waren alles, was wir sahen. Wer sich am Feuer verbrannt hat, muß vor dem Feuer warnen. Ich hätte von den Bonin-Inseln mehr gesehen und mehr Freude von ihnen gehabt, hätte ich getan, was ich hätte tun sollen. Aber es geschieht eben das, was man tut – ob man es soll oder nicht soll. Das ist die unumstößliche Wahrheit. Und auch ich tat eben, was ich tat. Ich tat, was alle diese Männer auf den Bonin-Inseln taten. Ich tat, was Millionen von Menschen in der ganzen Welt im selben Augenblick taten. Ich tat es, weil ich nur ein Mensch unter Menschen war, das Erzeugnis meiner Umgebung, und weder ein Schwächling noch ein Gott. Ich war wie ein Kind, das am offenen

Brunnen spielt. Es hat wenig Zweck, dem braven kleinen Jungen zu sagen, daß er nicht in der Nähe des offenen Brunnens spielen dürfe. Er tut es doch. Und alle tun es. Und so fallen viele in den Brunnen, die Kühnsten und Besten. Aber was soll man tun? Nun, wir wissen es schon – man soll den Brunnen zudecken!

Das ist die einzige Maßregel, die die Menschen des zwanzigsten Jahrhunderts ergreifen können, um eben dies zwanzigste Jahrhundert wirklich zu heller Gegenwart zu machen und alle Barbarei in das verdiente Dunkel der Vergangenheit zu verweisen, nicht nur die Hexenverbrennungen, die Intoleranz und den Fetischismus, sondern auch den Herrn der Hölle: König Alkohol!

* * *

Nordwärts liefen wir von den Bonin-Inseln, um Robbenherden aufzustöbern, und nordwärts ging die Jagd hundert Tage lang durch eisiges Winterwetter und mächtige Nebel, die uns zuweilen eine Woche lang die Sonne verbargen. Es war wilde, schwere Arbeit, ohne einen Trunk und ohne auch nur den Gedanken daran. Dann segelten wir südwärts nach Yokohama, mit reicher Beute an eingesalzenen Häuten und einem erstklassigen Löhnungstag in Aussicht.

Ich brannte darauf, an Land zu kommen und Japan zu sehen, aber der erste Tag war der Arbeit an Bord gewidmet, und erst gegen Abend gingen wir in die Boote. Der Kapitän hatte den Jägern Geld für uns gegeben, und sie warteten in einem japanischen Wirtshaus auf uns, um es uns dort auszuhändigen.

Wir fuhren in Rickschahs nach dem Lokal; das hatten unsere Leute ganz mit Beschlag belegt. Jedermann hatte Geld, und jeder gab aus. Nach den hundert Tagen schwerer Arbeit und völliger Enthaltsamkeit beschlossen wir, strotzend vor Gesundheit und überströmend von guter Laune, die Disziplin und Umstände so lange zurückgedämmt hatten, zunächst ein oder zwei Glas zu trinken. Und danach wollten wir die Stadt besehen.

Es war die alte Geschichte. Als der warme Zauber erst durch unsere Adern rann und unsere Stimmen und Gefühle löste, erkannten wir, daß wir keine Unterschiede machen – nicht mit einem Kameraden trinken, und es einem andern abschlagen konnten. Wir waren alle Kameraden, die Mühen und Stürme miteinander erlebt, die zusammen an den Riemen gesessen und dieselben Schooten und Taljen miteinander gehalten, sich auf der Wache abgelöst und zusammen außenbords auf dem Klüver gelegen, wenn er in die See getaucht war, und zusammen Ausschau nach denen gehalten hatten, die fehlten, wenn er sich wieder hob. So tranken wir mit jedem, und jeder gab aus, und unsere Stimmen erhoben sich, und wir erinnerten uns unzähliger kameradschaftlicher Handlungen, vergaßen unsere Streitigkeiten und wortreichen Zänkereien, und sahen einer im andern den besten Kameraden von der Welt.

Es war noch früh am Abend, als wir in die Wirtschaft kamen, und in dieser ersten Nacht war diese Wirtschaft das einzige, was ich von Japan zu sehen bekam – eine Kneipe, die einer Kneipe in der Heimat oder irgendwo sonst in der ganzen Welt sehr ähnlich sah.

Wir lagen zwei Wochen im Hafen von Yokohama, und alles, was wir von Japan zu sehen bekamen, waren die Hafenkneipen. Gelegentlich brachte einer von uns durch einen besonders starken Rausch etwas Abwechslung in die Geschichte. In einer derartigen Verfassung vollbrachte ich eine wahre Heldentat, indem ich in tiefer Mitternacht nach dem Schoner schwamm und mich in aller Stille schlafen legte, während die Hafenpolizei nach meiner Leiche fischte und meine Kleider ausstellte, um mich zu identifizieren.

Ich erfreute mich jedenfalls mehrere Tage lang einer nicht geringen Berühmtheit unter den japanischen Seeleuten und in den Wirtshäusern an Land. Es war ein Ereignis, das man sich merkte und mit Stolz erzählte. Noch heute, nach zwanzig Jahren, erinnere ich mich seiner mit einer heimlichen Wallung von Stolz.

Unter lustigem Singen lichteten wir schließlich den Anker und verließen den Hafen von Yokohama, um nach San Francisco zu fahren. Wir schlugen die nördliche Route ein und kreuzten den Stillen Ozean in einer schnellen Fahrt von siebenunddreißig Tagen. Uns stand ein ordentlicher Löhnungstag bevor, und in diesen siebenunddreißig Tagen schmiedeten wir Pläne, wie wir unser Geld am besten gebrauchen wollten.

Der erste Beschluß jedes einzelnen von uns – der altbekannte der auf der Heimreise befindlichen Angehörigen des Vorderkastells – lautete: „Vorsicht vor den Logierhaus-Haien!“ Denn man bedauerte, soviel Geld in Yokohama verbraucht zu haben. Und schließlich hing jeder seinen Lieblingsphantomen nach. Victor zum Beispiel wollte, sobald er in San Francisco sei, ohne rechts oder links zu sehen, durch den Hafen und die Barbarenküste gehen und eine Anzeige in die Zeitung setzen. Er wollte Kost und Logis in einer einfachen Arbeiterfamilie suchen. „Dann“, sagte Victor, „will ich eine oder zwei Wochen lang eine

Tanzschule besuchen, um Bekanntschaften mit jungen Mädchen und Männern zu machen. Dann werde ich zu Gesellschaften eingeladen werden: so reiche ich mit dem Geld, das ich jetzt bekomme, bis zum nächsten Januar, und dann fahre ich wieder."

Nein – trinken wollte er nicht wieder. Er wußte, wie es dann kam, und namentlich, wie es ihm ergehen würde – „kommt der Wein, geht der Witz", und sein Geld war weg, ehe er es merkte. Er wußte aus eigner bitterer Erfahrung, daß er die Wahl hatte zwischen einem dreitägigen Gelage unter den Haien und Harpyien der Barbarenküste und einem ganzen Winter voll Vergnügen und Geselligkeit, und er war nicht einen Augenblick im Zweifel, welche Wahl er treffen sollte.

Und Axel Gunderson, der sich nichts aus Tanz und Geselligkeit machte, sagte: „Ich kriege eine ganze Menge Geld. Jetzt kann ich heimreisen. Es ist fünfzehn Jahre her, daß ich meine Mutter und die ganze Familie zuletzt sah. Wenn ich abgemustert habe, schicke ich mein Geld im voraus nach Hause. Dann heuere ich auf einem guten Schiff an und verdiene auf diese Weise noch mehr. Rechnet das zusammen, und es kommt mehr Geld heraus, als ich mein ganzes Leben je beisammen hatte. Zu Hause bin ich dann wie ein Fürst. Ihr habt keine Ahnung, wie billig alles in Norwegen ist. Ich kann allen Leuten Geschenke machen und mit dem Gelde um mich werfen, daß man mich für einen Millionär hält; und ich kann ein ganzes Jahr dort bleiben, ohne wieder zur See zu gehen."

„Dasselbe will auch ich tun", erklärte der Rote John. „Es ist drei Jahre her, daß ich zuletzt eine Zeile von Zuhause hatte, und zehn, daß ich dort war. In Schweden ist es ebenso billig wie in Norwegen, und meine Leute sind richtige Bauern. Ich schicke meine Heuer nach Hause und fahre auf demselben Schiff wie du um Kap Horn herum. Jetzt machen wir's richtig."

Und wie Axel Gunderson und der Rote John sich nun die ländlichen Freuden und festlichen Gebräuche in ihrer Heimat ausmalten, verliebte sich jeder in die des andern, und sie gelobten sich feierlich, zusammen heimzureisen und zuerst sechs Monate in dem Heim des einen in Schweden und dann sechs Monate in dem des andern in Norwegen zuzubringen. Und den Rest der Reise waren sie unzertrennlich.

Der Lange John war kein Familienmensch. Aber er war des Vorderkastells müde. Auch er wollte mit Logierhaus-Haien nichts zu tun haben. Er wollte sich ebenfalls ein Zimmer bei einer ruhigen Familie mieten, eine Navigationsschule besuchen und sein Steuermannsexamen machen. Und so ging es allen. Jeder einzige schwor, daß er diesmal vorsichtig sein und sein Geld nicht verschwenden wolle. „Kein Seemannsquartier, keinen Alkohol!“ war die Losung unseres Vorderkastells.

Die Leute wurden geizig. Nie hatte man solche Sparsamkeit gesehen. Sie wollten nicht das geringste in der Kleiderkammer kaufen. Die alten Lumpen waren noch gut genug, und sie nähten Flicken auf Flicken und kehrten sogenannte „Heimreisefetzen“ von ungeahnter Schäbigkeit heraus. Sie sparten sogar an Streichhölzern und warteten, bis zwei oder drei sich ihre Pfeife gestopft hatten, um dasselbe Streichholz benutzen zu können.

Als wir endlich durch die Bucht von San Francisco nach dem Hafen fuhren, waren die Agenten der Logierhäuser längsseits, sobald die Quarantäneärzte uns hatten passieren lassen. Sie kamen in ganzen Schwärmen an Bord, priesen ihre Häuser an und hatten jeder eine Flasche Whisky in der Tasche. Aber wir winkten großartig und mit vielen Flüchen ab. Wir wollten nichts von ihren Logierhäusern wissen und nicht einen Tropfen von ihrem Whisky trinken. Wir waren nüchterne, fleißige Seeleute, die ihr Geld besser gebrauchen konnten.

Dann kam die Abmusterung vor dem Heuerbas. Wir traten, die Taschen voller Geld, auf den Bürgersteig hinaus – umlauert von den Haien und Harpyien. Und wir sahen uns an. Wir waren sieben Monate zusammen gewesen, und jetzt trennten sich unsere Wege. Nur der letzte Abschied von den Kameraden mußte noch gefeiert werden. Das war nun mal üblich! „Los, Jungens!“ sagte unser Steuermann. Und da lag die schon unvermeidliche Kneipe! Und ein Dutzend anderer daneben. Und als wir nun in die von dem Steuermann gewählte eintraten, war der Bürgersteig draußen schwarz von Haien. Einige von ihnen kamen mit hinein, aber wir wollten nichts mit ihnen zu tun haben. Da standen wir nun an dem langen Schenktisch – der Steuermann, der Bootsmann, die sechs Jäger, die sechs Bootssteuerer und die Ruderer. Von den letztgenannten waren es nur fünf, weil wir einen von uns, mit einem Sack Kohlen an den Füßen, zwischen zwei Schneestürmen bei Kap Jerimo versenkt hatten. Wir waren neunzehn, und es war das letzte Glas, das wir miteinander trinken sollten. Nach sieben Monaten Mannesarbeit draußen in der Welt in Sturm und Stille sollten wir uns nun zum letzten Male sehen. Wir wußten es, denn die Wege der Seeleute führen weit auseinander. Und wir neunzehn tranken das erste Glas, das der Steuermann ausgab. Dann sah uns der Bootsmann mit sprechenden Augen an und bestellte noch eine Runde. Wir hatten ihn ebenso gern wie den andern – wir mochten sie beide leiden. Sollten wir mit dem einen trinken und mit dem andern nicht?

Und Peter Holt, mein eigener Jäger (er ging im nächsten Jahre mit Mann und Maus auf der „Mary Thomas“ unter), bestellte eine Runde. Die Zeit verging, ein Glas nach dem andern kam auf den Schenktisch, unsere Stimmen wurden lauter, und die Würmer begannen zu kriechen. Es waren sechs Jäger, und jeder forderte im heiligen Namen der Kameradschaft, daß wir, alle Mann, ein Glas mit ihm trinken sollten. Es waren sechs Bootssteuerer und fünf Ruderer, und alle huldigten derselben Anschauung. Unsere Taschen waren voller Geld, und unser Geld war ebenso gut wie das anderer Männer, und unsere Herzen waren frei und großmütig.

Neunzehn Runden. Was konnte König Alkohol mehr verlangen? Er setzte bei diesen Männern seinen Willen durch. Sie waren bereit, die Pläne zu vergessen, die sie mit so großer Liebe geschmiedet hatten. Sie taumelten aus der Kneipe direkt in die Arme der Haie und Harpyien. Sie leisteten keinen Widerstand mehr. Zwei Tage bis eine Woche dauerte es, bis ihr letzter Groschen verschwunden war und die Wirte der Logierhäuser sie an Bord von Schiffen brachten, die weite Reisen machen sollten. Victor war ein Prachtkerl, ein wahrer Hüne, und durch eine Bekanntschaft hatte er das Glück, ins Rettungskorps zu kommen. Nie sah er die Tanzschule, und nie annoncierte er wegen eines Zimmers in einer Arbeiterfamilie. Und der Lange John kam nie auf die Navigationsschule. Als die Woche um war, befand er sich als Ersatzheizer an Bord eines Flußdampfers. Der Rote John und Axel schickten ihr Geld nicht in die Heimat. Statt dessen wurden sie zusammen mit den übrigen an Bord von Segelschiffen gebracht, die um den ganzen Erdball herum sollten. Ihre Logierwirte hatten sie dort angebracht, und sie mußten den Vorschuß abarbeiten, den sie weder gesehen noch ausgegeben hatten.

Was mich rettete, war der Umstand, daß ich Heim und Familie besaß. Ich fuhr über die Oakland-Bucht und warf noch schnell einen Blick auf den Todesweg. Nelson war verschwunden – erschossen, als er in der Trunkenheit den Behörden Widerstand geleistet hatte. Sein letzter Partner saß im Gefängnis wegen der gleichen Geschichte. Whisky-Bob war verschwunden. Der Alte Cole, der Alte Smoudge und Bob Smith – auch sie waren verschwunden. Ein anderer Smith, der von der „Annie“, mit den Revolvern im Gürtel, war ertrunken. Franzosen-Frank sollte sich irgendwo am Flusse versteckt halten, weil er etwas ausgefressen hatte. Andere trugen die gestreifte Tracht in San Quentin oder Folsom. Der dicke Alec, der König der Griechen, den ich in den alten Tagen von Benicia gut gekannt, war, nachdem er zwei Männer totgeschlagen hatte, geflohen und lebte irgendwo in der Fremde. Fitzsimmons, mein Kamerad bei der Fischereipolizei, hatte einen Messerstich durch die Lunge bekommen und war langsam an Tuberkulose zugrunde gegangen. Und so ging es die belebte, gutgehaltene Straße des Todes hinab, und nach allem, was ich von den Opfern wußte, trug König Alkohol die Schuld, mit einziger Ausnahme des Smiths von der „Annie".

*

Meine Begeisterung für das Hafenviertel von Oakland war ganz verschwunden. Weder sein Aussehen noch sein Leben und Treiben sagten mir zu, und so kehrte ich denn zur Oaklander Volksbibliothek zurück und las die Bücher jetzt mit größerem Verständnis. Dazu fand meine Mutter auch, daß ich mir jetzt die Hörner abgelaufen hätte, und daß es Zeit für mich sei, mir eine feste Stellung zu suchen. Meine Familie brauchte auch Geld. So nahm ich denn eine Stellung in der Jutemühle an – zehn Stunden täglich zu zehn Cent die Stunde. Trotz meiner Zunahme an Kraft und Leistungsfähigkeit erhielt ich also nicht mehr als seinerzeit in der Konservenfabrik. Dafür wurde mir aber eine Lohnerhöhung auf fünf viertel Dollar täglich nach einigen Monaten in Aussicht gestellt.

Und jetzt begann, soweit König Alkohol in Betracht kam, eine Periode der Unschuld. Monat auf Monat verging, ohne daß ich ein einziges Glas zu sehen bekam. Noch nicht achtzehn Jahre alt, gesund und mit arbeitsgehärteten, aber unverletzten Muskeln, brauchte ich wie ein junges Tier Zerstreuung, Anregung, etwas anderes als immer nur Bücher und mechanische Arbeit.

Ich trat in den Verein christlicher junger Männer ein. Das Leben dort war gesund, man trieb Sport, aber mir war es zu kindlich. Ich war kein Knabe, kein Jüngling mehr trotz meiner jungen Jahre. Unter Männern war ich zum Mann geworden. Ich kannte geheimnisvolle, wilde Dinge. Ich lebte auf einer andern Seite des Lebens als die jungen Leute, die ich im V. C. J. M. traf. Ich redete eine andere Sprache, besaß ein trüberes und schrecklicheres Wissen. Das würde nun zwar nichts geschadet haben, wenn sie mir mehr entgegengekommen wären und mir in geistiger Beziehung geholfen hätten. Aber ich hatte aus meinen Büchern mehr gelernt als sie. Ihre mageren physischen und ihre mageren intellektuellen Erfahrungen ergaben zusammen eine negative Summe, die von ihrer heilsameren Moral und ihrem gesunden Sport nicht aufgewogen wurde.

Kurz gesagt, diese Kleinkinderbewahranstalt langweilte mich bald. Die reine strahlende Jugend war mir verschlossen – dank König Alkohols früherer Verwandtschaft. Und doch, in der guten Zeit, die kommen wird, wenn der Alkohol ausgeschlossen ist aus den Bedürfnissen und den Einrichtungen der Männer, werden der V. C. J. M. und ähnliche Vereine undenkbar bessere, weisere Versammlungsstätten sein für Männer, die jetzt die Kneipen aufsuchen, um sich selbst und einander zu finden. Indessen leben wir ja jetzt dem heutigen Tage und können nur von den Zuständen reden, wie sie heute und hier sind.

Ich arbeitete zehn Stunden täglich in der Jutemühle. Es war ewig dieselbe Plackerei an der Maschine. Ich wollte leben. Ich wollte mich anders betätigen, als an einer Maschine für zehn Cent die Stunde. Ungeahnte und beunruhigende Fähigkeiten und Neigungen entwickelten sich in mir.

Zu diesem Zeitpunkt traf ich glücklicherweise Louis Shattuck, und wir wurden Freunde.

Louis Shattuck war ein wahrhaft unschuldiger Mensch, ohne einen einzigen lasterhaften Zug, und dabei doch ein verteufelter Bursche, selbst vollkommen überzeugt, ein verdorbenes Stadtkind zu sein. Und ich war kein Stadtkind. Louis war hübsch, anmutig und interessierte sich sehr für Mädchen. Der Umgang mit ihm war anregend und fesselnd.

Ich wußte nichts von Mädchen. Mein ganzes Bestreben, ein Mann zu sein, hatte mich zu sehr in Anspruch genommen. Dies war eine gänzlich neue Lebensphase, die mir bisher entgangen war. Und wenn ich sah, wie Louis sich von seinen Freunden verabschiedete, oder den Hut vor einem Mädchen seiner Bekanntschaft zog und neben ihm auf dem Bürgersteig ging, war ich ganz erregt und eifersüchtig. Dies Spiel wollte ich auch gern spielen.

„Schön, dann gibt es nur eine Möglichkeit für dich," sagte Louis, „du mußt dir ein Mädchen anschaffen." Was leichter gesagt, als getan ist. Laßt mich euch das beweisen, wenn ich darüber auch von meinem Thema abschweifen muß. Louis kannte die Mädchen nicht in ihrem häuslichen Leben. Er hatte keinen Zutritt zu dem Heim eines Mädchens. Und mir, der ich fremd in dieser neuen Welt war, ging es natürlich ähnlich. Ferner hatten jedoch weder Louis noch ich die Möglichkeit, eine Tanzschule oder öffentliche Tanzlokale zu besuchen. Wir hatten kein Geld dazu. Er war bei einem Grobschmied in der Lehre und verdiente nicht viel mehr als ich. Wir lebten beide bei unsern Eltern und mußten zu Hause bezahlen. Wenn wir das getan und uns Zigaretten und die notwendigsten

Kleider und Schuhe gekauft hatten, blieb jedem von uns für den persönlichen Gebrauch eine Summe, die zwischen siebzig Cent und einem Dollar die Woche schwankte. Wir legten diesen Überschuß zusammen und teilten ihn, und zuweilen lieh einer dem andern noch seinen Anteil, wenn man es für ein besonders prachtvolles Abenteuer mit Mädchen brauchte; wie zum Beispiel für eine Fahrt nach dem Blair-Park und zurück – was allein zwanzig Cent kostete; und Vanilleeis für zwei – dreißig Cent; oder Kuchen in einer Konditorei, was billiger war und nur zwanzig Cent kostete.

Ich ließ mich nicht von dieser Geldknappheit anfechten. Die Verachtung für das Geld, die ich bei den Austernräubern gelernt, hatte mich nicht verlassen. Mit philosophischer Ruhe vertat ich jetzt die Zehn-Cent-Stücke, wie ich früher die Dollars verschwendet hatte.

Aber wie sollte ich eine Freundin kennenlernen? Es gab keine Familie, in die Louis mich hätte mitnehmen können. Und Louis brauchte seine verschiedenen Mädchen selbst; und wie es nun einmal in der Natur der Sache liegt, konnte er mir auch keines von ihnen abtreten. Er konnte sie höchstens überreden, Freundinnen für mich mitzubringen; aber die fand ich stets blaß und langweilig im Vergleich zu denen, die er sich selbst ausgesucht hatte. „Du mußt es wie ich machen“, sagte er schließlich. „Ich habe sie mir einfach genommen. Nimm dir auch eine.“

Und er weihte mich ein. Man darf nicht vergessen, daß Louis und ich sehr knapp daran waren. Wir hatten genug zu tun, um Kost und Unterkunft zu bezahlen und uns einigermaßen auszustaffieren. Wir trafen uns abends nach der Arbeit des Tages an der Straßenecke, oder in einem kleinen Konfitürengeschäft in einer Seitenstraße, unserm einzigen Vergnügungslokal. Hier kauften wir unsere Zigaretten und gelegentlich für einen Groschen „Boltjes“. Ja, Louis und ich schämten uns nicht, Süßigkeiten zu essen – wenn wir sie kriegen konnten. Keiner von uns trank. Keiner von uns besuchte die Kneipe.

Aber zurück zu den Mädchen. Nach Louis' Anweisung sollte ich sie mir in sehr primitiver Weise aussuchen und kennenlernen. Früh am Abend schlenderten wir die Straßen auf und ab. Die Mädchen schlenderten, ebenso wie wir, paarweise. Und schlendernde Mädchen werden stets schlendernde junge Männer ansehen. Und bis auf den heutigen Tag gebrauche ich in jeder Stadt, in jedem Dorfe, in dem ich mich – jetzt in meinen reiferen Jahren – befinde, meine durch alte Erfahrung geübten Augen und beobachte das Spiel zwischen den schlendernden jungen Männern und Mädchen, die einfach so schlendern müssen, wenn die Frühling- und Sommerabende rufen.

Unglücklicherweise war ich in dieser arkadischen Periode meines Lebens, trotzdem ich mich von der andern Seite des Lebens hart durchgearbeitet hatte, furchtsam und schüchtern. Immer wieder feuerte Louis mich an. Aber ich kannte die Mädchen nicht. Sie waren für mich nach meinem frühreifen Mannesleben etwas Fremdes und Wundersames. Wenn der kritische Augenblick kam, fehlte es mir stets an Mut und Keckheit.

Dann zeigte Louis mir, wie ich es machen sollte – ein gewisser, beredter Blick, ein Lächeln, ein Gruß, ein Wort, Zaudern, Kichern, schüchterne Unsicherheit – und, hast du nicht gesehen, war die Bekanntschaft gemacht, und Louis winkte mich heran, um mich vorzustellen. Wenn wir dann aber paarweise weiterschlenderten, stellte ich fest, daß Louis unweigerlich den besten Bissen erwischt und mir das lahme Schwesterlein überlassen hatte.

Allmählich lernte ich natürlich durch die zahlreichen Erfahrungen, die ich machte, und es gab manches Mädchen, vor dem ich meinen Hut zog und mit der ich am Abend spazierengehen konnte. Aber die Liebe wollte nicht gleich kommen. Ich war angeregt, interessiert und suchte weiter.

Und es dauerte nicht lange, so lernte ich doch die Liebe eines Mädchens kennen, all ihre tiefe Zärtlichkeit, all ihre Herrlichkeit und ihre Wunder. Ich will sie Haydee nennen. Sie war zwischen fünfzehn und sechzehn. Ihr Kleidchen reichte ihr bis zu dem Rand des Stiefelschaftes. Wir saßen nebeneinander in einer Versammlung der Heilsarmee. Weder sie noch ihre Tante, die neben ihr saß, waren bekehrt; da die Tante aber vom Lande war und noch nie etwas von der Heilsarmee gesehen hatte, waren sie aus Neugier für eine halbe Stunde hingegangen. Und Louis saß neben mir und beobachtete sie – ich glaube nicht, daß er etwas anderes tat, als sie eben zu beobachten, denn Haydee war nicht sein Typ.

Wir sprachen nicht miteinander, aber in dieser bedeutungsvollen halben Stunde suchten unsere Augen sich scheu, mieden sich wieder scheu, kehrten scheu zurück und trafen sich scheu von neuem. Sie hatte ein schmales, ovales Gesichtchen, trug eine schottische Mütze, und ihr braunes Haar schien mir das schönste Braun, das ich je gesehen hatte. Und seit dem herrlichen Erlebnis dieser halben Stunde habe ich immer an die Liebe auf den ersten Blick geglaubt.

Allzufrüh brachen die Tante und Haydee auf. Mich interessierte die Versammlung nicht länger, und nach einem angemessenen Zwischenraum von wenigen Minuten ging ich mit Louis ebenfalls. Als wir hinausgingen, machte mir eine Frau im Hintergrund des Saales ein Zeichen, erhob sich und folgte mir. Ich will sie hier nicht beschreiben. Sie war von meiner eigenen Art und hatte zu meinem Kreise in der Zeit der Austernräuberei gehört. Als Nelson erschossen wurde, starb er in ihren Armen, und sie erkannte mich als einen seiner Kameraden. Sie mußte mir erzählen, wie Nelson gestorben war, und ich wollte noch mehr darüber hören; daher ging ich mit ihr über den breiten Schlund, der zwischen der Liebe eines Knaben zu einem braunhaarigen Mädchen und dem wilden Leben, das ich einst geführt hatte, klaffte.

Als ich alles gehört hatte, eilte ich fort, um Louis zu finden, voller Furcht, meine erste Liebe, nachdem ich sie kaum gesehen, verloren zu haben. Aber Louis war zuverlässig. Sie hieß – Haydee. Er wußte, wo sie wohnte. Täglich kam sie bei der Grobschmiede vorbei, wo er arbeitete, wenn sie in die Lafayette-Schule ging. Ferner hatte er sie gelegentlich mit Ruth, einer andern Schülerin, zusammen gesehen, und Nita, die uns die Boltjes in dem Konfitürengeschäft verkaufte, war mit Ruth befreundet. Ich brauchte also nur in den Laden zu gehen und Nita zu bewegen, daß sie Ruth ein paar Zeilen für Haydee gab. Ließ sich das machen, so brauchte ich also nur diese Zeilen an Haydee zu schreiben.

Und so geschah es. Und in verstohlenen halbstündigen Begegnungen lernte ich all die süße Tollheit junger Liebe kennen. Sie mag wohl nicht die stärkste und gewaltigste Liebe der Welt sein, aber sicher ist sie die süßeste. Oh, wenn ich jetzt daran zurückdenke! Niemals hatte ein Mädchen einen unschuldigeren Liebhaber, als ich es trotz meiner frühreifen Gottlosigkeit und Wildheit war. Ich, dem man als Fürsten der Austernräuber gehuldigt hatte, der in der weiten Welt als Mann unter Männern gelebt, der jedes Boot zu segeln verstand, bei Sturm und Finsternis auf hohem Mast gesessen hatte und mit dem Abschaum des Hafenviertels in den Kneipen lärmte – ich wußte nicht, was ich diesem zarten kleinen Mädchen sagen sollte, dessen kurzer Rock noch nicht bis zum Stiefelrand reichte, und das gerade so wenig vom Leben wußte, wie ich abgrundtief erfahren war oder mich doch glaubte. Ich entsinne mich, wie wir einmal auf einer Bank im Sternenlicht saßen. Es war fußbreit Raum zwischen uns. Wir blickten uns verstohlen an, unsere Ellbogen lagen dicht nebeneinander auf der Banklehne; und ein- oder zweimal berührten sich unsere Ellbogen. Und während ich die ganze Zeit wahnsinnig glücklich war und in den vornehmsten und ausgesuchtesten Wendungen sprach, um ihre empfindlichen Ohren nicht zu beleidigen, zerbrach ich mir den Kopf, was sie jetzt von mir erwartete. Was erwartet ein Mädchen von einem Burschen, wenn sie beide auf einer Bank sitzen, um zu ergründen, was Liebe ist? Was erwartete sie, daß ich tun würde? Erwartete sie, daß ich sie küssen würde? Erwartete sie, daß ich es versuchen sollte? Und wenn sie es erwartete und wenn ich es tat, was würde sie von mir denken?

Oh, es war klüger als ich – jetzt weiß ich es –, das unschuldige Mädchen in dem kurzen Röckchen. Sie ermutigte mich nach Mädchenart. Sie hielt ihre Handschuhe in der einen Hand, und ich weiß noch, wie sie mir scherzend mit diesen Handschuhen einen leichten Schlag auf die Lippen gab. Ich wäre fast ohnmächtig vor Entzücken geworden; das war das Wunderbarste, was ich je erlebt hatte. Und ich erinnere mich noch des schwachen Duftes dieser Handschuhe, den ich in dem Augenblick, als sie meine Lippen berührten, einatmete.

Dann folgte der Kampf zwischen Begreifen und Zweifeln. Sollte ich dies kleine Händchen mit den duftenden Handschuhen, die soeben meine Lippen berührt hatten, in meiner Hand fangen? Sollte ich es wagen, dieses Händchen zu küssen, oder meinen Arm um ihren Leib zu legen? Oder sollte ich es wagen, ihr näherzurücken?

Nein, ich wagte es nicht. Ich tat nichts. Ich saß nur da und liebte sie aus ganzem Herzen. Und als wir uns diesen Abend trennten, hatte ich sie nicht geküßt. Ich weiß noch, wie ich sie das erstemal küßte, als wir uns an einem andern Abend trennten – es war ein herrlicher Augenblick, als ich meinen ganzen Mut zusammennahm und es wagte. Wir brachten es nie weiter als zu einem Dutzend verstohlener Stelldicheins, und wir küßten uns vielleicht ein dutzendmal – wie Knaben und Mädchen sich küssen, leicht, unschuldig und voller Verwunderung. Wir gingen auch nie zusammen aus – selbst nicht vormittags. Ein einziges Mal teilten wir für fünf Cent Bonbons. Aber ich war immer tief überzeugt, daß sie mich liebte. Ich wußte, daß ich sie liebte; ein Jahr und länger dachte ich an nichts anderes, und ihr Andenken ist mir heute noch teuer.

*

Wenn ich mit Leuten verkehrte, die nicht tranken, dachte ich selbst nie daran. Louis trank nicht. Er konnte es sich ebensowenig leisten wie ich. Wir waren gesunde und normale Antialkoholiker. Wäre er Alkoholiker gewesen, so würden wir getrunken haben, ob wir es uns hätten leisten können oder nicht.

Jeden Abend nach Beendigung unseres Tagewerks, wenn wir uns gewaschen, die Kleider gewechselt und Abendbrot gegessen hatten, trafen wir uns an der Ecke oder in dem kleinen Konfitürengeschäft. Aber die warmen Herbsttage waren bald vorbei, und an kalten oder regnerischen Abenden war die Straßenecke kein angenehmer Treffpunkt. Und das Konfitürengeschäft war nicht geheizt. Nita, oder wer sonst den Laden besorgte, hielt sich in den Pausen in dem geheizten Hinterstübchen auf. Zu diesem Raum hatten wir keinen Zutritt, und im Laden war es ebenso kalt wie draußen.

Louis und ich erörterten die Situation. Es gab nur eine Möglichkeit: die Kneipe, die Versammlungsstätte für Männer, der Ort, wo sie mit König Alkohol verkehrten. Ich entsinne mich noch gut des kalten, feuchten Abends, als wir ohne Überzieher – wir konnten uns keine leisten – loszogen, um uns eine Kneipe zu wählen. Kneipen waren immer warm und behaglich. Wir gingen freilich nicht hin, weil wir Lust zum Trinken hatten. Andererseits wußten wir auch, daß die Kneipe kein Wohltätigkeitsinstitut ist. Man konnte sich dort nicht häuslich niederlassen, ohne etwas zu genießen.

An Geld besaßen wir nur sehr wenig. Man konnte schwer etwas sparen, wenn man Fahrgeld für sich und ein Mädchen bezahlen sollte. Wenn wir allein waren, brauchten wir kein Fahrgeld, wir gingen stets. In dieser Kneipe wollten wir daher sehen, soviel wie möglich für unser Geld zu bekommen. Wir ließen uns ein Spiel Karten geben und spielten eine Stunde lang Ekarté. In dieser Stunde gaben Louis und ich je einmal aus, und zwar bestellten wir Bier – das billigste Getränk, zehn Cent für zwei Glas. Welche Verschwendung! Wie ungern taten wir es!

Wir sahen uns die Männer an, die hereinkamen. Es schienen ältere Arbeiter, meist Deutsche zu sein, die sich kannten und gruppenweise zusammensetzten, und mit denen wir nur sehr wenige Berührungspunkte hatten. Wir wurden einig, daß wir nicht wieder in diese Kneipe gehen wollten, und entfernten uns niedergeschlagen mit dem Gefühl, einen Abend verloren und zwanzig Cent für Bier verschwendet zu haben.

An den folgenden Abenden machten wir weitere Versuche, und schließlich führte uns unser Weg ins National, eine Wirtschaft an der Ecke der Zehnten und der Franklinstraße. Hier fanden wir Leute, die besser zu uns paßten. Hier traf Louis einen oder zwei Bekannte und ich selbst mehrere alte Schulkameraden.

Wir sprachen von alten Tagen, was aus diesem Kameraden geworden wäre, was jener jetzt täte, und natürlich tranken wir ein Glas, während wir schwatzten. Sie gaben aus, und wir tranken; und dann kamen wir nach den Gesetzen des Trinkens an die Reihe. Das war schmerzhaft, denn eine Lage kostete vierzig bis fünfzig Cent.

Als der kurze Abend vorbei war, fühlten wir uns sehr angeregt; aber wir waren auch pleite. Unser Taschengeld für die ganze Woche war draufgegangen. Wir kamen zu dem Ergebnis, dies sei die richtige Kneipe für uns, nur müßten wir in Zukunft vorsichtiger mit dem Ausgeben sein. Den Rest der Woche galt es nun, sparsam zu leben. Wir hatten nicht einmal Fahrgeld. Ja, wir mußten zwei Mädchen aus West-Oakland versetzen, mit denen wir gerade angebandelt hatten. Wir sollten sie am nächsten Abend in dieser Stadt treffen, und nun hatten wir nicht das Fahrgeld, um sie nach Hause zu bringen. Gleich vielen andern, denen das Geld ausgeht, mußten wir eine Zeitlang vom Schauplatz verschwinden – wenigstens bis Sonnabend abend, dem Löhnungstag. So trafen Louis und ich uns denn in einem Mietsstall, wo wir mit zugeknöpften Jacken zähneklappernd Ekarté und Kasino spielten, bis die Zeit unserer Verbannung vorbei war. Dann kehrten wir ins National zurück und gaben nicht mehr aus, als anstandshalber für Behaglichkeit und Wärme nötig war. Zuweilen hatten wir Pech, und einer von uns verlor zweimal hintereinander in einem Sancho-Pedro-Spiel zu fünfen. Eine solche Katastrophe bedeutete jedesmal eine Ausgabe von fünfundzwanzig bis achtzig Cent, je nachdem, was die Gewinner sich bestellten. Gewöhnlich aber konnten wir den üblen Folgen der Niederlagen entgehen, indem wir uns hinter dem Schenktisch ein Konto errichten ließen. Natürlich wurde dadurch der Tag der Abrechnung nur hinausgeschoben, und wir wurden nur verleitet, mehr auszugeben, als wenn wir hätten bar bezahlen müssen. Als ich Oakland plötzlich im nächsten Frühjahr verließ, um auf Abenteuer auszuziehen, schuldete ich dem Kellner einen Dollar und siebzig Cent, wie ich noch genau weiß. Als ich nach langer Zeit wiederkam, traf ich ihn nicht mehr. Ich schulde ihm heute noch diesen Dollar siebzig, und für den Fall, daß er zufällig diese Zeilen lesen sollte, teile ich ihm mit, daß ich meine Schulden gern bezahlen möchte.

Den Fall mit dem National habe ich erzählt, um zu zeigen, wie man immer wieder zu König Alkohol gezogen, getrieben und gejagt wird, solange die jetzige gesellschaftliche Ordnung mit ihren Kneipen an allen Straßenecken besteht. Louis und ich waren zwei kräftige junge Leute, die sich nichts aus dem Trinken machten, auch kein Geld dazu hatten. Und doch wurden wir durch die Umstände, das kalte, regnerische Wetter, getrieben, Zuflucht in einer Kneipe zu suchen, wo wir einen Teil unserer armseligen paar Kröten vertrinken mußten. Mancher Kritiker wird natürlich äußern, wir hätten in den V. C. J. M., in die Abendschule oder in ein öffentliches Heim für junge Leute gehen können. Ich kann darauf nur antworten, daß wir das eben nicht taten. Das ist eine unumstößliche Tatsache. Wir taten es nicht. Und heute, in diesem Augenblick tun Hunderte und Tausende von jungen Leuten dasselbe, was Louis und ich taten. Sie gehen zu König Alkohol, der ihnen einen warmen, gemütlichen Empfang bereitet, sie willkommen heißt, ihren Arm unter den seinen zieht, um sie seine bequeme Straße zu führen.

*

Die Jutemühle hielt nicht ihr Versprechen, meinen Lohn auf ein und einen viertel Dollar täglich zu erhöhen, und ich, ein freier Amerikaner, dessen direkte Vorfahren in allen Kriegen seit den alten Indianerkämpfen vor der Revolution gefochten hatten, ich machte von meiner Unabhängigkeit Gebrauch und ging.

Ich war noch entschlossen, ruhig an Ort und Stelle zu bleiben, und sah mich daher nach neuer Arbeit um. Eines war klar: nur Facharbeit lohnte sich. Ich mußte ein Gewerbe lernen und entschied mich für die Elektrizität. Der Bedarf an Elektrotechnikern war ständig im Steigen begriffen. Aber wie sollte ich Elektrotechniker werden? Ich hatte kein Geld, das Technikum oder die Universität zu besuchen; zudem hielt ich nichts von Schulen, ich war ein Mann der Praxis. Zudem glaubte ich auch noch an die alten Mythen, die damals, als ich Knabe war, das Erbgut eines jeden amerikanischen Knaben waren.

Jeder Straßenjunge konnte Präsident werden. Jeder Knabe, der eine Anstellung in einem Geschäft fand, konnte mit Fleiß, Energie und Nüchternheit von Stellung zu Stellung steigen und schließlich Juniorchef der Firma werden. Dann war es nur eine Frage der Zeit, daß er Seniorchef wurde. Sehr oft – so lautete die Mythe – bekam er zum Lohn für seine Ausdauer und seinen Fleiß die Tochter seines Chefs zur Frau. Ich hatte mir nun zu dieser Zeit so viel Selbstvertrauen im Umgang mit Mädchen erworben, daß ich ganz sicher war, die Tochter meines Chefs zu bekommen. Das war ganz sicher. Alle Knaben in der Mythe taten es ja auch, sobald sie das nötige Alter dazu erreicht hatten.

So sagte ich denn der Abenteurerlaufbahn für immer Lebewohl und ging zum Kraftwerk einer unserer Oaklander Straßenbahnen. Ich traf den Oberingenieur selbst in einem vornehmen Privatbureau. Ich war ganz geblendet, aber ich redete gerade von der Leber weg. Ich erzählte ihm, daß ich gern Elektrotechniker werden wolle, daß ich mich nicht vor der Arbeit fürchte, und daß er mich nur anzusehen brauche, um zu wissen, daß ich stark und gesund sei. Ich sagte ihm, daß ich gern von der Pike auf dienen und mich hocharbeiten und mein aus Dummheit oder Nachlässigkeit, am wenigsten aus den verfeuerten Kohlen herausbekommen." Der Oberingenieur strahlte wieder. „Sie sehen, wie wichtig es ist, mit den Kohlen Bescheid zu wissen, und je mehr Sie davon lernen, ein desto besserer Arbeiter werden Sie werden – wertvoller für uns und wertvoller für Sie. Nun, sind Sie bereit anzufangen?"

„Jederzeit", sagte ich zuversichtlich. „Je eher, je besser."

„Ausgezeichnet", antwortete er. „Kommen Sie morgen früh um sieben."

Ich wurde hinausgeschickt, um über meine Pflichten belehrt zu werden. Mir wurde auch die Zeit meiner Beschäftigung mitgeteilt: zehn Stunden täglich, einschließlich Sonn- und Feiertage, mit einem einzigen freien Tag im Monat, bei einem Lohn von dreißig Dollar monatlich. Ich war nicht gerade begeistert. Schon vor Jahren hatte ich in der Konservenfabrik einen Dollar täglich für zehnstündige Arbeit erhalten. Aber ich tröstete mich mit dem Gedanken, daß ich heute trotz meines Alters und meiner Kräfte nicht mehr als früher verdiente, weil ich eben kein Facharbeiter war. Jetzt sollte es anders werden. Jetzt arbeitete ich, um ein Fach zu lernen, ich arbeitete für Laufbahn und Glück und für die Tochter des Oberingenieurs.

Und ich begann am richtigen Ende – ganz am Anfang nämlich. Das war es, worauf es ankam. Ich brachte den Heizern die Kohlen, die sie in die Öfen schaufelten, wo ihre Energie in Dampf verwandelt wurde, der wiederum, im Maschinenraum, in die Elektrizität umgewandelt wurde, mit der Elektrotechniker arbeiteten. Dies Bringen der Kohlen war sicherlich der wahre Anfang – wenn es dem Oberingenieur nur nicht einfiel, mich in die Kohlengrube zu schicken, aus der die Kohle kam, um mir dadurch noch ganz besonders das Verständnis für den Werdegang zu erleichtern.

Arbeiten! Ich hatte mit Männern gearbeitet, aber ich entdeckte, daß ich keine Ahnung gehabt hatte, was Arbeit eigentlich war. Zehn Stunden! Für Tag- und Nachtschicht mußte ich Kohlen schaufeln, und trotzdem ich selbst in den Mittagsstunden arbeitete, war ich nie vor acht Uhr abends fertig. Ich arbeitete zwölf bis dreizehn Stunden täglich und wurde dabei nicht einmal wie in der Konservenfabrik für die Überstunden bezahlt.

Ich kann das Geheimnis ebensogut schon hier offenbaren. Ich leistete die Arbeit von zwei Männern. Vor mir hatte ein reifer, kräftiger Arbeiter die Tagschicht, und ein anderer ebenfalls reifer, kräftiger Arbeiter die Nachtschicht besorgt. Sie hatten jeder vierzig Dollar den Monat bekommen. Der Oberingenieur, der bemüht war, den Betrieb soviel wie möglich zu verbilligen, hatte mich überredet, die Arbeit von beiden Männern für dreißig Dollar monatlich zu leisten. Ich dachte, er wollte einen Elektrotechniker aus mir machen. Tatsächlich wollte er der Gesellschaft fünfzig Dollar monatlich ersparen.

Aber damals wußte ich noch nicht, daß ich zwei Männer ersetzte. Niemand sagte es mir. Im Gegenteil, der Oberingenieur verbot jedem, es mir zu sagen. Wie zuversichtlich war ich am ersten Tage! Ich arbeitete aus Leibeskräften, füllte die eiserne Schubkarre mit Kohlen, lief damit zur Wage und wog die Ladung, fuhr sie dann in den Heizraum und schüttete sie auf den Eisenplatten vor den Heizern aus.

Arbeiten! Ich leistete mehr als die beiden Männer, die ich ersetzte. Sie hatten nur die Kohle angefahren und auf die Platten geschüttet. Während ich dies aber mit den Tagkohlen tat, mußte ich gleichzeitig die Nachtkohlen an der Wand des Heizraumes aufschichten. Nun war der Heizraum nur klein. Er war ursprünglich nur für einen Nachtkohlenschaufler eingerichtet. Ich mußte daher die Kohlen für die Nachtschicht immer höher schaufeln und dann den ganzen Haufen mit starken Planken stützen. Zu oberst mußte ich die Kohlen dann nochmals mit der Schaufel aufschichten.

Ich triefte von Schweiß, hielt aber nie inne, obgleich ich mich der völligen Erschöpfung nahe fühlte. Gegen zehn Uhr morgens hatte ich so viel von meiner körperlichen Kraft verbraucht, daß ich hungrig wurde und ein dickes Stück Butterbrot von meiner Mittagsration aß. Ich verschlang es im Stehen, schwarz von Kohlenstaub, mit zitternden Knien. Um elf Uhr hatte ich auf diese Weise mein ganzes Frühstück verzehrt. Aber was tat das? Ich dachte, daß ich dadurch instand gesetzt wäre, die ganze Mittagszeit durchzuarbeiten. Und dann arbeitete ich weiter, den ganzen Nachmittag hindurch. Es wurde dunkel, und ich arbeitete bei elektrischem Licht. Die Tagheizer gingen, und die Nachtheizer kamen. Ich schuftete weiter.

Um halb neun wusch ich, hungrig und wankend, auf, zog mich um und schleppte meinen schmerzenden Körper zur Straßenbahn. Es waren drei Meilen bis zu meiner Wohnung, und ich hatte eine Freikarte bekommen, jedoch mit der Einschränkung, daß ich nur sitzen durfte, solange keine zahlenden Passagiere den Platz brauchten. Wenn ich auf einen Außensitz sank, betete ich, daß kein Passagier meinen Platz beanspruchen möchte. Aber der Wagen füllte sich, auf halbem Wege stieg eine Frau ein, und es war kein Sitzplatz für sie. Ich versuchte aufzustehen und bemerkte zu meinem Erstaunen, daß ich nicht konnte. Der kalte Wind, der mir entgegenwehte, hatte meinen todmüden Körper auf dem Platz erstarren lassen. Der Rest der Fahrt verging damit, daß ich meine schmerzenden Glieder und Muskeln streckte und auf der unteren Stufe stehenblieb. Und als der Wagen an meiner Ecke hielt und ich ausstieg, wäre ich beinahe gefallen. Ich humpelte durch die beiden Straßen bis zum Hause und wankte in die Küche. Während meine Mutter sich daranmachte, das Essen zu bereiten, hieb ich in das Butterbrot ein: aber ehe noch mein Hunger gestillt oder das Fleisch gebraten war, schlief ich ein. Vergebens versuchte meine Mutter mich wachzurütteln, damit ich äße. Da es mißglückte, führte sie mich mit meinem Vater in meine Kammer, wo ich wie tot auf mein Bett fiel. Sie entkleideten mich und deckten mich zu. Am nächsten Morgen kam der Kampf mit dem Erwachen. Mich schmerzte der ganze Körper, und, was am schlimmsten war, meine Handgelenke waren dick geschwollen. Aber ich hielt mich für das entgangene Abendbrot schadlos, indem ich ein riesenhaftes Frühstück zu mir nahm, und als ich loshumpelte, um meine Straßenbahn zu erreichen, hatte ich ein doppelt so großes Frühstückspaket als gestern bei mir.

Arbeiten! Laßt einen jungen Mann, der eben achtzehn geworden ist, versuchen, zwei ausgewachsene Kohlenschaufler auszustechen. Arbeiten! Lange vor der Mittagszeit hatte ich das letzte Krümchen meines riesigen Frühstücks verzehrt. Aber ich war entschlossen, ihnen zu zeigen, was ein tüchtiger junger Kerl konnte, wenn er wollte. Das Schlimmste war, daß meine Handgelenke immer mehr anschwollen und schließlich ganz versagten. Die meisten wissen, wie weh es tut, wenn man sich den Knöchel verstaucht. Dann stellt euch vor, wie schwer es war, Kohlen zu schaufeln und die schwerbeladene Schubkarre zu fahren mit zwei verstauchten Knöcheln.

Arbeiten! Mehr als einmal sank ich auf die Kohlen hin, wo mich niemand sehen konnte, und schrie vor Wut, Kummer, Erschöpfung und Verzweiflung. Der zweite Tag war der schwerste, und das einzige, was mir ermöglichte, ihn zu überstehen und nach dreizehnstündiger Plackerei noch die letzten Nachtkohlen an Ort und Stelle zu schaffen, war der Umstand, daß der Tagheizer mir die Handgelenke verbunden hatte, so daß sie wie in Gipsverbänden lagen. Die Verbände entlasteten meine Gelenke von dem Druck, dem sie bisher ausgesetzt gewesen waren, und sie waren so stramm, daß die Schwellung nicht weiter um sich greifen konnte.

Und in dieser Verfassung fuhr ich fort, mich zum Elektrotechniker auszubilden. Nacht auf Nacht humpelte ich heim, schlief ein, ehe ich mein Abendbrot essen konnte, und wurde entkleidet und zu Bett gebracht. Morgen auf Morgen hinkte ich, mit immer riesigeren Frühstückspaketen in der Tasche, zum Haus hinaus, um an die Arbeit zu gehen.

Ich las meine Bibliotheksbücher nicht mehr. Ich traf mich nicht mehr mit den Mädchen. Ich war nichts als Arbeitstier. Ich arbeitete, aß und schlief, und meine Sinne waren ganz abgestumpft. Alles war wie ein Alp. Ich arbeitete jeden Tag einschließlich Sonntag, und erst in weiter Ferne winkte mir mein freier Tag am Ende des Monats. Dann wollte ich vierundzwanzig Stunden im Bett liegen und schlafen und mich ausruhen.

Das Merkwürdigste, was ich bei der Geschichte erlebte, war, daß ich weder trank noch überhaupt an Trinken dachte. Und dabei wußte ich doch, daß Männer bei sehr schwerer Arbeit fast immer trinken. Ich hatte es so oft gesehen und es oft auch selbst früher getan. Aber ich kam jetzt nie auf den Gedanken, ein Glas könne mir gut tun. Ich erwähne dies, um zu zeigen, daß meine Konstitution nicht im geringsten auf Alkohol eingestellt war. Und es ist bemerkenswert, daß sich später, nach Verlauf vieler Jahre, im Verkehr mit König Alkohol doch der Drang in mir entwickelte.

Ich hatte oft bemerkt, daß mich der Tagheizer neugierig anstarrte. Schließlich sprach er mich eines Tages an. Ich mußte ihm zuerst versprechen, nie ein Wort verlauten zu lassen. Der Oberingenieur hatte ihm verboten, mir etwas zu sagen, und wenn er es jetzt doch tat, riskierte er seine Stellung. Er erzählte mir von dem Tag- und dem Nachtkohlenschaufler und von dem Lohn, den sie bekommen hatten. Ich tat für dreißig Dollar monatlich dasselbe, was sie für achtzig geleistet hatten. Er hätte es mir früher erzählt, sagte der Heizer, wäre er nicht ganz sicher gewesen, daß ich unter der Arbeit zusammenbrechen und gehen würde. Wie die Dinge lagen, beging ich Selbstmord, und dazu ganz zweckloserweise. Ich drückte nur den Arbeitslohn, meinte er, und machte zwei Leute arbeitslos.

Da ich ein amerikanischer Junge, und zudem ein stolzer amerikanischer Junge war, legte ich die Arbeit nicht gleich nieder. Das war töricht von mir, ich weiß; aber ich war entschlossen, so lange zu arbeiten, bis der Oberingenieur sah, daß ich es tun konnte, ohne zusammenzubrechen. Dann wollte ich gehen, und er wußte dann, was für einen tüchtigen Menschen er verloren hatte.

Und so tat ich es denn auch – redlich und töricht. Ich arbeitete, bis die letzte Stunde kam und ich um sechs Uhr die letzte Nachtkohle geschaufelt hatte. Dann gab ich es auf, Elektrotechniker zu werden, indem ich die Arbeit von zwei Männern für den Lohn eines Jungen tat, ging nach Hause und legte mich hin, um bis zum Ende des Tages zu schlafen. Glücklicherweise war ich nicht so lange bei dieser Arbeit geblieben, daß ich einen Schaden davongetragen hätte – obwohl ich noch ein ganzes Jahr einen Verband um meine Handgelenke tragen mußte. Aber die Folge dieser Arbeitsorgie war, daß mir die Arbeit zum Ekel wurde. Ich wollte nicht mehr arbeiten. Der Gedanke an Arbeit wirkte abschreckend. Es war mir einerlei, ob ich es je zu etwas brachte. Die Fachausbildung konnte zum Kuckuck gehen. Es war zehnmal besser, lustig durch die Welt zu fahren, wie ich es getan hatte. So stürzte ich mich denn wieder kopfüber ins Abenteurerleben und wanderte ostwärts auf dem Schienenstrange.

* * *

Während meiner Wanderung durch die Vereinigten Staaten ging mir bald eine neue Erkenntnis auf. Als Vagabund befand ich mich hinter den Kulissen der Gesellschaft – ja, ganz unten im Maschinenkeller. Ich sah, wie die Schwungräder der sozialen Maschine sich drehten, und erkannte, daß es sich mit der Würde körperlicher Arbeit doch etwas anders verhielt, als Lehrer, Geistliche oder Politiker mir erzählt hatten. Leute ohne Fachausbildung waren hilflos wie das liebe Vieh. Lernte aber jemand ein Handwerk, so war er genötigt, einer Gewerkschaft beizutreten, um in seinem Fach überhaupt Arbeit zu finden. Und die Gewerkschaft wieder war genötigt, die Arbeitgeberverbände einzuschüchtern und auf sie loszuschlagen, um die Löhne herauf- und die Arbeitszeit herunterzusetzen. Die Arbeitgeberverbände machten es ihrerseits umgekehrt. Wo blieb da die Würde? Ich konnte sie beim besten Willen nicht entdecken. Und wenn ein Arbeiter alt wurde oder zu Schaden kam, so flog er auf den Müllhaufen wie eine ausgediente Maschine. Ich sah zu viele, die ihr Leben ganz anders als würdig beendeten.

So kam ich denn zu der Erkenntnis, daß körperliche Arbeit unwürdig war und sich nicht lohnte. Keine Fachausbildung und keine Oberingenieurstochter! lautete mein Entschluß. Nur das Gehirn machte sich bezahlt, nicht der Körper, und ich beschloß, nie mehr meine Muskeln auf dem Sklavenmarkt auszubieten.

Ich kehrte also nach Kalifornien mit dem festen Entschluß zurück, mein Gehirn zu entwickeln. Das bedeutete: Schule. Ich hatte vor langer Zeit die Gemeindeschule absolviert und konnte daher jetzt das Oaklander Gymnasium besuchen. Um meinen Lebensunterhalt zu verdienen, nahm ich eine Stellung als Pförtner an. Meine Schwester half mir; und ich war nicht darüber erhaben, in fremden Gärten Gras zu mähen oder Teppiche zu klopfen, wenn ich einmal einen halben Tag Zeit hatte. Ich arbeitete, um von der Arbeit loszukommen, und tauchte darin unter mit einem grimmigen Verständnis des Widersinnigen meines Geschickes.

Die Liebe des Knaben lag hinter mir, und damit auch Haydee, Louis Shattuck und die Spaziergänge früh am Abend. Ich hatte keine Zeit mehr für dergleichen. Ich trat in den Henry-Clay-Diskussionsklub ein. Einige der Mitglieder empfingen mich in ihrem Heim, wo ich Mädchen traf, denen die Röcke bis zum Boden reichten. Ich beteiligte mich an kleinen Zirkeln, in denen Poesie, Kunst und Sprachlehre erörtert wurden. Ich besuchte die Sitzungen der Sozialisten, wo man über Wirtschaft, Philosophie und Politik redete. Ich besaß ein halbes Dutzend Mitgliederkarten zur Volksbibliothek und las unglaublich viel in meiner freien Zeit.

Und anderthalb Jahre lang trank ich nicht einen Tropfen Alkohol. Ich hatte einfach keine Zeit dazu und verspürte auch keinen Drang danach. Meine Pförtnerstellung, meine Studien und meine unschuldigen Vergnügungen, wie hin und wieder eine Partie Schach, ließen mir nicht einen Augenblick dafür übrig. Ich entdeckte eine neue Welt, und meine Leidenschaft, sie zu erforschen, war so groß, daß die alte Welt König Alkohols keine Lockungen mehr für mich bot.

Aber, um bei der Wahrheit zu bleiben: ich besuchte doch manchmal eine Kneipe; nämlich die Johnny Heinholds, die „Letzte Chance“, und lieh mir etwas Geld vom Wirt. Und hier stoßen wir auf eine neue Seite von König Alkohol. Wirte sind immer gute Kameraden. Im großen und ganzen kann man wohl sagen, daß sie anständiger sind als Geschäftsleute. Brauchte ich einmal notwendig zehn Dollar und wußte nicht, wo ich sie herbekommen sollte, so ging ich zu Johnny Heinhold. Es waren Jahre vergangen, seit ich Stammgast bei ihm gewesen und manchen Cent hinter seinem Schenktisch gelassen hatte. Und als ich jetzt zu ihm kam, um mir zehn Dollar zu borgen, gab er sie mir ohne Sicherheit und ohne Zinsen, obgleich ich obendrein auch nicht das geringste bei ihm trank.

In der kurzen Zeit, die ich um meine Ausbildung kämpfte, mußte ich mehr als einmal Johnny Heinhold um Geld angehen. Als ich auf die Universität kam, lieh ich mir vierzig Dollar von ihm, ohne Zinsen, ohne Sicherheit, ohne etwas zu trinken. Und doch – und das ist Ehrensache –, als es mir nach Jahren gut ging, machte ich manches liebe Mal einen tüchtigen Umweg, um an Johnny Heinholds Schenktisch noch nachträglich die Zinsen für seine Darlehen zu vergüten. Nicht, daß Johnny Heinhold mich gemahnt oder es von mir erwartet hätte. Ich tat es in Beobachtung der Ehrengesetze, die ich im Verkehr mit König Alkohol gelernt hatte. In der Not, wenn man nicht mehr weiß, an wen man sich wenden soll, und einem hartherzigen Pfandleiher nicht die geringste Sicherheit zu bieten hat, kann man zu einem Kneipenwirt gehen, den man kennt. Dankbarkeit liegt in der menschlichen Natur. Wenn der Mann, dem der Wirt so geholfen hat, wieder Geld hat, wird er sicher einen Teil davon in der Kneipe ausgeben, deren Wirt sein Freund ist.

Ach, ich entsinne mich der ersten Tage meiner Schriftstellerlaufbahn, als die kleinen Beträge, die ich bei den Zeitschriften verdiente, mit tragischer Unregelmäßigkeit eintrafen, während ich mich mit einer immer wachsenden Familie durchschlagen mußte – einer Frau, Kindern, meiner Mutter, einem Neffen und meiner Mammy Jennie und ihrem Manne, die auf ihre alten Tage in Not geraten waren. Es gab zwei Stellen, wo ich mir Geld leihen konnte: eine Barbierstube und eine Kneipe. Der Barbier nahm fünf Prozent Zinsen monatlich. Das heißt, wenn ich mir hundert Dollar lieh, bekam ich nur fünfundneunzig. Die restlichen fünf behielt er als Zinsen für den ersten Monat zurück. Und im zweiten Monat bezahlte ich ihm noch fünf Dollar, und so ging es weiter, bis ich einen entscheidenden Schlag gegen die Redaktionen führte und das Darlehen zurückzahlte.

Die andere Stelle, an die ich mich in der Verlegenheit wenden konnte, war eine Kneipe. Den Kellner kannte ich seit einer Reihe von Jahren von Ansehen. Ich hatte nie Geld bei ihm ausgegeben und tat es nicht einmal, als ich ihn anpumpte. Aber er bewilligte mir jede Summe, um die ich ihn bat. Unglücklicherweise zog er in eine andere Stadt, ehe ich zu Geld kam. Und bis auf den heutigen Tag tut es mir leid, daß er fortzog. Wüßte ich, wo er sich aufhält, so ginge ich gelegentlich zu ihm und gäbe einige Dollars aus Freundschaft und Dankbarkeit aus, so verlangen es die Gesetze der Ehre.

Dies sage ich nicht zum Ruhm der Kellner. Ich habe es geschrieben, um die Macht König Alkohols zu rühmen und noch einen der Myriaden Wege zu zeigen, auf denen ein Mann mit König Alkohol zusammengeführt wird, bis er schließlich zu der Erkenntnis gelangt, daß er nicht mehr ohne ihn leben kann.

Aber zurück zu meinem Bericht. Fern von Abenteuerwegen, tief in Studien versenkt und immer tätig, lebte ich, ohne an König Alkohols Existenz zu denken. Niemand trank in meiner Umgebung. Das war mein Glück – denn hätte es jemand getan und mich zum Trinken aufgefordert, ich hätte sicher auch getrunken. So aber verwandte ich meine freie Zeit darauf, Schach zu spielen, mit hübschen jungen Mädchen, die selbst studierten, spazierenzugehen, oder zu radeln, wenn mein Rad nicht gerade beim Pfandleiher war.

Was ich immer wieder betonen möchte, ist, daß ich nicht den geringsten Drang nach Alkohol verspürte, und das trotz meiner langen Lehrzeit bei König Alkohol. Ich war zurückgekehrt von der andern Seite des Daseins und begeisterte mich an der arkadischen Einfachheit des studentischen Lebens. Dazu hatte ich meinen Weg in das Reich des Geistes gefunden und war im Begriff, mich am Safte seiner Trauben zu berauschen. Aber ach, wie ich später erfahren sollte, hat auch der Rausch des Geistes seinen Katzenjammer.

*

Drei Jahre erforderte der Besuch des Gymnasiums. Ich verlor schließlich die Geduld. Dazu wurde mir das Studium auf die Dauer finanziell unmöglich. Ich konnte das Geld nicht länger aufbringen und sehnte mich danach, endlich auf die Universität zu kommen. So beschloß ich denn nach einem Jahre, die Zeit abzukürzen. Ich lieh mir das nötige Geld und trat in die oberste Klasse einer „Presse“ ein. Man meinte, daß ich bereits nach vier Monaten mein Abiturium machen könnte, wodurch ich zwei Jahre sparen würde.

Und wie ich paukte! In vier Monaten hatte ich die Arbeit von zwei Jahren zu leisten. Fünf Wochen lang ochste ich, bis mir die mathematischen Gleichungen und die chemischen Formeln vor den Augen tanzten. Dann nahm mich der Direktor der Anstalt beiseite. Es täte ihm sehr leid, aber er sei genötigt, mir mein Geld zurückzugeben und mich zu bitten, die Schule zu verlassen. Es handele sich nicht um meine Leistungen. Ich sei einer der Besten in meiner Klasse, und wenn er mir das Abgangszeugnis erteile, würde ich sicher auf der Universität gut weiterkommen. Aber ... kurz, die Sache war die: Man fürchtete einen Skandal, wenn man es zuließ, daß ein Zögling ein Pensum, das regulär zwei Jahre Arbeit erforderte, in vier Monaten erledigte, und sah voraus, daß die Universitäten ihre Ansprüche an die Vorbereitungsanstalten erhöhen würden, wenn etwas Derartiges geschehe. Deshalb also sollte ich so liebenswürdig sein und gehen.

Ich ging auch. Und ich bezahlte das geliehene Geld zurück, biß die Zähne zusammen und begann auf eigene Faust zu arbeiten. Es waren noch drei Monate, bis die Aufnahmeprüfungen der Universitäten begannen. Ohne Laboratorium, ohne Anleitung setzte ich mich in meine Schlafkammer und begann mir in den beiden noch übrigen Monaten den Kopf mit den Kenntnissen zweier Jahre vollzupfropfen, während ich gleichzeitig noch die Arbeit des ersten Jahres wiederholte.

Neunzehn Stunden täglich arbeitete ich. Drei Monate lang büffelte ich in diesem Tempo und unterbrach die Arbeit nur bei besonderen Gelegenheiten. Ich erschlaffte körperlich und geistig, aber ich blieb dabei. Meine Augen trübten sich, aber ich hielt durch. Ja, ich glaube, mein Verstand begann sich zu verwirren, denn ich war überzeugt, die Formel für die Quadratur des Kreises gefunden zu haben.

Dann kamen die Examenstage, und nun schloß ich kaum ein Auge, sondern büffelte und repetierte jede Minute. Und als ich meine letzte Arbeit einlieferte, war ich geistig vollkommen zusammengebrochen. Ich wollte kein Buch mehr sehen, ich war nicht mehr fähig, auch nur den geringsten Gedanken zu fassen.

Dagegen gab es nur ein Rezept, und das verschrieb ich mir – Abenteuer. Ich wartete das Ergebnis meines Examens nicht ab. Ich verstaute einen Ballen Decken und einige Nahrungsmittel in einem geliehenen Boot und segelte los. Der letzte Teil einer frühen Morgenebbe sah mich auf der Reede von Oakland, und zu Beginn der Flut befand ich mich auf der Bucht, vor einer schnell wachsenden Brise dahinjagend. Die San-Pablo-Bucht ging hoch, und die Carquinez-Straße bei der Selby-Gießerei schäumte, als ich in sie hineinsteuerte und die alten Landmarken hinter mir ließ, die ich bei den Fahrten mit dem ungerefften „Renntier“ durch Nelson kennengelernt hatte.

Benicia zeigte sich vor mir. Ich lief in die Bucht bei Turners Werft, fuhr um die Mole von Solano und glitt langsam durch die Reihen der Fischerboote dorthin, wo ich in alten Tagen gelebt und manchen tiefen Trunk getan hatte.

Und gerade hier sollte etwas geschehen, dessen Bedeutung mir erst nach Jahren klar wurde. Ich hatte nicht die Absicht gehabt, bei Benicia anzulegen. Die Flut war mir günstig, ein prachtvoller scharfer Wind wehte – es war ein herrliches Wetter für einen Seemann. Bull Head und Army Points tauchten vor mir auf und zeigten die Einfahrt zur Suisun-Bucht, die, wie ich wußte, hochging. Und doch – als ich diese Fischerboote sah, die in den kleinen Buchten am Strande lagen, legte ich sofort, ohne zu zögern, das Ruder um, holte die Schoot ein und fuhr auf die Küste los. Auf einmal wußte ich aus der Tiefe meines überanstrengten Hirns, was ich wollte. Ich wollte trinken. Ich wollte mich berauschen.

Der Drang war unwiderstehlich. Es gab kein Zaudern. Gebieterisch forderte mein zerrütteter, mißhandelter Kopf Entspannung, und ich kannte nur *eine* Art, diese Entspannung zu erreichen. Und hier liegt das Entscheidende: Zum erstenmal in meinem Leben verlangte mich ganz bewußt nach Alkohol und Alkoholrausch. Das war eine völlig neue Offenbarung der Macht König Alkohols. Nicht mein Körper brauchte seinen Zauber, sondern mein Geist. Mein überarbeiteter, abgehetzter Kopf suchte Vergessen.

Und hier ist ein Punkt, auf den ich ganz besonders hinweisen möchte: Trotz der Überanstrengung meines Hirns würde mir der Gedanke an Trinken nie gekommen sein, hätte ich früher nicht schon getrunken. Und wäre ich nicht so lange an den Alkohol gewöhnt gewesen, so wäre dies Verlangen jetzt nicht in mir erwacht. Ich wäre nicht landwärts gesteuert, sondern am Bull Head vorbei in die schäumenden Wogen der Suisun-Bucht gefahren, hinaus in das Sausen des Windes, der die Segel füllt und Leib und Seele verjüngt.

So fuhr ich denn an den Strand, machte das Boot fest und eilte zu den Fischerbooten. Charley Le Grand fiel mir um den Hals. Lizzie, seine Frau, preßte mich an ihren umfangreichen Busen. Billy Murphy, Joe Lloyd und alle die andern Überlebenden von der alten Garde scharten sich um mich, und ich ging aus einem Arm in den andern. Charley nahm eine Kanne und lief damit nach Jorgensens Kneipe auf der andern Seite des Eisenbahngleises. Das bedeutete Bier. Aber ich wollte Whisky haben, und so rief ich ihm nach, daß er eine Flasche bringen solle.

Viele Male wanderte diese Flasche über das Gleis und zurück. Immer mehr Freunde aus der alten freien, leichtlebigen Zeit kamen hinzu, Fischer, Griechen, Franzosen und Russen. Alle tranken sie froh mit, und jeder gab dafür seine

Runde aus. Sie kamen und gingen, aber ich blieb und trank mit allen. Ich füllte mir den Bauch. Ich goß den Schnaps hinunter und freute mich, als die Würmer in meinem Gehirn zu kriechen begannen.

Und die „Muschel“ kam, der vor mir Nelsons Partner gewesen war, hübsch wie immer, aber halb verrückt, vom Whisky verbrannt. Er hatte gerade einen Streit mit seinem Partner auf der Schaluppe „Gazelle“ gehabt, die Messer waren aus den Gürteln geflogen, es war Blut geflossen, und jetzt war er bemüht, sein Fieber durch immer mehr Whisky noch zu erhöhen. Und während wir ihn hinuntergossen, gedachten wir Nelsons, der seine breiten Schultern in ebendieser Stadt Benicia zum letzten Schlaf gebettet hatte; und wir beweinten ihn und erinnerten uns all seiner guten Seiten, ließen die Flasche von neuem füllen und tranken wieder.

Sie wollten mich zum Bleiben überreden, aber durch die offene Tür sah ich den herrlichen Wind die Wogen jagen, und meine Ohren wurden von seinem Rauschen erfüllt. Und während ich vergaß, daß ich drei Monate lang neunzehn Stunden täglich über den Büchern gebüffelt hatte, schaffte Charley Le Grand meine Sachen in ein großes Columbia-River-Lachsboot. Er brachte noch Holzkohle, eine Fischerpfanne, eine Kaffeekanne, eine Bratpfanne, Kaffee, Fleisch und einen frisch aus dem Wasser gezogenen Seebarsch.

Sie mußten mir das baufällige Bollwerk hinunterhelfen, damit ich in das Lachsboot kam. Dann setzten sie Groß- und Sprietsegel für mich, bis sie wie ein Brett standen. Einige waren ängstlich, das Sprietsegel zu setzen, aber ich bestand darauf, und Charley hatte keine Bedenken. Er kannte mich von früher und wußte, daß ich segeln konnte, solange mir die Augen nicht zufielen. Sie warfen meine Fangleine los. Ich faßte das Ruder, legte mich vor den Wind, und obwohl es mir vor den Augen flimmerte, steuerte ich das Boot sicher auf seinem Kurs und winkte Lebewohl.

Die Ebbe war gekommen und lief mit starker Strömung der steifen Brise gerade entgegen, so daß ein schwerer, unsteter Wellengang aufkam. Die Suisun-Bucht war weiß von Schaum und Sturzseen. Aber ein Lachsboot kann segeln, und ich verstand mich darauf. So jagte ich denn geradeswegs hinein, hindurch, hinüber, hielt laute Selbstgespräche und sang meine Verachtung für Bücher und Schulen in alle Winde. Schwere Seen füllten mein Boot etwa einen Fuß hoch mit Wasser, aber ich lachte, als es meine Füße umplätscherte, und sang auch meine Verachtung für Wind und Wasser hinaus. Ich fühlte mich als Herrn des Lebens, der auf dem Rücken des ungezügelten Elements dahinritt, und König Alkohol ritt mit mir. Inmitten von Abhandlungen über Mathematik und Philosophie, zwischen Deklamationen und Zitaten sang ich die alten Lieder, die ich in den Tagen gelernt hatte, als ich von der Gießerei zu den Austernbooten gekommen war, um Pirat zu sein – Lieder wie: „Schwarze Lulu", „Die treibende Wolke", „Sei gut zu meinem Töchterlein", „Der Einbrecher von Boston", „Ich wollt', ich wär' ein Vöglein", „Shenandoah" und „Los, Jungens, los!".

Stunden später, in den Flammen des Sonnenunterganges, schlug ich dort, wo der Sacramento und der San Joaquin ihre schlammigen Gewässer vereinen, den New-York-Richtweg ein, glitt über die kleine geschlossene Wasserfläche hinter Black Diamond in den San Joaquin und fuhr flußauf bis Antioch, wo ich mich, inzwischen ernüchtert und prachtvoll hungrig, längsseits neben eine große Kartoffelschaluppe legte, deren Takelung mir bekannt vorkam. Es waren alte Freunde an Bord, die mir meinen Barsch in Olivenöl brieten. Ferner gab es kräftiges, delikat mit Knoblauch angemachtes Schmorfleisch und grobes italienisches Brot ohne Butter, und das Ganze wurde mit Mengen schweren, berauschenden Klaretts hinuntergespült.

Mein Lachsboot war wie ein Schwamm, aber in der gemütlichen Kajüte der Schaluppe bekam ich trockene Decken und eine trockene Koje. Und wir lagen da, rauchten und schwatzten von alten Tagen, während über unsern Köpfen der Wind durch das Tauwerk pfiff und straffe Leinen gegen den Mast trommelten.

*

Meine Fahrt mit dem Lachsboot dauerte eine Woche, und als ich zurückkehrte, war ich bereit, die Universität zu beziehen. In dieser ganzen Woche trank ich nicht mehr. Mein ermüdetes Hirn hatte sich erholt. Ich verspürte weder Reue noch Scham, noch machte ich mir irgendwelchen Kummer über die Orgie des ersten Tages in Benicia, und als ich froh zu meinen Büchern und meinen Studien zurückkehrte, dachte ich gar nicht mehr daran.

Lange Jahre sollten vergehen, ehe ich mich wieder auf jenen Tag besann und mir seine eigentliche Bedeutung klar wurde. Damals – und noch lange darauf – betrachtete ich die Sache nur als einen lustigen Streich. Noch später jedoch, als ich im Sumpf geistiger Schlaffheit und Erschöpfung zu ersticken drohte, mußte ich wieder daran denken und verstand jenen Drang nach Betäubung.

Ich beendete mein erstes Semester und begann im Januar 1897 mein zweites. Als aber zu dem drückenden Geldmangel noch die Überzeugung kam, daß mir die Universität in der Zeit, die ich dazu bestimmt hatte, nicht geben konnte, was ich wünschte, entschloß ich mich ohne sonderliche Enttäuschung, sie zu verlassen. Ich hatte zwei Jahre studiert und – was das Wichtigste war – meine Sprache in Wort und Schrift gebildet.

Ich entschloß mich, unverzüglich eine neue Laufbahn zu beginnen. Ich hatte vier Interessen: Erstens Musik, zweitens Poesie, drittens das Schreiben philosophischer, ökonomischer und politischer Aufsätze, und viertens – am letzten und wenigsten – Romanschriftstellerei. Die Musik setzte ich entschlossen als unmöglich beiseite, ließ mich in meiner Schlafkammer nieder und befaßte mich nun mit den drei andern Möglichkeiten. Du lieber Himmel, wie ich schrieb! Nie hat es ein schöpferisches Fieber wie das meine gegeben, und es glückte mir, ihm täglich die unheilvollsten Ergebnisse zu entringen. Die Art und Weise, wie ich arbeitete, hätte allein genügt, mein Hirn völlig zu erschöpfen und mich reif für die Irrenanstalt zu machen. Ich schrieb einfach drauflos, ich schrieb all und jedes – gewichtige Essays, wissenschaftliche und soziologische Aufsätze, Humoresken, Verse aller Art, von Terzinen und Sonetten bis zu Trauerspielen in Jamben, und ungeheuren Epen in Spencerschen Stanzen. Es gab Zeiten, in denen ich unaufhörlich tagein, tagaus fünfzehn Stunden täglich dichtete. Zuweilen vergaß ich zu essen oder weigerte mich, meine leidenschaftlichen Ergüsse nur um des Essens willen zu unterbrechen.

Und dann das Maschinenschreiben! Mein Schwager besaß eine Schreibmaschine, die er am Tage gebrauchte. Nachts durfte ich sie benutzen. Diese Maschine war ein Wunder. Ich könnte noch heute weinen, wenn ich mir meine Kämpfe mit ihr ins Gedächtnis zurückrufe; sie war ein vorsintflutliches Modell, ihr Alphabet bestand nur aus großen Buchstaben. Wie von einem bösen Geist besessen, gehorchte sie keinem der bekannten Naturgesetze und warf die uralte Regel völlig über den Haufen, daß gleiche Dinge mit gleichen Mitteln verrichtet, stets das gleiche Ergebnis bringen müssen. Ich lege jeden Eid darauf ab, daß diese Maschine nie dasselbe vollbrachte, wenn man zweimal dasselbe auf ihr tat. Wie mein Rücken schmerzte, wenn ich an ihr saß! Bisher war er jeder, auch der schlimmsten Anforderung gewachsen gewesen, die mein gewiß nicht weicher Lebenspfad an ihn gestellt hatte. Aber diese Schreibmaschine machte mir klar, daß mein Rückgrat schwach wie ein Pfeifenrohr war. Sie arbeitete mit dumpfem Dröhnen wie ein Güterzug, und ihre Tastatur ging so schwer, daß ich oft versucht war, sie mit Hammerschlägen in Bewegung zu setzen.

Es war eine Riesenaufgabe, die Gedanken in der Handschrift zu formen und gleichzeitig dieses Monstrum von Maschine zu meistern. Und dabei schrieb ich täglich viele Tausende von Wörtern, denn – die Redakteure warteten!

Oh, diese Pausen zwischen Hand- und Maschinenschreiben! Hirn und Nerven brachen zusammen, und der Körper nicht weniger, und doch: im Himmel meines Schöpferdranges war ich selig! Ich brauchte kein Betäubungsmittel, ich fühlte kein Verlangen nach Alkohol, die Kraft der Illusionen hielt mich aufrecht; denn noch glaubte ich an die Liebe zwischen Mann und Weib, an Elternliebe, an menschliche Gerechtigkeit und an die Kunst.

Aber die wartenden Redakteure zogen es vor, weiter zu warten. Meine Manuskripte machten Rundreiserekorde zwischen dem Stillen und dem Atlantischen Ozean. Sicher hat ihr merkwürdiges Aussehen die Annahme verhindert. Und, der Himmel weiß, ihr Inhalt war nicht weniger merkwürdig als ihr Äußeres. Ich verdiente also nichts und mußte meine schwer erstandenen Lehrbücher für lächerliche Beträge an Antiquare verkaufen. Ich lieh mir öfters kleine Summen und ließ mich von meinem alten Vater ernähren, obwohl er bei seiner schwindenden Arbeitskraft nur geringe Einnahmen hatte. Es dauerte nicht lange, nur ein paar Wochen, bis ich nachgeben und wieder an die körperliche Arbeit gehen mußte. Aber ich brauchte immer noch kein Betäubungsmittel, und ich war auch nicht enttäuscht. Meine Laufbahn verzögerte sich etwas, das war alles. Vielleicht mußte ich mich erst noch mehr vorbereiten. Ich war belesen genug, um zu wissen, daß ich erst den Saum am Gewande des Wissens berührt hatte.

*

Ich ging aufs Land nach Belmont, wo die Akademie ist, und arbeitete in der kleinen, vorzüglich eingerichteten Dampfwäscherei der Anstalt. Ein anderer Bursche und ich verrichteten die ganze Arbeit, vom Sortieren und Waschen bis zum Plätten von Oberhemden, Kragen und Manschetten und der feinen gestärkten Wäsche der Lehrerfrauen. Wir arbeiteten mit der Leidenschaft der Tiger, namentlich als der Sommer kam und die Schüler der Akademie weiße Leinenhosen trugen. Es ist ein langwieriges Unternehmen, ein Paar weiße Leinenhosen zu plätten. Und es waren unendlich viele Leinenhosen. Wir schwitzten uns durch lange heiße Wochen hindurch bei endloser Plackerei, und manche Nacht schufteten wir unter der elektrischen Lampe an der Dampfrolle oder an dem Plättbrett, während die Schüler in ihren Betten schnarchten.

Die Arbeitszeit war lang, die Arbeit schwer, obwohl wir bald eine wahre Meisterschaft darin erlangten, jede überflüssige Bewegung zu sparen. Und ich erhielt dreißig Dollar monatlich und Kost und Logis – freilich nur ein geringer Fortschritt gegen die Tage, da ich Kohlen schaufelte und in der Gießerei arbeitete; dabei bedeutete die Verpflegung nur eine geringe Ausgabe für den Unternehmer, denn wir aßen in der Küche; ich aber sparte so immerhin etwa zwanzig Dollar monatlich. Meine große Zunahme an Kraft, Fertigkeit und allem, was ich aus den Büchern gelernt hatte, entsprach also einer Mehreinnahme von zwanzig Dollar. Nach diesem Fortschritt zu urteilen, durfte ich hoffen, noch vor meinem Tode Nachtwächter mit sechzig Dollar monatlich, oder Schutzmann mit hundert Dollar und Sporteln zu werden.

So unbarmherzig packten wir, mein Kamerad und ich, die Arbeit an, daß wir am Sonnabend abend vollkommen fertig waren. Ich war also wieder das alte gedankenlose Arbeitstier! Die Bücher blieben mir verschlossen. Ich hatte zwar einen ganzen Koffer voll mitgebracht, war aber nicht imstande, sie zu lesen. Sobald ich es versuchte, schlief ich ein; und glückte es mir, mehrere Seiten lang die Augen offen zu halten, so wußte ich hinterher nicht, was ich gelesen hatte. Ich gab jeden Versuch auf, mich mit ernsthaften Studien, wie Rechtswissenschaft, Nationalökonomie und Biologie, zu beschäftigen, und versuchte es mit leichterem Stoff, wie Geschichte. Auch hierbei schlief ich ein. Ich versuchte es mit Literatur und schlief ein. Und als ich schließlich sogar über den interessantesten Erzählungen einschlief, verzichtete ich ganz. In der Zeit meiner Wäschereiarbeit las ich nicht ein einziges Buch.

Von Sonnabend abend bis Montag morgen ruhte die Arbeit, und da hatte ich dann außer dem Wunsch, zu schlafen, nur ein einziges Verlangen: mich zu betrinken. Dies war das zweitemal in meinem Leben, daß ich den unverkennbaren Ruf König Alkohols vernahm. Das erstemal war der Grund geistige Überreizung gewesen und jetzt das Gegenteil – die dumpfe Gefühllosigkeit eines arbeitslosen Hirns. Und das Schlimmste war, daß mein Geist, erweckt durch die Wunder der Bildung, nun das ganze Elend seiner Stockung und Untätigkeit doppelt fühlte.

Und da ich lange Zeit der Busenfreund König Alkohols gewesen war, wußte ich genau, was er mir versprach – Ausschweifungen der Phantasie, Machtträume, Vergessen, kurz alles andere als das ewige Waschen und Rollen, die schnurrenden Zentrifugal-Wringmaschinen und die unendlichen Prozessionen weißer Leinenhosen, die dampfend unter mein blitzschnelles Eisen zogen. Und das ist es eben. König Alkohol appelliert an Schwäche und Verfall, an Müdigkeit und Erschöpfung. Er lenkt uns ab. Und dazu lügt er beständig. Er leiht dem Körper Scheinkraft, dem Geist Scheinhöhe, gibt den Dingen einen trügerischen Schimmer, der sie weit schöner erscheinen läßt, als sie sind.

Aber man darf nicht vergessen, daß König Alkohol verwandlungsfähig wie Proteus ist. Er naht sich als Helfer dem Schwachen und Erschöpften, als froher Kamerad dem Lebenslustigen und Unternehmenden, als aufrüttelnder Mahner dem Müßiggänger. Er kann jeden auf andere Art am Arm nehmen. Er tauscht alte Lumpen gegen neue, die Flitter der Einbildung gegen die derben Kleider der Wirklichkeit, und schließlich betrügt er alle seine Anhänger.

Nun, ich betrank mich nicht; aus dem einfachen Grunde, weil es anderthalb Meilen bis zur nächsten Kneipe waren. Das Verlangen nach dem Rausche ertönte also doch nicht laut genug in meinen Ohren. Wie die Dinge lagen, begnügte ich mich damit, an meinem Ruhetage ausgestreckt im Schatten zu liegen und mir die Zeit mit den Sonntagsblättern zu vertreiben. Aber selbst dazu war ich zu müde. Die humoristische Beilage vermochte nur ein schwaches Lächeln auf mein Gesicht zu zwingen, und dann schlief ich ein.

Wenn ich also in der Zeit meiner Wäschereiarbeit König Alkohol auch nicht verfiel – etwas war ihm doch gelungen. Ich hatte seinen Ruf vernommen, das Verlangen gespürt, mich nach Betäubung gesehnt. So war ich vorbereitet für den mächtigen Drang späterer Jahre.

Und das Seltsame war, daß diese Entwicklung des Verlangens vom Gehirn ausging. Mein Körper forderte keinen Alkohol; ihm war er wie immer zuwider. Als ich beim Kohlenschaufeln mich körperlich erschöpft hatte, war mir der Gedanke an Trinken nie in den Sinn gekommen. Nach der geistigen Erschlaffung des Abituriums aber betrank ich mich sofort. Nun war die Ermüdung in meiner Wäschereizeit gewiß auch körperlicher Natur und – wenn auch bei weitem nicht so groß – doch der beim Kohlenschaufeln recht ähnlich. Aber es gab einen Unterschied. Als ich Kohlen schaufelte, war mein Geist noch nicht erwacht. Nun aber hatte er einen Blick in die Welt der Bildung getan und litt bei der mechanischen Tätigkeit in der Wäscherei die Folterqualen erzwungenen Müßigganges.

Aber ob ich nun trank, wie in Benicia, oder es nicht tat, wie in der Wäscherei: das Verlangen nach Alkohol hatte in meiner Seele Wurzel gefaßt.

*

Als ich die Wäscherei überstanden hatte, rüsteten meine Schwester und ihr Mann mich für Klondike aus. Der erste Goldgräbersturm hatte in diesem Frühherbst 1897 begonnen. Ich war mit meinen einundzwanzig Jahren in glänzender Körperverfassung. Auf der achtundzwanzig Meilen langen Strecke von Dyca Beach über den Chilcoot-Paß nach Lake Linderman nahm ich es mit jedem Indianer auf. Das letzte Stück nach Linderman betrug drei Meilen. Ich machte den Weg viermal an einem Tage hin und zurück und schleppte jedesmal auf dem Hinwege hundertfünfzig Pfund. Das heißt, daß ich auf den schlechtesten Wegen vierundzwanzig Meilen machte, darunter zwölf unter der Last von anderthalb Zentner.

Ja, ich hatte meine „Laufbahn" zum Teufel gehen lassen, war wieder auf Abenteuer aus und suchte das Glück. Und dabei stieß ich natürlich auf König Alkohol. Hier traf ich wieder diese Prachtkerle, Freibeuter und Abenteurer, und während sie Hunger gar nicht zu fühlen schienen, konnten sie ohne Whisky nicht leben. Und der Whisky kam mit, während das Mehl unberührt am Wegrande liegenblieb.

Ein freundliches Geschick wollte, daß die drei Mann, mit denen ich zusammen reiste, keine Trinker waren. Deshalb trank ich nur selten einmal, wenn ich mit andern Männern zusammentraf. In meinem eigenen Medizinkasten befand sich eine Flasche Whisky. Ich rührte jedoch den Pfropfen nicht an und zog ihn erst sechs Monate später in einem einsamen Lager heraus, wo der Arzt einen Mann ohne Betäubungsmittel operieren mußte. Arzt und Patient leerten meine Flasche miteinander und schritten dann an die Operation.

Als ich ein Jahr darauf skorbutkrank wieder nach Kalifornien zurückkehrte, war mein Vater gestorben, und damit war ich das Oberhaupt und der einzige Ernährer der Familie geworden. Ich fuhr als Heizer auf einem Dampfer von der Beringsee nach Britisch-Kolumbien und von dort als Zwischendeckpassagier nach San Francisco; allein daraus kann man entnehmen, daß ich außer meinem Skorbut nichts aus Klondike mit nach Hause gebracht hatte.

Es waren schwere Zeiten. Arbeit war kaum zu bekommen. Und Arbeit suchte ich, ganz gleich welcher Art; ich mußte nehmen, was sich mir bot, war ich doch noch ungelernter Arbeiter. An meine „Laufbahn" dachte ich nicht mehr. Das war aus und vorbei. Ich mußte Brot schaffen für zwei Münder, außer meinem eigenen, und dafür sorgen, daß wir ein Dach über dem Kopfe hatten.

Der ungelernte Arbeiter ist der erste, der die Härte schlechter Zeiten zu fühlen bekommt, und ich hatte nichts gelernt als Segeln und Waschen. Bei der Verantwortung, die jetzt auf mir ruhte, wagte ich nicht, zur See zu gehen, und bei einer Wäscherei konnte ich nicht ankommen. Ich konnte überhaupt nirgends ankommen. In fünf Stellenvermittlungsbureaus war mein Name vorgemerkt. In drei Zeitungen annoncierte ich. Ich suchte die wenigen Freunde auf, von denen ich annahm, daß sie mir vielleicht Arbeit verschaffen könnten; aber sie interessierten sich entweder zu wenig für die Sache oder waren nicht imstande, mir zu helfen.

Die Lage war verzweifelt. Ich versetzte meine Uhr, mein Fahrrad und einen Regenmantel, auf den mein Vater sehr stolz gewesen war, und den er mir hinterlassen hatte; das einzige Erbteil, das mir in dieser Welt je zugefallen ist. Er hatte fünfzehn Dollar gekostet, und der Pfandleiher gab mir zwei darauf. Und – ja richtig – eines Tages erschien plötzlich ein alter Kamerad von der Wasserkante mit einem in Zeitungspapier gepackten Frack. Er konnte keine befriedigende Erklärung abgeben, wie er zu dem Zeug gekommen war, und ich bestand auch nicht auf einer Erklärung. Ich wollte den Frack haben. Nein, nicht, um ihn zu tragen. Ich gab ihm dafür eine ganze Menge altes Gerümpel, das für mich wertlos war, da es sich nicht versetzen ließ. Er verkaufte es für einige Dollar, während ich den Frack bei meinem Pfandleiher für fünf Dollar versetzte. Und soviel ich weiß, hat der Pfandleiher den Frack noch heute. Ich jedenfalls habe nie daran gedacht, ihn einzulösen.

Aber ich konnte keine Arbeit bekommen. Und doch war ich gute Ware auf dem Arbeitsmarkt. Ich war zweiundzwanzig Jahre alt, wog ausgekleidet hundertfünfundsechzig; die letzten Spuren des Skorbuts waren nach einer Kur mit rohen Kartoffeln verschwunden. Jede Arbeit war mir recht. Ich versuchte, Modell zu werden, aber in diesem Beruf gab es zu viele gutgebaute junge Männer. Ich schrieb auf Annoncen, in denen ältere Invaliden Begleiter suchten. Und schließlich bekam ich eine Stellung als Nähmaschinenagent, jedoch nur mit Provision, ohne festes Gehalt. Aber arme Leute kauften keine Nähmaschinen in den schweren Zeiten, so daß ich auch diesen Beruf wieder aufgeben mußte.

Allerdings muß man wissen, daß ich neben solchen wertlosen Beschäftigungen auch Arbeit als Rausschmeißer, Schauermann und Botenjunge suchte. Aber der Winter kam, und das Heer der Arbeitslosen strömte in die Städte. Und dazu kam, daß ich, der ich mich so unbedachtsam in allen Ländern der Welt und im Reiche der Gedanken herumgetrieben hatte, keinem Verband angehörte.

Ich versuchte, Gelegenheitsarbeit zu bekommen. Ich arbeitete tage- und halbtageweise, wo sich nur etwas bot. Ich mähte Rasen, beschnitt Hecken, klopfte Teppiche. Ferner meldete ich mich zum Postbeamtenexamen und bestand es glänzend. Aber ach! es war keine Stellung frei, und so mußte ich warten. Und während ich wartete, versuchte ich mir zwischen der Gelegenheitsarbeit zehn Dollar zu verdienen, indem ich einen Zeitungsartikel über eine Reise schrieb, die ich in offenem Boot den Yukon hinab gemacht, und auf der ich in neunzehn Tagen neunzehnhundert Meilen zurückgelegt hatte. Ich hatte keine Ahnung, wie es bei Zeitungen zugeht, hatte aber den festen Glauben, daß ich zehn Dollar für meinen Aufsatz bekommen würde.

Aber ich bekam sie nicht. Die erste San-Franciscoer Zeitung, der ich ihn einsandte, bestätigte nie den Empfang des Manuskriptes, behielt es aber. Und je länger sie es behielt, desto sicherer war ich, daß es angenommen sei.

Und nun kommt etwas Merkwürdiges. Manche Menschen sind zum Glück geboren, es liegt ihnen gerade vor der Nase. Mich aber stieß es in die bittere Notwendigkeit hinein. Ich hatte längst jeden Glauben an meine Laufbahn als Schriftsteller verloren. Als ich den Aufsatz schrieb, hatte ich lediglich die ehrenwerte Absicht, zehn Dollar zu verdienen. Weiter gingen meine Hoffnungen nicht. Es sollte mir über die Zeit der Arbeitslosigkeit hinweghelfen. Wäre damals eine Stelle bei der Post frei geworden, so hätte ich sie sofort angetreten.

Aber die Stelle wurde nicht frei, und ich fand auch sonst keine feste Beschäftigung; und so benutzte ich die Zeit zwischen zwei Gelegenheitsarbeiten und schrieb eine Artikelserie von zweitausend Zeilen für die „Youths Companion". Ich entwarf und tippte sie in sieben Tagen.

Es dauerte einige Zeit, bis das Manuskript zurückkam, und inzwischen versuchte ich mich in Kurzgeschichten. Ich verkaufte eine an die „Overland Monthly" für vier Dollar. Die „Black Cat" gab mir vierzig Dollar, zahlbar bei Erscheinen, für jede Geschichte, die ich lieferte. Ich löste mein Fahrrad, meine Uhr und den Regenmantel meines Vaters ein und mietete mir eine Schreibmaschine. Ferner bezahlte ich die Kaufleute, die mir Kredit gewährt hatten. Ich entsinne mich noch des portugiesischen Krämers, der nie zuließ, daß meine Rechnung vier Dollar überstieg. Hopkins, ein anderer Kaufmann, machte erst bei fünf Dollar Schluß.

Und gerade jetzt bot die Post mir eine Stelle an. Das setzte mich in die peinlichste Verlegenheit. Die fünfundsechzig Dollar, die ich regelmäßig jeden

Monat verdienen konnte, waren eine schreckliche Versuchung. Ich konnte keinen Entschluß fassen. Und ich werde dem Postdirektor von Oakland nie verzeihen können. Ich ging zu ihm und sprach wie ein Mann mit ihm. Ich setzte ihm offen meine Lage auseinander. Es sähe aus, als ob ich eine Zukunft als Schriftsteller hätte. Die Aussichten wären gut, aber nicht sicher. Nun wollte ich ihn fragen, ob er mich nicht diesmal übergehen, die Stelle dem folgenden Anwärter und mir erst die nächste Stelle geben wolle –

Aber er schnitt mir das Wort ab: „Sie wollen also die Stelle nicht?“

„Das schon“, protestierte ich. „Aber sehen Sie, wenn Sie mich nur diesmal übergehen wollten – –“

„Wenn Sie die Stelle haben wollen, so nehmen Sie sie gefälligst“, sagte er kalt.

Glücklicherweise machte mich die Brutalität des Mannes wütend.

„Schön“, sagte ich. „Ich verzichte!“

*

So hatte ich denn meine Schiffe hinter mir verbrannt und stürzte mich aufs Schreiben. Maßhalten ist gegen meine Natur: Früh und spät saß ich an der Arbeit – schrieb, tippte, studierte Grammatik, studierte Literatur und alle ihre Formen, und studierte die erfolgreichen Autoren, um herauszufinden, was die Ursache ihres Erfolges war. Ich begnügte mich mit fünf Stunden Schlaf täglich und arbeitete fast die ganzen neunzehn Stunden, die übrigblieben. Mein Licht brannte bis zwei und drei Uhr morgens.

Das Schlimme für einen beginnenden Schriftsteller sind die langen, harten Pausen, wenn kein Geld von den Redaktionen kommt und nichts Versetzbares mehr vorhanden ist. Ich trug meinen Sommeranzug den ganzen Winter hindurch, und in dem folgenden Sommer erlebte ich die längste und härteste Pause, als die wohlhabenden Leute an der Küste waren und die Manuskripte bis nach den Ferien in den Redaktionen lagen.

Und dabei kannte ich niemand, der mich hätte beraten können. Ich kannte keine Menschenseele, die „schrieb“ oder auch nur den Versuch gemacht hatte, zu „schreiben“. Ich kannte nicht einmal einen Reporter. Ferner merkte ich, daß ich, wenn ich mich als Schriftsteller durchschlagen wollte, alles vergessen mußte, was die Gymnasiallehrer und Literaturprofessoren mich gelehrt hatten. Damals ärgerte ich mich darüber, aber jetzt verstehe ich es. Sie konnten ja nicht die Kniffe kennen, die man in den Jahren 1895 und 1896 brauchte, um Erfolg zu haben. Sie wußten alles über Bret Harte und Burns; aber die amerikanischen Redakteure vom Jahre 1899 kümmerten sich den Teufel um die Vergangenheit. Sie brauchten das, was die Leute 1899 lesen wollten, und boten so gute Honorare dafür, daß die Lehrer und Professoren gern ihre Stellungen aufgegeben hätten, wenn sie hätten schreiben können.

Ich kämpfte weiter, ließ Schlächter und Krämer warten, versetzte wieder meine Uhr, mein Fahrrad und meines Vaters Regenmantel und arbeitete. Ich arbeitete wirklich und setzte meinen Schlaf auf schmale Rationen. Einige Kritiker haben die kurze Ausbildung einer meiner Gestalten, Martin Edens, beanstandet. In drei Jahren machte ich ihn vom einfachen Matrosen mit Volksschulbildung zum erfolgreichen Schriftsteller. Die Kritiker sagten, das sei unmöglich. Aber ich war selbst Martin Eden. Am Ende der drei arbeitsreichen Jahre, von denen zwei dem Gymnasium und der Universität und das dritte dem Schreiben – alle drei unter ungeheurem, intensivstem Studium – gewidmet waren, veröffentlichte ich Erzählungen in Zeitschriften, wie der „Atlantic Monthly“, las die Korrekturbogen zu meinem ersten Buch, das bei Hougthon, Mifflin & Co. erschien, schrieb soziologische Aufsätze für den „Cosmopolitan“ und „McClures“, hatte das telegraphische Angebot eines Redakteurpostens in New York abgelehnt und stand im Begriff, mich zu verheiraten. Hatten die vorhergegangenen Jahre schon Arbeit bedeutet, und namentlich das letzte, in dem ich meinen Beruf als Schriftsteller lernte, so erst recht dieses. Ich schlief kaum, spannte mein Hirn bis zum Springen an und trank nicht einen Tropfen. So erschöpft ich war: Alkohol existierte nicht für mich. Ich kam nie auf den Gedanken, daß er mir helfen könne. Du lieber Himmel! Annahmeschreiben und Schecks der Redaktionen waren alles, was ich brauchte. Ein dünner Briefumschlag von einem Redakteur mit der Morgenpost war anregender als ein halbes Dutzend Cocktails. Und wenn dann aus dem Briefumschlag ein anständiger Scheck zum Vorschein kam, so bedeutete das einen wahren Rausch für mich.

Übrigens wußte ich zu jener Zeit noch gar nicht, was ein Cocktail war. Ich weiß noch, wie mich verschiedene Freunde von Alaska, als mein erstes Buch erschien, eines Abends in den Bohemianklub einluden, dessen Mitglieder sie waren. Wir saßen in den wundervollsten Ledersesseln, und es wurden Getränke bestellt. Nie hatte ich geahnt, daß es solche Liköre und solche raffinierten Arten von Whisky gäbe. Ich kannte ja nur die Getränke des armen Mannes, den Schnaps des Grenzers und Seemanns – billiges Bier und noch billigeren Whisky, der es tatsächlich nur dem Namen nach war. Ich geriet in Verlegenheit, als ich meine Wahl treffen sollte, und der Klubdiener wäre fast umgefallen, als ich mir Rotwein als Abendgetränk bestellte.

*

Mit dem Erfolg hob sich meine Lebensweise und erweiterte sich mein Horizont. Ich beschränkte mich darauf, hundert Zeilen täglich zu tippen, einschließlich Sonn- und Feiertags; dabei studierte ich immer noch fleißig, wenn auch nicht mehr so angestrengt wie früher, und gestattete mir fünfeinhalb Stunden Schlaf täglich. Auch nahm ich mir Zeit für den Sport. Ich radelte eifriger, hauptsächlich freilich, weil das Rad nicht mehr ständig beim Pfandleiher war; ich boxte und focht, ging auf den Händen, übte Hoch- und Weitsprung, Kugelstoßen, Gerwerfen und schwamm. Und ich merkte bald, daß körperliche Anstrengung mehr Schlaf erfordert als geistige. Es gab Abende, an denen ich, körperlich ermüdet, sechs Stunden hintereinander schlief, und nach sehr anstrengenden Übungen brauchte ich bisweilen sieben Stunden Schlaf. Aber solche Schlaforgien waren nicht häufig. Es gab so viel zu lernen, so viel zu tun, daß ich verstimmt war, wenn ich sieben Stunden geschlafen hatte. Und ich segnete den Erfinder der Weckuhr. Und immer noch kein Verlangen nach Alkohol! Ich hatte damals noch zuviel Glauben, lebte auf zu hohen Zinnen, war Sozialist und gedachte, die Welt zu retten; und Alkohol konnte jene Flamme nicht entfachen, die Ideen und Ideale entzünden. Meine Stimme hatte inzwischen Gewicht erhalten, das glaubte ich wenigstens; jedenfalls verschaffte mir mein Ruf als Schriftsteller ein Publikum, das ich als Redner nie hätte um mich sammeln können. Ich wurde in Klubs und Vereine geladen, um dort meine Botschaft zu verkünden. Ich kämpfte für das Gute, während ich weiter fleißig studierte und schrieb.

Bis jetzt hatte ich nur einen sehr begrenzten Freundeskreis. Aber nun wurde es anders. Man lud mich ein, namentlich zum Essen, und so bekam ich viele Freunde und Bekannte, die sorgloser lebten, als ich es bisher getan hatte. Und viele von ihnen tranken, wenn auch keiner als Trinker gelten konnte. Im Gegenteil, sie tranken mäßig, und ich trank ebenfalls mäßig mit ihnen als Kamerad und gern gesehener Gast.

Wenn man zu Gaste geladen wird, muß man natürlich auch die andern zu sich bitten. Und ich hatte ein Heim. Vergeßt nicht, daß meine Lebensweise sich gehoben hatte. Trank ich bei andern, so mußte ich natürlich in meinem eigenen

Hause auch zu trinken geben. Ich schaffte mir daher einen Vorrat an Bier, Whisky und Rotwein an. Seitdem ist mein Haus stets wohlversorgt gewesen.

Doch auch hier trank ich nur, wenn andere tranken, und es war für mich nichts als ein Akt gesellschaftlicher Höflichkeit. Wenn keine Freunde zu mir kamen, nun, dann trank ich überhaupt nicht. Ich hatte immer Whisky in meinem Arbeitszimmer stehen, und doch habe ich monate- und jahrelang keinen Tropfen getrunken, wenn ich allein war.

Nein, ich fürchtete König Alkohol nicht mehr. Ich hatte das gefährlichste Stadium erreicht, in dem man glaubt, Herr über ihn zu sein. Ich war erprobt in den langen Jahren der Arbeit und des Studiums. Ich konnte trinken, wann ich wollte, trinken, ohne berauscht zu werden, und obendrein war ich durch und durch überzeugt, keinen Geschmack daran zu haben. In dieser Periode trank ich aus genau demselben Grunde wie damals, als ich mit Scotty und dem Harpunierer und mit den Austernräubern gezecht hatte – um als Mann unter Männern zu leben. Und auch die prächtigen Abenteurer des Geistes tranken. Schön. Es gab keinen Grund, daß ich nicht mit ihnen trinken sollte – ich, der ich so sicher war, daß ich nichts von König Alkohol zu fürchten hatte.

Leider geschah es auch, daß ich im Vertrauen auf die lange frühere Übung und meine gefährliche Furchtlosigkeit Trinkwetten einging. Das geschah auf meinen verschiedenen Fahrten durch die Welt, und es war eine Sache des Stolzes. Ein merkwürdiger Männerstolz, der zum Trinken verleitet! Aber dieser Männerstolz ist Tatsache.

So lud mich zum Beispiel einmal eine wilde Bande junger Revolutionäre ein, mich als Ehrengast an einem Bierwetttrinken zu beteiligen. Dies war übrigens das einzige Bierwetttrinken, bei dem ich je zugegen gewesen bin. Als ich die Einladung annahm, wußte ich noch nicht, um was es sich handelte. Ich dachte an einen erregten Diskussionsabend, und daß vielleicht einige von ihnen mehr trinken würden, als sie vertragen konnten, und ich beschloß, selbst mäßig zu bleiben. Aber anscheinend waren diese Bierwetttrinken ein beliebter Zeitvertreib dieser begabten jungen Leute. Vielleicht wollten sie ihren Lebensüberdruß bekämpfen, indem sie sich selbst über ihr besseres Ich lustig machten. Wie ich später hörte, hatten sie ihren letzten Ehrengast, einen prächtigen jungen Radikalen, ungeübt im Trinken, glatt unter den Tisch gebechert.

Als ich die Situation verstand, erhob sich der merkwürdige Männerstolz in mir. Ich wollte es ihnen schon zeigen, diesen jungen Umstürzlern! Ich wollte ihnen zeigen, wer den besten Magen und den stärksten Kopf hatte, wer sich betrinken konnte, ohne daß man etwas merkte. Diese Kindsköpfe wollten mich unter den Tisch trinken, mich!

Wie man sieht, war es eine Frage der Ausdauer, und kein Mann wünscht, sich von einem andern den Rang ablaufen zu lassen. Pfui, Teufel! Es war Lagerbier. Ich hatte Besseres trinken gelernt. Seit Jahren hatte ich kein Lagerbier mehr getrunken; wenn aber, dann hatte ich mit Männern getrunken, und ich gedachte, diesen Lämmern zu zeigen, was Biertrinken heißt. Und das Trinken begann, und ich mußte mit den Besten von ihnen trinken. Einige blieben zurück, aber der Ehrengast durfte nicht passen!

Und all meine harten Nächte bei der schwelenden Lampe, alle Bücher, die ich gelesen, alle Weisheit, die ich gesammelt hatte, alles verschwand vor dem Affen und dem Tiger in mir, die aus dem Abgrund meiner ererbten Urinstinkte hervorschlichen, gierig und brutal, lüstern und darauf versessen, schmutziger als die Schweine zu sein.

Und als die Sitzung beendet war, stand ich noch auf den Beinen und ging, ohne zu taumeln – was ich von manchem meiner Wirte nicht sagen konnte. Ich weiß noch, wie einer von ihnen an der Straßenecke stand und vor Wut weinte, weil ich noch nüchtern war. Er ließ sich nichts von dem eisernen, durch lange Übung erworbenen Griff träumen, durch den ich mein schwindelndes Hirn im Zaume hielt, die Herrschaft über meine Muskeln bewahrte und meine Übelkeit überwand, meine Stimme klar und meine Gedanken zu Folgerichtigkeit und Logik zwang. Ja, und dabei amüsierte ich mich im stillen. Es war ihnen nicht geglückt, mich in diesem edlen Wettstreit zu besiegen. Und ich war stolz auf diese Leistung. Und, verdammt noch mal, ich bin heute noch stolz darauf! So sind die Männer!

Aber am nächsten Tage konnte ich meine hundert Zeilen nicht schreiben. Ich war krank, vergiftet. Es war ein elender Tag. Abends sollte ich einen Vortrag halten. Ich hielt ihn auch, aber ich bin überzeugt, daß er ebenso schlecht war, wie ich mich fühlte. Einige meiner Wirte vom Abend zuvor saßen in der ersten Reihe, um zu sehen, ob man mir etwas anmerkte. Ich weiß nicht, ob sie mir etwas anmerkten, aber ich merkte ihnen etwas an und fand einigen Trost in dem Bewußtsein, daß sie ebenso krank waren wie ich.

Nie wieder, schwor ich. Und ich habe nie wieder ein Bierwetttrinken mitgemacht. Es war die letzte Trinkerei dieser Art. Gewiß, ich habe beständig seither getrunken, aber klüger, vorsichtiger und nie um die Wette. So gewinnt der geübte Trinker seine Erfahrung.

Um zu zeigen, daß ich in dieser Periode meines Lebens wirklich nur aus Kameradschaftlichkeit trank, will ich berichten, wie ich mit der alten „Teutonic" über den Atlantischen Ozean fuhr. Das Schicksal wollte, daß ich gleich nach der Abreise die Bekanntschaft eines englischen Kabelingenieurs und des Juniorchefs einer spanischen Reederei machte. Nun war das einzige Getränk, aus dem sie sich etwas machten, „Pferdehals" – ein kühles, mildes Getränk, in dem Apfel- oder Apfelsinenschale schwamm. Und auf der ganzen Reise trank ich nur Pferdehälse mit meinen beiden Kameraden. Anderseits würde ich sicher Whisky getrunken haben, wenn sie es getan hätten. Man darf aber hieraus nicht etwa schließen, daß ich ein Waschlappen war. Ich machte mir nichts daraus. Moralische Bedenken hatte ich nicht. Ich war jung, stark und unerschrocken, und Alkohol war eine äußerst nebensächliche Frage für mich.

* * *

Aber ich war noch nicht so weit, daß ich Arm in Arm mit König Alkohol weiterzog. Ja, als ich in dieser Zeit in einen Morast von Kleinmut zu versinken drohte, dachte ich doch nicht einen Augenblick daran, mich an ihn um Hilfe zu wenden.

Was mir widerfuhr, war nichts Ungewöhnliches: Ich hatte in meinem jugendlichen Eifer die Wahrheit zu unerbittlich geliebt, ihr alle Schleier vom Antlitz gezogen und war nun von ihrem schrecklichen Antlitz erstarrt. An nichts glaubte ich mehr, es sei denn an „die Menschheit", und die Menschheit, an die ich noch glaubte, war wirklich sehr, sehr menschlich.

Ich will diesen langwierigen Anfall von Weltschmerz nicht näher beschreiben, er ist zu bekannt. Aber es sei gesagt, daß es mir herzlich schlecht ging. Ich überlegte ganz ernst und kaltblütig, wie ein griechischer Philosoph, ob ich mir das Leben nehmen sollte. Leider aber waren zu viele von mir abhängig, denen ich Nahrung und Wohnung schaffen mußte, als daß ich ein Recht zum Selbstmord gehabt hätte. Das waren jedoch rein moralische Betrachtungen. Was mich in Wirklichkeit rettete, war die einzige Illusion, die mir noch geblieben war: das Volk.

Alles, wofür ich gekämpft und in den Nächten mein Öl verbrannt hatte, war eine Enttäuschung gewesen. Erfolg – ich verachtete ihn. Anerkennung – nichts als ausgebrannte Asche. Gesellschaft, Männer und Frauen, die sich über den Pöbel der Wasserkante und des Vorderkastells erhaben fühlten – mich ekelte ihre lieblose Mittelmäßigkeit. Frauenliebe – nicht besser als alles übrige, Geld – ich konnte nur in einem Bett auf einmal schlafen, und welchen Wert hatte es, wenn ich mir hundertmal am Tage Mittagessen kaufen und doch nur einmal essen konnte? Kunst, Kultur – angesichts der eisernen Tatsachen der Biologie waren derartige Dinge lächerlich, ihre Exponenten noch lächerlicher. Man kann hieraus ersehen, wie krank ich war.

Ich war der geborene Kämpfer. Aber die Dinge, für die ich gekämpft, hatten sich des Kampfes nicht wert gezeigt. Mein Kampf war beendet, aber eines gab es noch, wofür es zu kämpfen lohnte – das Volk.

Aber während ich dieses eine letzte Band entdeckte, das mich ans Leben fesselte, und wie ich so in meiner äußersten Not, in den Tiefen der Hoffnungslosigkeit durch das Tal der Schatten wanderte, waren meine Ohren taub für den Ruf König Alkohols. Nichts flüsterte in meinem Innern, daß König Alkohol Vergessen schenke und mit dem Vergessen das Leben. Nur eine Möglichkeit stand vor meinem Geiste – mit dem Revolver mir den Weg in die ewige Finsternis zu bahnen.

Aber die strahlende Vision des „Volkes" rettete mich. Das „Volk" fesselte mich ans Leben. Den Kampf um dieses Ideal mußte ich noch kämpfen, und dieser Kampf lohnte sich. Ich ließ alle Vorsicht beiseite, stürzte mich mit brennendem Eifer ins Gefecht für den Sozialismus und verlachte die Redakteure und Verleger, die mich warnten und die doch die Quellen meines Wohlstandes waren. Als die „Gemäßigten Radikalen" zum Angriff schritten, waren meine Anstrengungen so gewaltig, unvorsichtig und unvernünftig, so ultrarevolutionär, daß ich die sozialistische Bewegung in den Vereinigten Staaten wenigstens um fünf Jahre verzögerte. Aber – vielleicht habe ich sie trotzdem um fünf Minuten beschleunigt.

Dem „Volk" und nicht König Alkohol verdanke ich die Heilung von meiner langen Krankheit. Und als ich zu gesunden begann, vollendete die Liebe einer Frau die Genesung und senkte meinen Pessimismus für lange Zeit in Schlaf, bis – König Alkohol ihn wieder weckte. In dieser Zwischenzeit hielt ich mich weniger streng an die Wahrheit und zog nicht den letzten Schleier beiseite, wenn meine Hand ihn auch berührte. Ich hatte nicht mehr den Wunsch, das nackte Antlitz zu sehen. Und selbst die Erinnerung an das, was ich damals gesehen, löschte ich entschlossen aus.

Nun war ich glücklich. Das Leben lächelte mir, und ich freute mich an kleinen Dingen; die großen wollte ich nicht mehr so ernst nehmen. Ich las wohl noch Bücher, aber nicht mit dem früheren Eifer. Ich lese auch heute noch Bücher, aber ich werde sie nie mehr mit der herrlichen Leidenschaft der Jugend lesen wie damals, als ich der Stimme lauschte, die mich flüsternd zum Ikarusflug in die Sternenwelt der Mysterien lockte.

Das Entscheidende aber ist, daß ich die lange Krankheit, die ja die meisten von uns einmal befällt, überstand, ohne König Alkohols Hilfe in Anspruch zu nehmen. Die Liebe, der Sozialismus, das Volk – die heilbringenden Schöpfungen des menschlichen Geistes waren es, die auch mich heilten und retteten. Wenn je ein Mann kein geborener Alkoholiker war, so glaube ich, dieser Mann gewesen zu sein. Und doch – nun ja, laßt die folgenden Kapitel selbst reden, denn in ihnen wird gezeigt, wie ich den Tribut für meinen ein Vierteljahrhundert langen Verkehr mit dem stets zugänglichen König Alkohol erlegte.

*

Auch nach meiner langen Krankheit trank ich nur bei festlichen Gelegenheiten. Aber unmerklich nahm mein Verlangen nach Alkohol feste Gestalt an und begann zu wachsen. Es war jedoch kein körperlicher Drang. Ich boxte, schwamm, segelte, ritt, lebte ein gesundes Freiluftleben und bestand mit fliegenden Fahnen alle Untersuchungen der Lebensversicherungen. Wenn ich jetzt zurückblicke, ist es mir klar, daß dieser Drang nach Alkohol rein geistigen Ursprungs, ein nervöses Verlangen, ein Drang nach Entspannung war. Wie soll ich es erklären?

Physiologisch, vom Standpunkt des Geschmackes aus, war mir der Alkohol so zuwider wie je, so ekelhaft wie das Bier, das ich mit fünf, oder der saure Rotwein, den ich mit sieben Jahren getrunken hatte. Wenn ich allein war, schrieb oder studierte, spürte ich kein Verlangen. Aber – ich wurde alt oder weise, oder alles beides, oder senil – ich überlasse dem Leser die Wahl. Wenn ich mich in Gesellschaft befand, so hatte ich weniger Freude, weniger Interesse an dem, was gesagt und getan wurde. Scherz und Witz schienen mir wertlos; es war eine Qual für mich, die Albernheiten der Damen, die eingebildeten Redensarten dieser

Männlein anhören zu müssen. Leben, Licht und die Freude an menschlicher Gesellschaft schwanden mir dahin.

Ich war zu hoch zu den Sternen geklommen, oder hatte vielleicht zu tief geschlafen. Aber ich war weder überreizt noch überanstrengt. Mein Puls ging ganz normal. Mein Herz war gesund, daß die Versicherungsärzte staunten, und meine Lungen versetzten sie in Ekstase. Ich schrieb hundert Zeilen täglich, turnte froh und freudig und schlief nachts wie ein Kind. Aber –

Aber sobald ich mit andern zusammen war, neigte ich gleich zu Melancholie und inneren Tränen. Ich konnte es nicht scherzhaft nehmen, wenn Dummköpfe großspurig daherredeten, und konnte über blöden Weiberklatsch nicht lachen.

Und dabei war ich kein Pessimist. Ich schwöre, daß ich kein Pessimist war. Ich langweilte mich nur. Ich hatte dasselbe Schauspiel schon zu oft gesehen, hatte zu oft denselben Liedern, denselben Scherzen gelauscht. Ich wußte zu gut Bescheid mit der Billettkasse und hinter den Kulissen; das Spiel auf der Bühne, das Lachen und Singen im Rampenlicht konnte in meinen Ohren nicht mehr das Knarren der Maschinerie übertönen.

Andererseits muß festgestellt werden, daß ich gelegentlich, freilich nur sehr gelegentlich, prächtige Menschen oder Leute traf, die ebenso große Toren waren wie ich, und mit ihnen verbrachte ich manche herrliche Stunde zwischen den Sternen oder im Paradies der Narren. Ich war verheiratet mit solch einem seltenen Wesen, oder einer Närrin, die mich nie langweilte und mir eine Quelle immer neuer Überraschung und nie endenden Entzückens war. Aber gleichwohl: die Gesellschaft erhob gebieterische Forderungen; ich hatte erfolgreiche Bücher geschrieben, und die Gesellschaft verlangt ihren Anteil an den freien Stunden eines Bücherschreibers. Hier rief eine Pflicht, und nichts konnte mich von ihr entbinden.

Und jetzt nähern wir uns dem Kernpunkt der Sache. Wer hilft gesellschaftliche Pflichten ertragen, wenn der Glanz verblaßt ist? König Alkohol. Dieser stets Geduldige hatte ein Vierteljahrhundert und länger gewartet, daß ich die Hand ausstreckte und ihn um Hilfe bäte. Seine tausend Versuche waren fehlgeschlagen dank meiner Konstitution und meinem Glück, aber er hatte noch mehr Pfeile in seinem Köcher. Ein Cocktail, zwei oder noch mehr, erwiesen sich als sehr geeignet, mir die Narretei der Narren erträglich zu machen. Ein Cocktail oder mehrere vor dem Essen befähigten mich, herzlich über die Dinge zu lachen, die längst aufgehört hatten, lachenswert zu sein. Der Cocktail war Stachel, Sporn und Anreiz für meinen übermüdeten Kopf und meine gepeinigten Lebensgeister.

Ohne Cocktail ein trauriger Gesellschafter, wurde ich lebhaft und unterhaltend mit ihm. Mit seiner Hilfe betäubte ich alle Elemente schlechter Laune in mir. Und so unmerklich begann es, daß ich, ein alter Freund König Alkohols, mir nicht träumen ließ, wohin die Fahrt ging. Ich begann, nach Musik und Wein zu rufen; bald sollte ich nach tollerer Musik, nach mehr Wein rufen.

Zu dieser Zeit entdeckte ich, daß ich mit Sehnsucht auf den Cocktail vor dem Essen wartete. Ich verspürte ein Verlangen danach, und ich war mir dieses Verlangens klar bewußt. Ich weiß noch, wie ich mich als Kriegskorrespondent im fernen Osten immer unwiderstehlich in ein gewisses Heim gezogen fühlte. Ich nahm jede Einladung zum Essen an und ließ mich außerdem fast jeden Abend dort sehen. Nun war die Hausfrau zwar eine scharmante Dame, aber ihretwegen war ich doch nicht so oft unter ihrem Dache. Aber sie bereitete den besten Cocktail der ganzen großen Stadt, wo doch das Mixen in der Fremdenkolonie zu einer wahren Kunst entwickelt war. Weder im Klub, noch in den Hotels, noch in irgendeinem andern Privathause gab es solche Getränke. Ihre Cocktails waren herrlich. Sie waren Meisterwerke. Sie waren meinem Gaumen nicht im allergeringsten zuwider und erzeugten den prachtvollsten Rausch. Und doch liebte ich auch ihre Cocktails nur um der Gesellschaft willen, um mich selbst in gesellige Stimmung zu versetzen. Als ich die Stadt verließ und Hunderte von Meilen durch Reisfelder und Berge ritt, und in den Monaten, da ich im Felde war und mit den siegreichen Japanern in die Mandschurei einrückte, trank ich nichts. Mehrere Flaschen Whisky befanden sich stets auf dem Rücken meiner Packpferde. Aber ich brach von selber nie einer Flasche den Hals, trank nie von selber einen Schluck und hatte nie das Verlangen danach. O ja, wenn ein weißer Mann in mein Lager kam, öffnete ich eine Flasche, und wir tranken zusammen, wie es Männern geziemt, wie auch er eine Flasche geöffnet und mit mir getrunken hätte, wenn ich zu ihm gekommen wäre. Ich führte den Whisky aus geselligen Rücksichten bei mir und ließ ihn mir deshalb auch von meiner Zeitung unter Repräsentationskosten vergüten.

Erst jetzt, wenn ich auf diese Zeiten zurückblicke, kann ich sehen, wie das Verlangen unmerklich in mir wuchs. Es gab kleine Andeutungen, die ich nicht verstand, Kleinigkeiten, die ich nicht sah, kleine Geschehnisse, deren Bedeutung ich nicht erfaßte.

So hatte ich zum Beispiel die Gewohnheit, jeden Winter sechs bis acht Wochen auf der Bucht von San Francisco zu kreuzen. Meine wackere Jacht, der „Gischt", hatte eine behagliche Kajüte mit einem Kohlenherd. Ein koreanischer Boy besorgte das Kochen, und ich nahm gewöhnlich einen Freund mit, um die Freuden der Fahrt zu teilen. Auch meine Schreibmaschine nahm ich mit und schrieb meine hundert Zeilen täglich. Auf der Fahrt, von der hier die Rede ist, begleiteten mich zwei Freunde, Cloudesley und Toddy. Toddy war zum erstenmal mit. Cloudesley hatte auf früheren Fahrten nur Bier getrunken; daher hatte ich die Jacht nur mit Bier versorgt, das ich mit ihm trank. Aber diesmal war es anders. Toddy hatte seinen Beinamen nicht umsonst; er besaß eine fabelhafte Geschicklichkeit im Grogmischen. Daher nahm ich Whisky mit – ein paar Gallonen. Ach! ich kaufte noch viele Gallonen, denn Cloudesley und ich verfielen der Gewohnheit, einen gewissen heißen Grog zu trinken, einen Grog, der wirklich begeisternd schmeckte und den herrlichsten Rausch hervorrief. Ich liebte diese Grogs. Ich begann mich auf sie zu freuen. Wir tranken regelmäßig, einen vor dem Frühstück, einen vor dem Mittagessen, einen vor dem Abendbrot, und schließlich noch einen vor dem Schlafengehen. Wir waren nie betrunken. Aber ich kann wohl sagen, daß wir uns einen großen Teil des Tages in gehobener Stimmung befanden. Und als Toddy, mitten auf der Fahrt, geschäftlich nach San Francisco zurückgerufen wurde, sorgten Cloudesley und ich dafür, daß der koreanische Boy die Grogs regelmäßig nach Toddys Rezept mischte. Das war an Bord. Wieder daheim, nahm ich keinen Appetitanreger vor dem Frühstück, keinen Schlummergrog vor dem Schlafengehen mehr. Und ich habe seither keinen Grog mehr getrunken, obwohl seitdem schon manches Jahr verging. Aber die Hauptsache ist, daß ich eben diese Grogs liebte. Die Anregung, die sie brachten, war herrlich. Sie waren auf ihre bescheidene, stille Art und Weise wahrlich beredte Agitatoren für König Alkohol. Sie waren die Anfänge von einem gewissen Etwas, das zu tödlichem und täglichem Verlangen wachsen sollte. Und ich wußte nichts davon, ließ mir nichts davon träumen – ich, der ich so viele Jahre mit König Alkohol zusammengelebt und seine vergeblichen Versuche, mich zu gewinnen, verlacht hatte.

*

Als ich mich von meiner langen Krankheit zu erholen begann, war ich der Stadt überdrüssig geworden. Auf meinem Gut, im Mondtal, fand ich mein Paradies. Alles, was die Stadt mir noch bieten konnte, war Musik, Theater und türkisches Bad. Eine Zeit des Glückes brach an. Ich arbeitete schwer und trieb viel Sport; las mehr zu meiner Unterhaltung als aus Bildungsgründen und studierte nicht ein Zehntel von dem, was ich früher studiert hatte. An die fundamentalen Probleme des Lebens rührte ich nur mit Vorsicht, denn ich hatte mir seinerzeit die Finger verbrannt. Eine gewisse Heuchelei und Unaufrichtigkeit zog in mein Wesen ein – ich kann es nicht leugnen, aber sie sind dem Menschen zum Leben nötig. Ich wiederhole es: ich war sehr glücklich. Und ich füge hinzu, daß mir, wenn ich mein ganzes Leben klar überblicke, diese Zeit als die glücklichste erscheint.

Aber die Zeit näherte sich – soweit ich sehen kann, ohne irgendwelchen wahrnehmbaren Grund –, die zur Buße für meinen langjährigen Umgang mit König Alkohol bestimmt war.

Ich erinnere mich, wie Charmian und ich eines Tages einen weiten Ritt über die Berge machten. Die Dienstboten hatten für diesen Tag Urlaub erhalten, und wir kehrten erst spät am Abend zu einem gemütlichen Abendbrot heim. Oh, schönes Leben, wie wir so in der Küche standen und das Abendbrot zubereiteten. Ich befand mich in glänzender körperlicher Verfassung und spürte eine gesunde Müdigkeit nach dem langen Ritt. Es war ein herrlicher Tag gewesen, und der Abend war ebenso herrlich. Mit der Frau, die ich liebte, und die meine Gattin war, befand ich mich hier in wundersamer Einsamkeit. Ich hatte keine Sorgen. Alle Rechnungen waren bezahlt, und das Geld strömte mir zu. Die Zukunft lag weit offen vor mir. Und hier, in der Küche, brodelten leckere Gerichte über dem Feuer, unser Lachen tönte, und mein Magen spürte einen prachtvollen Hunger.

Ich befand mich so wohl, daß irgendwie, irgendwo in mir ein unstillbarer Drang erstand, mich noch besser zu fühlen. Ich war so glücklich, daß ich mein Glück noch zu erhöhen wünschte. Und ich wußte, wie! Zehntausendfache Berührung mit König Alkohol hatte es mich gelehrt. Mehrmals machte ich den Gang von der Küche zur Cocktailflasche, und jedesmal verminderte sich der Inhalt der Flasche um einen ausgewachsenen Cocktail. Das Ergebnis war prachtvoll. Ich war nicht berauscht, nicht einmal angeheitert; aber ich war warm geworden, ich glühte, und mein Glück war unermeßlich. So herrlich das Leben auch schon vorher war, ich hatte es noch herrlicher gemacht. Es war eine große Stunde – eine meiner größten. Aber ich mußte dafür bezahlen, viel später, wie man sehen wird. Man vergißt solche Erfahrungen nicht, wohl aber vergißt die menschliche Torheit, daß es kein Gesetz gibt, nach dem die gleiche Ursache stets die gleichen Folgen haben muß. Gäbe es ein solches Gesetz, so würde die tausendste Opiumpfeife dasselbe Entzücken hervorrufen wie die erste; so würde ein einziger Cocktail selbst nach jahrelanger Gewohnheit immer noch dieselbe Glut entfachen, statt daß allmählich immer mehr dazu gehören.

Eines Tages nahm ich einen Cocktail vor dem Essen, nachdem ich meine Morgenarbeit beendet hatte, ohne daß ein Gast da war. Und jetzt hielt König Alkohol mich an der Kehle. Ich hatte damit begonnen, regelmäßig zu trinken, allein zu trinken, nicht um der Geselligkeit willen, nicht aus Geschmack an der Sache, sondern der Wirkung wegen. Ich brauchte diesen täglichen Cocktail vor Tisch. Und es kam mir nie in den Sinn, daß ich ihn aus irgendeinem Grunde nicht trinken sollte. Was war ein Cocktail – ein einziger Cocktail – für mich, der bei so vielen Gelegenheiten vor so vielen Jahren unbeschränkte Mengen viel stärkerer Getränke getrunken hatte, ohne Schaden zu nehmen?

Das Programm meines Landlebens war folgendermaßen: Jeden Morgen um halb neun ging ich an die Arbeit, nachdem ich schon seit vier oder fünf Uhr im Bett Bücher oder Korrektur gelesen hatte. Kleinigkeiten, wie Korrespondenz und Notizen, beschäftigten mich bis neun, und unveränderlich Punkt neun saß ich am Schreibtisch. Um elf, zuweilen einige Minuten früher oder später, waren meine hundert Zeilen fertig. Eine halbe Stunde nahm das Aufräumen meines Schreibtisches in Anspruch, und dann war mein Tagewerk vollbracht, so daß ich mich um halb zwölf mit der Post und den Morgenzeitungen in eine Hängematte unter den Bäumen legte. Um halb eins aß ich Mittag, und nachmittags schwamm oder ritt ich. Eines Morgens nahm ich schon um halb zwölf, ehe ich mich in die Hängematte legte, einen Cocktail; und von nun an wiederholte ich das jeden Morgen; außerdem trank ich noch einen Cocktail eben vor dem Mittagessen. Bald verspürte ich mitten in den hundert Zeilen bereits Sehnsucht nach dem Halbzwölfuhr-Whisky.

Ja, ich spürte ein Verlangen nach Alkohol. Aber was schadete das? Ich fürchtete ihn nicht; zu lange war ich sein Genosse gewesen. Ich hatte die Weisheit des Trinkens erfaßt. Ich war vorsichtig. Alles, was ich wünschte und was ich tun wollte, war, mich zu erwärmen und anzuregen, damit das Lachen in meine Kehle kam und die Würmer der Einbildungskraft in meinem Hirn zu kriechen begannen.

Oh, ich war noch Herr über mich und über König Alkohol!

*

Nun nahm das Verhängnis seinen Lauf. Nach und nach merkte ich, daß ein einzelner Cocktail nicht mehr genügte, mich in Stimmung zu bringen. Er schenkte weder Glut noch Lachen. Um die Wirkung hervorzurufen, die ursprünglich ein Cocktail getan hatte, bedurfte es jetzt zweier oder dreier. Und ich brauchte diese Wirkung. Ich trank meinen ersten Cocktail um halb zwölf, wenn ich mich mit der Morgenpost in die Hängematte legte, und meinen zweiten eine Stunde später, unmittelbar vor dem Essen. Ich gewöhnte mir an, zehn Minuten früher aus der Hängematte zu klettern, um mit mehr Anstand statt des einen zwei Cocktails vor dem Essen zu trinken. Das wurde die Regel – drei Cocktails in der Stunde zwischen der Arbeit und dem Mittagessen. Und das sind zwei der gefährlichsten Gewohnheiten, die ein Trinker annehmen kann: regelmäßig und allein trinken.

Besuchte mich jemand, so war ich stets bereit, ein Glas mit ihm zu trinken. Kam keiner, so trank ich allein. Dann ging ich noch einen Schritt weiter. Besuchte mich jemand, der wenig trank, so trank ich zwei Glas für jedes, das er nahm – eines mit ihm, das andere ohne ihn, und ohne daß er etwas davon merkte. Ich stahl mir das eine Glas, und, schlimmer als das, ich gewöhnte mir an, heimlich zu trinken, wenn ich einen Gast, einen Mann, einen Kameraden hatte, mit dem ich hätte trinken können. Aber König Alkohol ersann sich eine Entschuldigung für mich: es ginge nicht an, einen Gast zu übertriebenem Mittrinken anzuregen; vornehme Rücksichtnahme gebot dem Gastgeber, jedes zweite Glas im geheimen zu trinken.

So entwickelte ich mich zum Trinker, ich – der ich weder ein Dummkopf noch ein Schwächling bin, vielmehr, nach dem Urteil der Welt, ein erfolgreicher Mann, und ein Mann, der den Erfolg nicht zum wenigsten seiner Willenskraft und seinem kräftigen Körper verdankt, der durchhielt, wo Schwächere wie die Fliegen starben. Und doch ging es mir und meinem Körper so – wie ich berichten werde.

Groß ist die Macht König Alkohols, dieses wilden Tieres, dem wir gestatten, frei umherzuschweifen, und dem wir tödlichen Tribut entrichten vom Besten, was wir haben: Jugend, Kraft und Edelmut.

Nach einem prachtvollen Nachmittag im Schwimmbassin, gefolgt von einem herrlichen Ritt über die Berge und durch das Mondtal, war mir so wohl zu Mute, daß mich die Lust anwandelte, mein Wohlbefinden noch zu steigern. Ich wußte, wie. Ein Cocktail vor dem Abendbrot hatte keinen Zweck, ich brauchte wenigstens zwei oder drei. Und ich trank sie. Warum nicht? Das hieß leben! Ich hatte immer das Leben geliebt. So wurde mir auch das zur Regel.

Von jetzt an fand ich für Extra-Cocktails immer Entschuldigungen; es gab ja so viele: vergnügte Gesellschaft; oder ein Wutanfall; oder der Tod meines Lieblingspferdes, das im Stacheldrahtverhau hängen geblieben war; oder gute Nachrichten von Verlegern und Redakteuren – ganz einerlei, den Vorwand fand ich, wenn der Wunsch erst in mir erwacht war. Nach all den Jahren, in denen ich mit ihm gespielt, war ich jetzt vom Alkohol abhängig. Und meine Stärke war meine Schwäche geworden. Ich brauchte zwei, drei oder vier Glas, um eine Wirkung zu erzielen, die die meisten mit einem einzigen erreichten.

Eine Regel beobachtete ich allerdings mit Strenge. Ich trank nie, ehe mein Tagewerk von hundert Zeilen getan war. Und wenn es getan war, errichteten die Cocktails gewissermaßen eine Mauer in meinem Hirn zwischen der getanen Arbeit und dem kommenden Vergnügen. Die Arbeit verschwand aus meinem Bewußtsein. Nicht ein Gedanke daran verblieb in meinem Hirn bis zum nächsten Morgen um neun, wenn ich wieder an meinem Schreibtisch saß und meine hundert Zeilen begann. Welch ein angenehmer Zustand! Ich sparte mit Hilfe des Alkohols meine Energie auf. König Alkohol war doch nicht so schwarz, wie er gemalt wurde! Er leistete seinen Anhängern manchen Dienst, und dies war nicht der kleinste.

Und dennoch ist die Frage noch ungelöst, die ich mir selbst tausendmal stellte: Warum trank ich eigentlich? Was zwang mich denn dazu? Ich war glücklich. War ich zu glücklich? Ich war stark. War ich zu stark? Besaß ich zuviel Lebenskraft? Ich weiß nicht, warum ich trank. Ich kann nicht antworten, wenn ich auch einen Verdacht aussprechen kann, der immer stärker in mir wurde: Ich hatte jahrelang in zu enger Verbindung mit König Alkohol gestanden. Ein Linkshänder kann durch lange Gewohnheit zum Rechtshänder werden. War ich, der Antialkoholiker, durch lange Gewohnheit zum Alkoholiker geworden?

Ich war so glücklich. Durch meine lange Krankheit hatte ich die mich ganz erfüllende Liebe eines Weibes errungen. Ich verdiente immer mehr Geld mit immer geringerer Mühe. Ich strotzte von Gesundheit. Ich schlief wie ein Kind. Ich schrieb immer neue erfolgreiche Bücher, und in soziologischen Fragen sah ich, wie meine Gegner durch die Entwicklung besiegt wurden, die meinen Standpunkt täglich mehr festigte. Ein Tag nach dem andern verging ohne Sorgen, ohne Störungen, ohne Verdruß. Ich war immer glücklich. Das Leben war ein unendliches Lied. Ich war eifersüchtig auf die Stunden, die ich verschlief, weil sie mir so viel von der Freude des Wachseins raubten. Und doch trank ich. Und ohne daß ich es ahnte, pflanzte König Alkohol den Keim für eine Krankheit, die ich nur ihm verdankte.

Je mehr ich trank, desto mehr mußte ich trinken, um eine entsprechende Wirkung zu erzielen. Wenn ich das Mondtal verließ, in die Stadt fuhr und dort Mittag aß, war der eine Cocktail, der bei Tische serviert wurde, ganz zwecklos. Er versetzte mich nicht in die rechte Stimmung. Wenn ich daher zum Essen ging, war ich, um mich in Stimmung zu bringen, gezwungen, zwei, drei und, wenn ich Bekannte traf, vier, fünf oder sechs Cocktails zu nehmen; auf ein paar mehr oder weniger kam es nicht an. Einmal hatte ich große Eile. Ich hatte keine Zeit, vorsichtig einen Cocktail nach dem andern zu trinken. Da hatte ich einen großartigen Einfall. Ich ließ mir von dem Barkeeper einen doppelten Cocktail mischen. Dadurch sparte ich Zeit. Eine Folge dieses regelmäßigen starken Trinkens war, daß ich abstumpfte. Mein Kopf gewöhnte sich daran, nur unter dem Einfluß künstlicher Mittel zu arbeiten. Der Alkohol wurde mir immer unentbehrlicher, ich konnte seinen Anreiz, seine Ermunterung, seine Glut, seinen Stachel, sein Lächeln nicht mehr missen.

Eine andere Folge war, daß König Alkohol begann, mir Fallen zu stellen. Er erzeugte einen neuen Anfall meiner langen Krankheit, verleitete mich wieder, die Wahrheit zu verfolgen und ihr den Schleier abzureißen, verlockte mich, der Wirklichkeit gerade ins Angesicht zu sehen. Aber das kam ganz allmählich. Meine Gedanken wurden wieder bitter, wenn es auch langsam geschah.

Hin und wieder kreuzte ein warnender Gedanke meinen Sinn. Wo führte dies beständige Trinken hin? Aber versucht es, König Alkohol solche Fragen zu stellen! „Komm, trink eins, und ich erzähle dir alles“, sagt er. Und er behält recht. Ein Beispiel: Ich hatte einen Unfall erlitten, der eine schwierige Operation nötig machte. Eine Woche später lag ich eines Morgens müde und matt in meinem Krankenhausbett. Mein sonnenverbranntes Gesicht war gebleicht, auf meinen Wangen starrte ein struppiger Bart. Der Arzt stand neben mir, im Begriff, sich zu entfernen. Er sah mißbilligend auf die Zigarette, die ich rauchte.

„Das sollten Sie lieber lassen“, belehrte er mich. „Es bringt Sie zuletzt um. Sehen Sie mich mal an.“ Ich sah ihn an. Er war ungefähr in meinem Alter, mit breiten Schultern, gewölbter Brust, funkelnden Augen, rotwangig vor Gesundheit. Einen prächtigeren Mann konnte man sich nicht vorstellen.

„Ich rauchte früher“, fuhr er fort, „Zigarren. Aber ich hab' es ganz aufgegeben. Und nun sehen Sie mich an.“

Der Mann war selbstbewußt, und mit Recht, wie er, strahlend von Wohlwollen und gutem Gewissen, dastand. Und ehe ein Monat verstrichen, war er tot. Nicht infolge eines Unfalls. Ein halbes Dutzend verschiedener Bazillen mit langen wissenschaftlichen Namen hatte ihn angegriffen und untergekriegt. Die Komplikationen waren erstaunlich und äußerst schmerzhaft, und tagelang hörte man weithin seine Todesschreie.

„Da siehst du“, flüsterte König Alkohol. „Er nahm sich in acht. Er rauchte nicht einmal. Und was hatte er davon? Durch und durch faul! Keine Vorsicht hat genützt, gegen den Tod ist nun mal kein Kraut gewachsen. Willst du entbehren? Es hilft dir nichts. Es gibt keine Gerechtigkeit! Ich aber lege das Lächeln der Lüge über die Fratze des Lebens. Lächele und lache mit mir! Auch du mußt einmal sterben, aber jetzt lache! Es ist eine verdammt schwarze Welt. Ich erhelle sie dir. Trink noch eins und vergiß!“

Und so trank ich noch eins. Jedesmal, wenn König Alkohol mich an das Geschehene erinnerte, trank ich noch eins. Aber ich trank vernünftig, nur vom Allerbesten. Ich suchte lediglich den Anreiz und „die Mauer“ und mied die schlimmen Folgen schlechter Getränke. Ja, ein Mann, der anfängt, vernünftig zu trinken, ist schon weit auf dem Wege!

Ich blieb indessen bei meiner Regel, nie etwas zu trinken, ehe ich meine hundert Zeilen geschrieben hatte.

Hin und wieder leistete ich mir jedoch einen Tag Ferien. Dann nahm ich es nicht so genau mit dem ersten Glase, denn ich übertrat die Regel ja nicht. Wer nie selbst zu trinken versucht hat, kann nicht begreifen, wie König Alkohol einen immer tiefer in seine Netze ziehen kann!

*

Als die „Snark“ ihre lange Fahrt in San Francisco antrat, war nichts Trinkbares an Bord. Oder vielmehr, wir hatten keine Ahnung, daß es etwas Trinkbares gab, und entdeckten es erst nach Monaten. Es war ein boshafter Einfall von mir gewesen, mit einem „trockenen“ Schiff zu fahren. Ich hatte König Alkohol einen Streich gespielt. Und hieraus ersieht man, daß ich den Warnungen doch lauschte, die, wenn auch noch so leise, in meinem Innern laut wurden.

Wir brauchten siebenundzwanzig Tage für die Überfahrt von San Francisco nach Honolulu. Vom ersten Tage an machte mir der Gedanke an Trinken keine Unruhe mehr. Zuweilen freilich konnte es, wenn ich Ausschau hielt, geschehen, daß ich mit Freude an die herrlichen „Lanai"-Frühstücke und Mittagessen von Hawai (ich war früher schon einmal dort gewesen) und dabei natürlich auch an die Getränke dachte, die diese Mahlzeiten einleiten. Ich dachte an diese Dinge nicht etwa mit Sehnsucht oder Ungeduld. Ich gedachte ihrer nur als einer hübschen und angenehmen Beigabe jener Mahlzeiten, deren Stimmung sie mir oft erhöht hatten. Gegen fünf Monate verbrachten wir auf den verschiedenen Inseln der Hawai-Gruppe. Wenn ich an Land war, trank ich. Ich trank sogar ein klein wenig mehr, als es meine Gewohnheit in Kalifornien vor der Reise gewesen war. Aber man trinkt in Hawai eben allgemein mehr als in gemäßigteren Breiten. Nun ist Hawai nur subtropisch, und je tiefer wir in die Tropen kamen, desto mehr wurde getrunken, und desto mehr trank ich selber.

Von Hawai fuhren wir nach den Marquesas. Die Überfahrt dauerte sechzig Tage. Sechzig Tage lang sahen wir weder Land noch ein Segel, noch den Rauch eines Dampfers. Aber gleich zu Beginn dieser sechzig Tage machte der Koch bei Überholung der Kombüse einen Fund. Auf dem Grunde eines tiefen Kastens fand er ein Dutzend Flaschen Angelika und Muskateller. Sie waren vom Gutskeller mit eingemachten Marmeladen und Früchten an Bord gebracht worden. Die sechs Monate in der Hitze der Kombüse hatten eine Art Veränderung bei dem dicken süßen Wein bewirkt – ihn gebrannt, glaube ich.

Ich schmecke. Prachtvoll! Und von jetzt an trank ich jeden Tag um zwölf Uhr, wenn wir die Beobachtungen gemacht und die Lage der „Snark" bestimmt hatten, ein halbes Glas. Es hatte eine seltsame Wirkung. Es erwärmte mich bis ans Herz und erhöhte noch den wunderbaren Schimmer des Meeres. Und wenn ich morgens meine hundert Zeilen schrieb, freute ich mich stets schon auf das Zwölfuhr-Ereignis des Tages.

Das Dumme war, daß ich rationieren mußte, denn niemand wußte, wie lange die Fahrt dauern würde, und es waren nicht mehr als ein Dutzend Flaschen. Und als sie leer waren, ärgerte ich mich, daß ich andern etwas davon abgegeben hatte. Ich schmachtete nach Alkohol und hatte große Eile, nach den Marquesas zu kommen.

So kam ich denn mit einem tüchtigen Männerdurst auf den Marquesas an. Und auf den Marquesas gab es verschiedene Weiße, ein Häufchen schwächlicher

Eingeborener, viel prachtvolle Szenerie, eine Menge Rum, ungeheure Quantitäten Absinth, aber weder Whisky noch Genever. Der Rum verbrannte einem den Mund. Ich weiß es, denn ich versuchte ihn. Aber ich war stets anpassungsfähig, und so hielt ich mich an den Absinth. Das Unangenehme war, daß ich so riesige Mengen davon trinken mußte, um überhaupt auch nur die leiseste Wirkung zu verspüren. Von den Marquesas fuhren wir mit hinreichendem Ballast an Absinth nach Tahiti, wo ich mich mit schottischem und amerikanischem Whisky versorgte, und von da an gab es keine trockenen Strecken mehr zwischen den verschiedenen Häfen. Aber ich bitte zu beachten: Was man gewöhnlich unter Trunkenheit versteht, gab es nicht – kein Torkeln und Fallen, keine Umnachtung der Sinne. Der erfahrene, kluge Trinker mit einer starken Konstitution wird nie so weit sinken. Er trinkt, um sich wohlzufühlen, um „in Stimmung“ zu kommen. Er nimmt sich sorgfältig in acht vor dem Übelbefinden, den schlimmen Folgen, der Hilflosigkeit und der Erniedrigung des Zuvieltrinkens.

Was der kluge, erfahrene Trinker bezweckt, ist ein diskreter, angenehmer Halbrausch. Und den hat er zwölf Monate im Jahr, scheinbar, ohne dafür büßen zu müssen. Es gibt heute Hunderttausende von Männern dieser Art in den Vereinigten Staaten, in Klubs, Hotels und in ihrem Heim – Männer, die nie betrunken und, wenn sie es auch entrüstet leugnen werden, selten nüchtern sind. Und sie alle glauben, wie ich es tat, daß sie Herren über das Verlangen sind.

Auf See war ich enthaltsamer, aber an Land trank ich mehr. In den Tropen schien der Reiz stets größer. Das ist eine alte Erfahrung, denn der übertriebene Alkoholverbrauch der Weißen in den Tropen ist eine unumstößliche Tatsache. Die Tropen sind kein Aufenthalt für weißhäutige Menschen. Ihr Hautpigment schützt sie nicht vor dem überstarken weißen Licht der Sonne. Die ultravioletten und andere unsichtbare Strahlen von hoher Geschwindigkeit vom oberen Ende des Spektrums reißen und zerren an ihren Geweben, gerade wie die X-Strahlen an den Geweben mancher Wissenschaftler rissen und zerrten, ehe sie die Gefahr kennenlernten.

Die Natur der Weißen unterliegt in den Tropen einer durchgreifenden Veränderung. Sie werden roh und unbarmherzig. Sie begehen scheußliche Grausamkeiten, die sie sich in dem gemäßigten Klima ihrer Heimat nicht träumen lassen würden. Sie werden nervös, reizbar, unmoralisch. Und sie trinken! Trinken ist eine der vielen Degenerationsformen, die eintreten, wenn Weiße zu lange dem überstarken weißen Licht ausgesetzt sind.

Auch mich packte die Sonnenkrankheit. Ich trank viel, aber das Trinken war weder die Ursache der Krankheit noch der Grund, daß ich die Reise aufgab. Ich war stark wie ein Bulle, und monatelang kämpfte ich gegen die Sonnenkrankheit an, die an meiner Haut und an meinen Nerven zerrte und riß. Während der ganzen Fahrt über die Neuen Hebriden, die Salomoninseln und die vielen Atolle unterm Äquator, unter tropischer Sonne, von Malaria zerrüttet, und außerdem unter der Geißel verschiedener anderer Übel arbeitete ich für fünf. Im Fahrzeug durch die Riffe, Bänke, Rinnen und an den feuerlosen Küsten des Korallenmeeres vorbeizusteuern, erfordert an sich schon einen ganzen Mann. Ich war der einzige ausgebildete Seemann an Bord. Kein anderer konnte Beobachtungen machen, mit keinem konnte ich mich beraten auf der schwierigen Irrfahrt zwischen Riffen und Bänken, die auf keiner Karte verzeichnet waren. Ich hielt jede Wache. Ich war Steuermann und Kapitän in einer Person und obendrein Schiffsarzt. Und ich muß schon sagen: Doktor auf der „Snark" zu sein, erforderte damals eine volle Kraft. Die ganze Besatzung litt an Malaria – der richtigen, tropischen Malaria, die einen Mann in drei Monaten umbringen kann. Alles an Bord litt an eitrigen Geschwüren und dem wahnsinnigen Jucken der Ngari-Ngari. Ein japanischer Koch wurde irrsinnig. Einer meiner polynesischen Matrosen lag auf den Tod mit Schwarzwasserfieber. O ja, das erforderte einen ganzen Mann, und ich verschrieb und dokterte, zog Zähne und brachte meine Patienten über milde Kleinigkeiten, wie Ptomainvergiftung, hinweg. Aber ich war auch noch Schriftsteller. Ich schwitzte meine hundert Zeilen täglich aus; Tag für Tag, außer wenn ich morgens vom Fieber, oder die „Snark" von schweren Sturzseen überfallen wurde. Und schließlich war ich Herr und Eigentümer des Fahrzeugs, das fremde Orte besuchte, wo Besucher selten sind, und wo man viel mit ihnen hermacht. Ich hatte daher gesellige Pflichten, mußte Gäste an Bord empfangen und an Land Besuche abstatten bei Pflanzern, Händlern, Gouverneuren, Kriegsschiffskapitänen, streitbaren Kannibalenkönigen und ihren nackten Premierministern.

Natürlich trank ich. Ich trank mit meinen Gästen und meinen Wirten. Und ich trank auch allein. Die von mir allein verrichtete Fünfmännerarbeit gab mir meiner Meinung nach das Recht hierzu. Alkohol war gut für einen Mann, der sich überanstrengte. Ich merkte seine Wirkung an meiner kleinen Besatzung, wenn sie den Anker aus vierzig Faden Tiefe heißte und sich fast den Rücken dabei zerbrach und das Herz sprengte, nach einer halben Stunde, zitternd und nach Luft schnappend, einhalten mußte, aber mittels etwas steifen Grogs wieder zu Kräften kam. Dann atmeten die Leute wieder ruhig, wischten sich den Mund und packten wieder zu. Und als wir die „Snark“ einmal kielholten und, vom Fieber geschüttelt, bis an den Hals im Wasser arbeiten mußten, sah ich wieder, wie der starke Rum die Arbeit förderte.

Und hier lernen wir also wieder eine neue Seite des so vielseitigen Königs Alkohol kennen. Scheinbar gibt er etwas für nichts. Wo alle Kraft verbraucht ist, schenkt er neue Kraft. Der Müde erhebt sich zu neuer Anstrengung. Für einen Augenblick vermehrt er unzweifelhaft die Arbeitsfähigkeit. Einmal schleppten wir acht Tage hintereinander auf einem Ozeandampfer Kohlen – es war die Hölle. Damals bekamen wir Gratiswhisky, um unsere Arbeit tun zu können. Wir arbeiteten die ganze Zeit in halber Betrunkenheit. Und ohne den Whisky hätten wir die Kohlen unmöglich schleppen können. Und diese Kraft ist nicht eingebildet. Es ist wirkliche Kraft. Aber sie wird aus geheimen Quellen geschöpft, und zuletzt muß man dafür bezahlen, und das mit Zinsen. Aber welcher müde Mensch wird so weit vorausschauen? Er nimmt die scheinbar wundersame Kraftvermehrung hin und schätzt sie nach ihrem augenblicklichen Wert. Und mancher überlastete Geschäftsmann, Wissenschaftler und Arbeiter ist die Todesstraße König Alkohols aus diesem Irrtum gezogen.

*

In Australien angekommen, mußte ich ins Krankenhaus. Während der langen Wochen, die ich dort lag, entbehrte ich den Alkohol nicht einen einzigen Tag. Ich war so vollkommen Herr über König Alkohol, daß ich es überall mit ihm aufnehmen und ihn, wenn es mir beliebte, zur Tür hinausjagen konnte, so wie ich es mein ganzes Leben lang getan.

Als ich dann wieder auf die Beine kam, war meine Haut silbern wie Naamanns. Die mysteriöse Sonnenkrankheit, aus der die Ärzte nicht klug werden konnten, riß und zerrte an meinen Nerven. Die Malaria nagte noch an mir, warf mich in Delirien zu Boden und zwang mich, eine beabsichtigte Vortragsreise aufzugeben.

So gab ich denn die Weiterreise mit der „Snark“ auf und flüchtete in ein kühleres Klima. Und sofort fing ich mein früheres Trinken als etwas ganz Selbstverständliches wieder an. Ich trank Wein zu den Mahlzeiten. Ich trank Cocktails vor den Mahlzeiten. Ich trank Whisky, wenn sich dazu Gelegenheit bot. Als ich aber schließlich nach dem südlichen Teil von Tasmanien unter dem dreiundvierzigsten Breitengrad kam, befand ich mich an einem Ort, wo es nichts zu trinken gab. Und wiederum entbehrte ich es nicht. Ich sog begierig die kühle Luft und ritt und schrieb meine hundert Zeilen täglich, wenn ich des Morgens nicht vom Fieber geplagt war. Da man meinen könnte, das starke Trinken der vergangenen Jahre sei schuld an meiner Krankheit gewesen, so weise ich darauf hin, daß mein japanischer Kajütenjunge, Nakata, auch vom Fieber zerrüttet war, daß ferner Charmian sich von ihrer schweren Tropen-Neurasthenie erst nach langjährigem Aufenthalt in gemäßigtem Klima erholte, und daß weder sie noch Nakata trank oder je getrunken hatte.

Nach Hobart Town zurückgekehrt, trank ich natürlich wieder wie früher. Ebenso später in Australien. Als ich dagegen Australien auf einem Frachtdampfer verließ, dessen Kapitän Abstinenzler war, trank ich auf der dreiundvierzig Tage langen Reise nicht einen Tropfen. In Ecuador jedoch, wo die Menschen gerade unter der Sonne des Äquators an gelbem Fieber, an Pocken und Pest starben, trank ich sofort wieder – jedes Getränk, gleich welcher Art. Ich bekam keine dieser Krankheiten, allerdings Charmian und Nakata, die nicht tranken, auch nicht.

Trotz ihrer feindlichen Wirkung auf meine Gesundheit liebte ich die Tropen und machte daher mehrmals Aufenthalt, ehe ich schließlich nach dem herrlichen, milden Klima Kaliforniens zurückkehrte. Ich schrieb meine hundert Zeilen täglich, überwand meinen letzten schwachen Fieberanfall, sah meine Silberhaut schwinden, genas von der Sonnenkrankheit und trank, wie ein breitschultriger, kräftiger Mann nun einmal trinkt.

*

Daheim auf meinem Gute im Mondtal nahm ich das alte Programm wieder auf: morgens nichts; erstes Glas nach den hundert Zeilen. Aber zwischen ihm und dem Mittagessen war Zeit genug für so viele Gläser. Kein Mensch sah mich je betrunken, aus dem einfachen Grunde, weil ich es nie war. Aber einen kleinen Schwips hatte ich zweimal täglich; und die Alkoholmenge, die ich täglich genoß, hätte genügt, einen Mann, der des Trinkens nicht gewohnt war, umzubringen.

Es war die alte Geschichte. Je mehr ich trank, desto mehr mußte ich trinken, um eine Wirkung zu erzielen. Es kam die Zeit, da Cocktails nicht mehr genügten. Um so viele zu trinken, wie ich gebraucht hätte, hatte ich weder Zeit noch Platz in mir. Whisky wirkte bedeutend stärker und schneller trotz der geringeren Menge. So trank ich denn vor dem Mittagessen Whisky oder sorgsam abgelagerte Liköre, nachmittags dagegen Whisky und Soda.

Mein Schlaf, der früher so ausgezeichnet gewesen war, wurde jetzt etwas schlechter. Ich war gewohnt, mich in Schlaf zu lesen, aber jetzt begann dies Mittel fehlzuschlagen. Ich las bis zwei und drei Uhr morgens und merkte, daß ich so wach wie nur je war. Da fand ich heraus, daß ein Glas die gewünschte einschläfernde Wirkung tat; manchmal waren jedoch auch zwei oder drei Glas nötig.

Das verkürzte jedoch meinen Schlaf derart, daß der Alkohol, den ich nachts zu mir nahm, keine Zeit mehr hatte, zu verdunsten. Die Folge war, daß ich mit trockenem Mund und brennender Kehle, schwerem Kopf und einem leichten nervösen Zittern erwachte. Ich fühlte mich tatsächlich nicht zum besten. Ich litt an der Morgenkrankheit des schweren Gewohnheitstrinkers. Um mich auf die Beine zu bringen, bedurfte ich eines Nervenstärkers. Glaubt mir, König Alkohol hat schon den Widerstand manches Mannes gebrochen! Ich mußte also schon vor dem Frühstück ein Glas trinken – das alte Mittel: Schlangengift gegen den Schlangenbiß!

So war ich denn schließlich so weit, daß mein Organismus nie mehr frei von Alkohol war. Ich wagte mich auch nie weit fort vom Alkohol. Wenn ich nach entlegenen Orten reiste, nahm ich immer einige Flaschen mit, um nicht zu riskieren, daß ich ganz trockengelegt wurde. Früher hatte ich mich stets über derartige Maßnahmen bei andern Männern geärgert. Jetzt tat ich es selbst ganz schamlos. Und wenn ich mit meinen Kameraden zusammen war, kannte ich überhaupt kein Maß mehr. Ich trank, wenn sie tranken, was sie tranken und wie sie tranken.

Wohin ich auch kam, ich brachte einen herrlichen Alkoholbrand mit. Er nährte sich an seiner eigenen Hitze und flammte desto heller. Wenn ich wach war, gab es keinen Augenblick, da ich nicht das Verlangen hatte, etwas zu trinken. Bald wartete ich nicht mehr ab, bis ich meine hundert Zeilen geschrieben hatte, sondern trank schon nach fünfzig Zeilen ein Glas. Es dauerte nicht lange, und ich leitete die hundert Zeilen schon mit einem Glase ein. Ich war mir ganz klar über den Ernst der Lage. Ich schuf mir daher neue Regeln. Entschlossen wollte ich mich des Alkohols enthalten, bis meine Arbeit getan war. Aber da stellte sich ein neues, ganz teuflisches Hindernis ein. Die Arbeit ließ sich nicht ohne Trinken tun. Es ging einfach nicht. Erst mußte ich trinken. Jetzt begann ich den Kampf. Jetzt hatte das Verlangen sich zum Herrn über mich gemacht. Ich konnte an meinem Schreibtisch sitzen und mit dem Federhalter spielen, ohne daß mir ein Wort einfiel. Mein Hirn konnte keinen Gedanken mehr fassen, weil es unaufhörlich nur von dem einen besessen war: daß im Likörschrank nebenan König Alkohol wartete. Wenn ich dann schließlich in der Verzweiflung ein Glas trank, wurde es plötzlich hell in meinem Hirn, und die hundert Zeilen flossen mir in die Feder.

Als der Vorrat in meinem Hause in Oakland auf die Neige ging, beschloß ich, ihn nicht zu erneuern. Aber unglücklicherweise fand sich auf dem Boden des Schrankes noch ein Kasten Bier. Und nun mußte ich immer daran denken, daß im Schrank dieser Kasten Bier stand. Und erst als ich eine Flasche getrunken hatte, flossen mir die Worte in die Feder, und die hundert Zeilen wurden von dem Klange zahlreicher Flaschen begleitet.

Bald war der Schrank ganz leer, und ich füllte ihn nicht wieder. Mit wahrhaft heroischer Anstrengung glückte es mir, meine hundert Zeilen täglich ohne den Ansporn König Alkohols zu schreiben. Aber während ich schrieb, spürte ich andauernd das Verlangen nach einem Glase. Und nach getaner Morgenarbeit war ich auch schon aus dem Hause und unterwegs nach der Stadt, um mein erstes Glas zu bekommen.

Solch eine Macht hatte König Alkohol über mich gewonnen; was aber mag erst der wahre Alkoholiker auszustehen haben, der gegen rein körperlichen Zwang ankämpfen muß, der keiner Sympathie begegnet und überall von Hohn und Spott verfolgt wird?

* * *

Aber die Schuld mußte bezahlt werden. König Alkohol begann zu mahnen, und er forderte weniger vom Leib als von der Seele. Die alte langwierige, rein geistige Krankheit brach wieder aus. Die längst entschwundenen Gespenster hoben wieder die Köpfe. Aber sie waren schrecklich verändert. Früher hatte ich sie, die ihren Ursprung im Geiste hatten, leicht durch eine gesunde, normale Logik bannen können; jetzt aber steckte die Weiße Logik König Alkohols dahinter, und die Geister, die König Alkohol einmal gerufen hat, sind nicht wieder zu bannen. Gegen diese Krankheit, diesen Pessimismus gibt es nur ein einziges Mittel: Weitertrinken! Weitertrinken, um im Rausch die Betäubung zu suchen, die König Alkohol verspricht, aber nie gibt.

Wie soll ich dem, der sie nie kennengelernt hat, diese Weiße Logik beschreiben? Ist es nicht besser, erst einmal zu zeigen, wie unbeschreiblich sie ist? Denkt an das Traumland des Haschischs, das Land, in dem alle Schranken von Zeit und Raum gefallen sind. In früheren Jahren habe ich zwei denkwürdige Reisen in dieses Reich unternommen, und die Abenteuer, die ich dort erlebt, sind mit unauslöschlicher Klarheit meinem Hirn eingeätzt. Aber es wäre vergebliche Mühe, auch nur das Geringste von diesen Erlebnissen jemand erklären zu wollen, der nicht selbst die Reise gemacht hat.

Selbst die ausschweifendsten Bilder können nicht zum Ausdruck bringen, wie zwischen den einzelnen Tönen eines lustigen, auf dem Klavier geklimperten Tanzes Jahrhunderte liegen – unfaßbare Abgründe von Schrecken und Todesangst. Stundenlang kann ich reden, um nur diese eine Phase des Haschischrausches darzustellen, und am Ende hat der Zuhörer doch nichts verstanden. Und kann ich nicht einmal dies eine Atom von all den Schrecken und Wundern des Haschischlandes erzählen – wie soll ich dann einen Begriff von dem Ganzen geben? Spreche ich aber mit jemand, der auch dieses Zauberland besucht hat, dann wird er mich sofort verstehen. Ein Satz, ein einziges Wort lassen in seinem Hirn die Vorstellung erstehen, die stundenlanges Erzählen dem, der nicht dagewesen, nicht geben könnte. Und ganz ebenso verhält es sich mit König Alkohols Reich, dem Herrschersitz der Weißen Logik. Wer nie selbst dort war, dem müssen die Berichte unfaßbar und phantastisch erscheinen. Ich kann ihn daher nur bitten, das, was ich jetzt berichten will, auf Treu und Glauben hinzunehmen.

Denn es sind verhängnisvolle Wahrheiten im Alkohol verborgen. In dieser Frage kann der Nüchterne für den Trunkenen zeugen. Es scheint Wahrheit verschiedener Art in der Welt zu geben – die eine ist wahrer als die andere. Manche Wahrheit aber ist Lüge, und gerade sie ist es, die Wert für das Leben hat, die der Mensch gebrauchen kann. Auf einmal siehst du, du nicht bereister Leser, wie toll, wie gotteslästerlich das Reich ist, das ich dir so gern beschreiben möchte. Aber ich kann es nur in der Sprache König Alkohols, und die verstehst du nicht, denn sie wird nicht von deinesgleichen gesprochen. Ihr meidet die Straße des Todes und zieht nur die des Lebens. Denn wie es vielerlei Wahrheiten gibt, so auch vielerlei Wege. Aber Geduld! Vielleicht wirst du doch schließlich durch das scheinbare Chaos meiner Worte in der Ferne die Umrisse eines andern Landes, eines andern Volkes sichten.

König Alkohol spricht die Wahrheit, aber seine Wahrheit ist nicht die alltägliche. Diese, die alltägliche, ist eine besondere, geringere Art der Wahrheit. Denk zum Beispiel an einen Karrengaul. In allen Wechselfällen seines Lebens muß er auf unfaßbaren, dunklen Pfaden vom Anfang bis ans Ende glauben, daß das Leben gut sei; daß die Plackerei im Geschirr gut sei; daß der Tod, mit welch blindem Instinkt er ihn auch auffaßt, ein schrecklicher Riese, das Leben aber wohltuend und wertvoll, und daß das Alter schließlich etwas Köstliches sei, obwohl es für ihn ja nur bedeutet, daß er als magere Schindmähre vor den Wagen des Trödlers gespannt wird, um bei jedem Schlage, den er erhält, der langsamen Auflösung, dem Ende näher zu kommen – dem Ende, das darin besteht, daß alle die verschiedenen Teile seines Körpers auf verschiedene Weise verwandt werden (sein herrliches Fleisch, seine hellrosa, geschmeidigen Knochen, seine Säfte und Fermente und die Sinne, die dem allem Leben verliehen), daß sie in Gerbereien, Knochenmühlen und Leimsiedereien wandern. Bis zum letzten Schritt muß dieser Karrengaul bei den Geboten der geringeren Wahrheit verharren, dieser Wahrheit des Lebens, die das Leben erst erträglich macht.

Dieser Karrengaul ist wie alle Pferde, wie alle Tiere überhaupt, den Menschen einbegriffen, vom Leben verblendet, von seinen Sinnen umgarnt. Er will leben – um jeden Preis leben. Das Leben ist gut trotz aller Schmerzen, die es bringt. Das Spiel ist gut, wenn auch alles Lebende schließlich verlieren muß. Das ist die Wahrheit, die zwar nicht für das Universum gilt, wohl aber für die Geschöpfe, die eine Zeitlang bestehen wollen, ehe sie vergehen. Mag diese Wahrheit nun falsch sein oder nicht – sie ist die gesunde, normale, die vernunftgemäße Wahrheit, an die alles Lebende glauben muß, wenn es leben will!

Von allen Wesen aber hat der Mensch allein das furchtbare Privilegium der Vernunft erhalten. Das menschliche Hirn ist imstande, den berauschenden Schein der Dinge zu durchdringen und ihren überirdischen Zusammenhang ohne Rücksicht auf sich selbst und seine Träume zu erkennen. Das kann der Mensch, aber es ist nicht gut für ihn, wenn er es tut. Um zu leben, in Fülle zu leben, um wirklich lebendig zu sein (das heißt zu sein, was er ist), muß auch er sich vom Leben blenden, von seinen Sinnen umgarnen lassen. Was gut ist, ist wahr. Und ist dies auch nur eine von den geringeren Wahrheiten, so muß der Mensch sie doch kennen, muß sich von ihr in der unabweisbaren Gewißheit leiten lassen, daß sie die absolute Wahrheit ist, daß es außer ihr keine Wahrheit auf der Welt gibt. Es ist gut, wenn der Mensch den Trug der Sinne und die Fallstricke des Fleisches als vollwertig hinnimmt und in nebelhaftem Empfinden den Listen und Lügen der Leidenschaften folgt. Es ist gut, daß er nie den Schatten und die Leere sieht und entsetzt zurückbebt vor seinen eignen Lüsten und Begierden.

Zahllose Männer haben die andere, wahrere Wahrheit erblickt und sind vor ihr zurückgewichen. Zahllose Männer sind von der langen Krankheit ergriffen worden, und sie haben gelebt, um von ihr zu erzählen, und haben sich bemüht, sie bis an ihr Lebensende zu vergessen. Sie lebten weiter. Sie lebten sich aus, sie waren das Leben. Sie hatten recht.

Und da kommt König Alkohol mit seinem Fluche, den er auf den herabruft, der Einbildungskraft besitzt, der das Leben liebt und leben will. König Alkohol schickt seine Weiße Logik, den silbernen Boten der Wahrheit jenseits der Wahrheit, den Widerpart des Lebens, grausam und öde wie ein sternenloser Raum, regungslos und eisig wie der absolute Nullpunkt, blendend durch die Kälte unentrinnbarer Folgerichtigkeit und unvergeßlicher Tatsachen. König Alkohol läßt den Träumer nicht träumen, den Denker nicht denken. Er vernichtet Geburt und Tod und löst selbst das Paradox des Seins in Nebel auf, bis das Opfer schreit: „Unser Leben ist Trug, unser Tod ein schwarzer Abgrund." Und das Opfer dieser schrecklichen Vertraulichkeit wandert den Weg des Todes.

*

Doch zurück zu meinen persönlichen Erfahrungen und den Wirkungen, die König Alkohols Weiße Logik damals auf mich ausübte. Auf meinem prächtigen Gute im Mondtal lebe ich jetzt, das Hirn getränkt vom Alkohol vieler Monate und niedergeschlagen vom Weltschmerz, der zu allen Zeiten ein Erbe der Menschheit gewesen. Und ich frage mich vergebens nach seinem Grunde. Meine Nächte sind warm, mein Dach ist dicht, ich habe Speise im Überfluß, und kann alle Launen meines Gaumens befriedigen, mir jede erdenkliche Bequemlichkeit leisten. Mein Körper kennt nicht Schmerz und Qualen, die alte Maschinerie arbeitet glatt. Weder Hirn noch Muskeln sind überanstrengt. Ich habe Grundbesitz, Geld, Macht, die Anerkennung der ganzen Welt, das Bewußtsein, andern Wohltaten erwiesen zu haben, eine Frau, die ich liebe, Kinder von meinem Fleisch und Blut. Ich habe getan und tue noch, was einem guten Weltbürger ziemt. Ich habe zahlreiche Häuser erbaut, viele Morgen Land bestellt. Und habe ich nicht hunderttausend Bäume gepflanzt? Aus jedem Fenster meines Hauses kann ich diese Bäume sehen, die jetzt aufrecht und stark der Sonne entgegenwachsen.

Wahrlich: mein Leben ist glücklich. Nicht hundert von einer Million haben Glück gehabt wie ich. Und trotz alledem bin ich traurig. Ich bin es, weil König Alkohol bei mir ist. Und er ist bei mir, weil ich in einem Jahrhundert geboren bin, das spätere Zeiten das dunkle Jahrhundert vor der Epoche der vernunftgemäßen Zivilisation nennen werden. König Alkohol ist bei mir, weil er mir in den Tagen meiner unwissenden Jugend stets erreichbar war, weil er an jeder Ecke rief und mich einlud. Die Scheinzivilisation, unter der ich geboren bin, bewilligte jeden Ausschank des Seelengiftes. Das Leben war so organisiert, daß ich (und Millionen mit mir) in diese Giftläden gelockt, gezogen und getrieben wurde.

Begleitet mich, wandert mit mir eine der tausend Straßen der Traurigkeit, die König Alkohol uns führt! Ich reite über mein schönes Gut, ein edles Pferd zwischen den Schenkeln. Die Luft ist wie Wein. Die Trauben auf den Hügeln flammen in herbstlichem Rot. Hinter den Sonomabergen wallen die Nebel des Meeres auf. Die Nachmittagssonne schwelt am schläfrigen Himmel. Alles müßte mich lebensfroh stimmen. Ich bin von Träumen und Mysterien erfüllt, bin ganz Sonne, Luft und Funken. Ich lebe und wirke. Ich bewege mich, habe die Macht der Bewegung für mich und die Geschöpfe, die mir gehören. Ich bin voll vom Gepränge des Seins, bin geschwellt von stolzen Leidenschaften. Ich bin zehntausendfach erhaben über das Leben. Ich bin ein König im Reiche der Empfindung und trete den ergebenen Staub mit meinen Füßen ...

Und doch blicke ich scheelen Auges auf alle Schönheit, alle Wunder um mich her und betrachte mit Bitternis meine klägliche Rolle in dieser Welt, die so lange ohne mich bestanden hat und so lange ohne mich bestehen wird. Und plötzlich muß ich an die Menschen denken, die sich auf dem widerspenstigen Boden, der jetzt mein ist, zu Tode gerackert haben. Als könnte dem Vergänglichen Unvergängliches gehören! Diese Männer sind nicht mehr, und auch ich werde eines Tages nicht mehr sein. Sie mühten sich ab, rodeten, pflanzten und starrten, wenn sie ihre steifen Glieder ausruhten, schmerzenden Auges in dieselben Sonnenaufgänge und Sonnenuntergänge, in dieselbe herbstliche Pracht der Trauben und in dieselben Nebel, die hinter den Bergen hervorwallten. Und sie sind dahingegangen. Wie auch ich eines Tages – bald – gegangen sein werde.

Gegangen? Bin ich nicht schon auf dem Wege? Mein Kiefer birgt künstliche Gebilde des Zahnarztes zum Ersatz der Teile, die schon gegangen sind. Die Daumen meiner Jugend sind dahin. Alte Schlägereien und Ringkämpfe haben sie unwiderruflich verdorben. Der Schlag auf den Kopf eines Mannes – seinen Namen habe ich vergessen – hat den einen für immer erledigt, ein Griff im Ringkampf den andern. Mein schlanker Leib ist nur noch eine Erinnerung. Meine Beine haben ihre alte Spannkraft verloren, mit der ich sie in wilden

Nächten und arbeitsreichen Tagen bog und schwang. Nie mehr werde ich in schwindelnde Höhe klettern, nie mehr mein ganzes stolzes Leben in der sausenden Finsternis des Sturmes einem einzigen Tauknoten anvertrauen. Und nie mehr werde ich mit meinen Schlittenhunden die endlosen Wege des Nordens bezwingen.

Ich weiß, daß ich in diesem zerfallenden, seit seiner Geburt absterbenden Körper ein Skelett trage, daß unter der Fleischschicht, die ich mein Gesicht nenne, der nasenlose Totenkopf grinst. Aber das schreckt mich nicht: sich fürchten heißt gesund sein. Todesfurcht führt zum Leben, der Fluch der Weißen Logik aber ist, daß sie die Furcht tötet. Der Weltschmerz der Weißen Logik lacht dem großen Nasenlosen ins Gesicht und höhnt aller Gaukelbilder des Lebens.

Im Reiten blicke ich mich um, und sehe überall die unbarmherzige, unendliche Verschwendung der natürlichen Zuchtwahl. Die Weiße Logik öffnet längst geschlossene Bücher und führt Seiten- und kapitellange Beweise, daß all das Schöne, Wunderbare, das meine Augen sehen, nichts als Leere und Staub ist. Rings um mich summt und murmelt es: der Mückenschwarm des Lebens durchschwirrt für ein Weilchen die Luft mit seinem zarten Klingen. Ich kehre um. Es ist Dämmerung, und die Raubtiere sind unterwegs. Ich beobachte das klägliche Trauerspiel des Lebens, das sich vom Leben nährt. Hier gibt es keine Moral. Nur der Mensch besitzt sie, der Mensch, der sie geschaffen – als ein Gesetz für alles Tun und Lassen, ein Gesetz, das lebenerhaltend, aber doch nur eine der geringeren Wahrheiten ist. Doch alles das wußte ich schon früher, in den müden Tagen meiner langen Krankheit. Durch lange Übung vergaß ich schließlich die höheren Wahrheiten, sie, die so ernst waren, daß ich sie nicht ernst nehmen wollte, und so lustig, oh, so lustig mit ihnen spielte! Jenseits des Bewußtseins ließ ich sie schlafen wie Hunde, die ich nicht zu wecken wagte. Ich ließ sie liegen, um sie nicht zu reizen. Ich war zu klug, allzu klug, um sie zu wecken. Aber die Weiße Logik hat sie geweckt, ob ich wollte oder nicht, die Weiße Logik, dieser Kämpe, der kein irdisches Traumungetüm fürchtet. „Laß die Gelehrten aller Schulen mich verdammen“, höre ich im Weiterreiten das Wispern der Weißen Logik. „Was tut das? Ich bin ja die Wahrheit. Das weißt du gut. Du kannst nicht gegen mich ankämpfen. Man sagt, ich führe zum Tode. Sei es! Aber der Tod ist die Wahrheit, und das Leben lügt, muß lügen, damit man es ertragen kann. Das ganze Leben ist eine einzige Reihe von Lügen, es ist ein toller Tanz im Reiche des ewig Fließenden, wo die Erscheinungen im mächtigen Auf und Ab von Ebbe und Flut kommen und gehen, abhängig von den Drehungen eines Mondes jenseits unseres Gesichtskreises. Erscheinungen sind Gespenster. Das Leben ist ein Gespensterland, wo die Erscheinungen wechseln, sich und alle andern durchdringen und umbilden; sie sind und sind doch nicht, sie flackern auf, verblassen und schwinden, nur um als neue Erscheinungen wiederzukehren. Du selbst bist nichts als eine solche Erscheinung, gebildet aus andern Erscheinungen der Vergangenheit. Und alles, was eine Erscheinung fassen kann, ist nur Fata Morgana. Du faßt nur die Fata Morgana des Verlangens. Diese Luftspiegelungen sind das undenkbare, unberechenbare Gemisch von Erscheinungen, die sich in dir angehäuft haben und dich aus der Vergangenheit heraus formen, die sich aber einmal wieder auflösen und dich als Teilchen neuer undenkbarer, unberechenbarer Mischerscheinungen über die ganze Welt ausstreuen werden, um die Welt zu bevölkern. Dieses Leben ist nur ein Scheinleben, das wieder vergeht. Du bist nur eine Erscheinung. Über alle Erscheinungen, die dich hervorbrachten und die Teile von dir sind, erhobst du dich schnatternd aus dem Urschlamm. Schnatternd verschwindest du wieder, durchdringst die Prozession der Erscheinungen, die dir folgen, und vermischst dich mit ihnen."

Hierauf kann ich natürlich nichts antworten, und im Weiterreiten durch die Schatten des Abends lache ich über den „Großen Fetisch", wie Comte die Welt genannt hat. Und mir fällt die Äußerung eines andern empfindsamen Pessimisten ein: „Alles vergeht. Wer geboren wird, muß sterben, und wer tot ist, freut sich der Ruhe."

Aber da kommt einer durch die Dämmerung gegangen, der sich nicht der Ruhe freut: Ein Arbeiter vom Gute, ein alter italienischer Auswanderer. Er zieht beflissen den Hut vor mir – nun ja, für ihn bin ich der Herr des Lebens. Für ihn bedeute ich Nahrung, Unterkunft, Existenz. Er hat all seine Tage geschuftet wie ein Vieh, aber meine Pferde haben es in der reichlichen Spreu ihres Stalles besser als er. Die Arbeit hat ihn zum Krüppel gemacht. Er hinkt. Seine Schultern sind schief, seine Hände knotige, abscheuliche, abstoßende Klauen. Selbst als Gespenst stellt er nur ein elendes Exemplar dar. Sein Hirn ist ebenso stumpf, wie sein Körper häßlich.

„Er ahnt nicht," flüstert die Weiße Logik mir zu, „daß er nur ein Gespenst ist, so stumpf ist sein Hirn. Er ist sinnenberauscht, ist nichts als ein Sklave seines Lebenstraumes. Übervernünftige Bestätigungen und Anfechtungen haben sich in seinem Kopfe angehäuft. Er glaubt an eine jenseitige Überwelt. Er hat den Grillen der Propheten gelauscht, glaubt ihren prächtigen Schwindel vom

Paradies. Er fühlt sich unbegreiflich verwandt unwirklichen, von ihm selbst beschworenen Wesen. Er hat verschwommene Visionen von sich selbst, sieht Erscheinungen, die Tag und Nacht phantastisch von Stern zu Stern durch den Raum jagen. Ohne auch nur den Schatten eines Zweifels zu hegen, ist er vollkommen überzeugt, daß das Universum einzig für ihn erschaffen, und daß er dazu bestimmt ist, ewig in dem wesenlosen, übersinnlichen Reiche zu leben, das er selbst und seinesgleichen aus Schein und Trug aufgebaut haben.

Du aber hast die Bücher geöffnet und bist meiner furchtbaren Vertraulichkeit teilhaftig geworden, und nun erkennst du ihn als das, was er in Wahrheit ist: Dein Bruder und der Bruder des Staubes, ein kosmischer Witz, ein Tier in Kleidern, das sich dank einer Zehe, die sich den andern gegenübergestellt hat, aus dem Haufen der heulenden Tierheit hob. Er ist der Bruder des Gorillas und des Schimpansen. In der Wut schlägt er sich die Brust und bebt in kataleptischer Wildheit. Er hat ungeheuerliche atavistische Eingebungen, ist ein Gemisch jeder Art bodenloser vergessener Instinkte."

„Und doch träumt er von Unsterblichkeit", wende ich schwach ein. „Ist es nicht wunderbar, daß dieser stumpfsinnige Erdkloß auf den Schultern der Zeit zur Ewigkeit reitet?"

„Pah!" lautet die Antwort. „Möchtest du etwa die Bücher zerschlagen und tauschen mit diesem Geschöpf, das nur aus Hunger und Gier besteht und nur noch ein Spielball seines Bauches und seiner Lenden ist?"

„Stumpf sein heißt glücklich sein", behaupte ich. „Dann wäre also dein Ideal, ein gallertartiger Organismus zu sein, der in einem unbeweglichen lauen Zwielichtmeere schwimmt, wie?"

Ach, wer könnte König Alkohol widerlegen!

„Nur ein Schritt vom seligen Nichts, vom Nirwana Buddhas", fügte die Weiße Logik hinzu. „Ha, nun sind wir zu Hause! Kopf hoch und trink ein Glas! Du und ich, wir sind die Erleuchteten, wir kennen die ganze Torheit, den ganzen Schwindel."

Und hinter meinen Bücherwänden, in diesem Mausoleum menschlichen Wissens trinke ich, trinke und jage die schlummernden Hunde auf, die in meinem Hirn versteckt lagen, daß sie über die Hindernisse des Vorurteils auf den verschlungenen Pfaden des Glaubens und Aberglaubens in alle Winde stieben.

„Trink!“ sagt die Weiße Logik. „Die Griechen glaubten, die Götter hätten ihnen den Wein geschenkt, daß sie das Elend des Daseins vergäßen. Und weißt du noch, wie Heine sagt?“

Ich besinne mich – ja, so etwa lauten die Worte des flammenden Juden: Mit dem letzten Atemzuge ist alles vorbei: Freude, Liebe, Trauer, Makkaroni, Theater, Lindenbäume, Himbeerbonbons, die Macht menschlicher Beziehungen, Klatsch, Hundegebell, Champagner.

„Dein klares weißes Licht ist Krankheit“, sage ich zur Weißen Logik. „Du lügst.“

„Weil ich dir zu harte Wahrheiten sage“, gibt sie zurück.

„Ach ja, so hirnverbrannt ist das Dasein“, räume ich traurig ein.

„Liu Ling war weiser als du“, höhnt die Weiße Logik. „Erinnerst du dich seiner?“

Ich nicke – Liu Ling war ein Trunkenbold, einer jener dem Trunk ergebenen Poeten, die sich „die sieben Weisen aus dem Bambushain“ nannten, und die vor vielen Jahrhunderten in China lebten.

„Liu Ling“, verkündet die Weiße Logik, „erklärte, daß einem Berauschten die Dinge dieser Welt nicht wertvoller erschienen als die Wasserlinse auf dem Flusse. Wohlan, trinke und lasse Schein und Trug Wasserlinse auf dem Flusse sein!“

Und während ich meinen Whisky einschenke und trinke, kommt mir ein anderer chinesischer Philosoph in den Sinn, Tschuang Tze, der vier Jahrhunderte vor Christus das Traumland dieser Welt verwarf und sprach: „Wie denn kann ich wissen, ob die Toten nicht bereuen, einmal am Leben gehangen zu haben? Die von Fest und Freude träumen, erwachen zu Jammer und Klage. Die von Jammer und Klage träumen, erwachen zu den Freuden der Jagd. Sie träumen und wissen nicht, daß sie träumen. Mancher will sogar den Traum erklären, den er träumt, und erst, wenn er erwacht, weiß er, daß es ein Traum gewesen ... Toren glauben, sie wachten jetzt, und schmeicheln sich mit dem Bewußtsein, daß sie wirklich Fürsten oder Bauern seien. Confucius und du – ihr seid beide nur Traumbilder, und ich, der ich dir sage, daß du ein Traumbild bist, bin selbst nur eines.

Einst träumte mir, ich, Tschuang Tze, sei ein Schmetterling und flatterte hierhin und dorthin, wie Schmetterlinge tun. In meiner Einbildung war ich ein Schmetterling und wußte nicht, daß ich ein Mensch war. Plötzlich erwachte ich, und da lag ich und war wieder Tschuang Tze. Jetzt weiß ich nicht, ob ich damals ein Mensch war, der träumte, er sei ein Schmetterling, oder ob ich jetzt ein Schmetterling bin, der träumt, er sei ein Mensch."

*

„Komm und vergiß diese alten asiatischen Träumer", sagt die Weiße Logik. „Schenk ein und laß uns einen Blick in die Pergamente der Träumer von gestern werfen, die ihre Träume hier in deinen eigenen sonnigen Bergen träumten!"

Ich brüte über einem Auszuge des Grundbuches, auf dem die Besitzer des zu Petaluma gehörenden Weingutes Tokay verzeichnet sind. Es ist eine traurig lange Liste, beginnend mit Manuel Micheltoreno. Einst mexikanischer „Gouverneur, kommandierender General und Inspektor des Departements Kalifornien", verschrieb er dem Obersten Don Mariano Guadalupe Vallejo zehn Quadratmeilen geraubten Indianerlandes für Dienste, die der Oberst seinem Vaterlande geleistet und die Löhnung, die er zehn Jahre lang für seine Soldaten verauslagt hatte.

Dieser vergilbte Inbegriff menschlicher Gier nach Grundbesitz läßt indessen sofort das Bild eines heißen Kampfes vor mir erstehen – des ohnmächtigen Kampfes gegen den Staub. Da sind Schuldverschreibungen, Hypotheken, Verkaufsdokumente, Übertragungen, Urteile, Pfändungsurkunden, Steuerscheine, Verwaltungsbestallungen und Ausstückungsdekrete. Er ist ein nie bezwungenes Ungeheuer, dieser hartnäckige Boden, der, jetzt in der Spätsommersonne träumend, alle überlebt hat – alle die Männer, die seine Oberfläche geritzt haben und wieder verschwunden sind. Wer mag der Mann mit dem seltsamen Namen „James King of William" gewesen sein? Selbst der älteste Ansiedler im Mondtal hat ihn nicht gekannt. Und doch ist es erst sechzig Jahre her, daß er Mariano Guadalupe Vallejo achtzehntausend Dollar gegen Sicherheit in gewissen Grundstücken lieh, unter denen sich auch das Weingut befand, das heute noch Tokay genannt wird. Woher kam Peter O'Connor, und wohin zog er wieder, nachdem er seinen Namen für eine kurze Zeitspanne eingetragen hatte als Besitzer jenes Waldlandes, das später zum Weingut werden sollte? Dann erscheint Louis Csomortanyi, ein Name, mit dem man Geister beschwören möchte. Ihm sind mehrere Seiten dieses Dokuments von der Duldsamkeit der Erde gewidmet.

Es kamen alte amerikanische Familien, die durstend durch die große amerikanische Wüste, auf Maultieren über den Isthmus, vor rasenden Stürmen um Kap Horn gezogen kamen und ihre kurzen, längst vergessenen Namen in die Liste eintrugen. Sie sind verweht wie die zehntausend Generationen von Indianern, die Namen wie Halleck, Hastings, Swett, Tait, Denman, Tracy, Grimwood, Carlton, Temple. Kein ähnlicher ist heute mehr im Mondtal zu finden. Ein Name folgt dem andern in reißender Hast, taucht auf und verschwindet so schnell, wie er kam. Aber immer bleibt die ewige Erde, auf daß andere sie ritzen können. Es kommen Menschen, von denen ich selbst gehört habe, ohne sie jedoch zu kennen. Kohler und Frohling, die die große steinerne Kelterei auf dem Weingut Tokay bauten, sie jedoch oben auf dem Berge errichteten, wohin die andern Weinbauern ihre Trauben nicht schleppen wollten. So mußten Kohler und Frohling denn das Land verlassen. Das Erdbeben von 1906 zerstörte die Kelterei, und in ihren Ruinen lebe ich jetzt.

La Motte – er pflügte den Boden, pflanzte Weinstöcke und Obstbäume, legte Fischteiche an, baute ein seinerzeit viel besprochenes Haus, wurde von der Erde überwunden und zog fort. Und für ein kurzes Weilchen taucht mein Name auf. Neben La Mottes Obstbäumen und Weinstöcken, neben seinem stolzen Hause und seinen Fischteichen habe ich mich selbst eingeschrieben mit fünfzigtausend Eukalyptusbäumen.

Cooper und Greenlaw – auf dem „Berghof" hinterließen sie zwei ihrer Toten, „Klein-Lilly" und „Klein-David", die heute noch hinter einer kleinen Einzäunung aus roh zugehauenen Pfählen liegen. Cooper und Greenlaw rodeten auch den jungfräulichen Wald auf eine Strecke von vierzig Morgen. Jetzt bin ich der Besitzer der drei auf diesem Boden entstandenen Felder, ich habe sie mit kanadischen Erbsen bepflanzt, die im nächsten Frühling als Gründüngung untergepflügt werden sollen.

Haska – eine legendäre Gestalt, die vor einer Generation hier lebte. Er war über die Berge gekommen und rodete sechs Morgen Busch in dem engen, nach ihm benannten Tal. Er pflügte den Boden, errichtete steinerne Mauern, baute ein Haus und pflanzte Apfelbäume. Und heute kann man schon nicht mehr sehen, wo das Haus stand, kann die Lage der Mauern nur noch aus den Umrissen des Geländes erraten. Jetzt nehme *ich* den Kampf wieder auf und lasse das Buschwerk, das Haskas Rodungen überwuchert und seine Apfelbäume erstickt hat, von meinen Angoraziegen fressen. So werden denn auch meine kurzen Mühen dem Boden ihr Gepräge verleihen, und so wird eine Seite des Dokuments meinen Namen tragen, ehe ich verschwinde und das Blatt vergilbt.

„Nichts als Träumer und Gespenster“, kichert die Weiße Logik.

„Aber all die Mühe war doch nicht ganz umsonst“, wende ich ein.

„Sie war auf Illusionen begründet und ist Lüge.“

„Eine Lebenslüge“, entgegne ich.

„Bitte, was ist eine Lebenslüge anders als eben eine Lüge?“ sagt die Weiße Logik herausfordernd. „Komm, schenk ein und laß uns einmal diese Lebenslügen näher betrachten, die in deinen Bücherregalen stehen. Nimm einmal William James heraus.“

„Ein gesunder Mensch“, sage ich. „Den Stein der Weisen können wir kaum von ihm verlangen, aber wir werden letzten Endes einige kräftige Dinge finden, auf die wir bauen können.“

„Zu Gefühl verschnittene Vernunft“, grinst die Weiße Logik. „Sein ganzes Denken klammert sich an den Unsterblichkeitsgedanken. Tatsachen verwandeln sich im Destillierkolben der Hoffnung in Glaubenssätze. Die reifste Frucht der Vernunft ist die Verdummung. Vom höchsten Gipfel der Vernunft aus predigt James, daß man sich der Vernunft entschlagen und mit dem frohen Glauben begnügen solle, daß alles gut sei und sein werde – dieser alte, ach so uralte Akrobatentrick der Metaphysiker, mit dem sie die Vernunft forträsonierten, um dem Pessimismus, der natürlichen Folge jeder ehrlichen Anwendung der Vernunft, zu entgehen. Ist dieses Fleisch wirklich dein Ich? Oder ist es etwas rein Äußerliches, über das du nur das Verfügungsrecht besitzest? Und dein Leib – was ist das? Nur eine Maschine, um äußere Antriebe in Reaktionen zu verwandeln. Reizmittel und Reaktionen sind unvergeßlich; sie bilden die Erfahrung. Und du bist in deinem Bewußtsein identisch mit diesen Erfahrungen. In jedem Augenblick bist du nur, was du gerade denkst. Dein Ich ist sowohl Subjekt wie Objekt; du sprichst etwas aus und bist gleichzeitig das Ausgesprochene. Denker und Gedanke sind eins, der Wissende ist, was er weiß, der Besitzer, was er besitzt.

Alles in allem ist der Mensch, wie du wohl weißt, ein Strom von Bewußtseinszuständen, ein Fluß von gleitenden Gedanken, jeder Gedanke des Ichs ist ein anderes Ich, Myriaden Gedanken – Myriaden Ichs ein stetes Werden, aber Nie-Sein, ein Irrlichtgeflimmer von Gespenstern aus dem Geisterlande. Aber das will der Mensch nicht glauben. Er sträubt sich gegen die Erkenntnis, daß er nur kommt und geht. Er will nicht gehen. Er will auferstehen, wenn er dazu auch sterben muß.

Er schleppt Atome und Lichtstrahlen, ferne Nebelflecken, Wassertropfen, Schlammklumpen von Empfindungsschleim und kosmische Welten zusammen, mischt das alles mit Perlen von Glauben, Frauenliebe, eingebildeter Würde, furchtbaren Ahnungen und prahlerischer Frechheit und baut sich daraus eine Unsterblichkeit, um die Himmel zu schrecken und die Unermeßlichkeiten zu täuschen. Er krümmt sich auf seinem Misthaufen, und wie ein Kind, das sich in der Dunkelheit zwischen Kobolde verirrt hat, schreit er den Göttern zu, daß er ihr jüngerer Bruder, ein armer Gefangener des Fleisches und von Urbeginn an ausersehen sei, ebenso frei zu sein wie sie – ein Monument der Selbstvergötterung, errichtet von den Nacherscheinungen; Träume und der Staub von Träumen, die schwinden, wenn der Träumer selbst schwindet, und nicht mehr sind, wenn er selbst nicht mehr ist.

Sie erzählen nichts Neues, diese Lebenslügen, die die Menschen sich einbilden und wie Zauberformeln als Schutz vor den Mächten der Nacht murmeln. Wudus, Medizinmänner und Teufelsaustreiber waren die Vorfahren aller Metaphysiker. Die Nacht und der große Nasenlose waren Kobolde, die den Weg des Lichtes und des Lebens verlegten. Und die Metaphysiker können nur vorbeigelangen, wenn sie ihnen etwas vorlügen. Sie sind übel daran infolge des eisernen Gesetzes der Pfaffen, daß die Menschen sterben wie die Tiere auf dem Felde, und daß ihr Ende stets das gleiche sei. Ihr Glaubensbekenntnis war ihr System, ihre Religion ihr Geheimmittel, ihre Philosophie ihr Kniff, durch den sie, wie sie halbwegs glaubten, dem großen Nasenlosen und der Nacht entwischen konnten.

„Irrlichter, Dämpfe von Mystizismus, psychische Obertöne, Seelenorgien, Jammern und Klagen unter den Schatten, zauberkundiger Gnostizismus, Schleier und Gewebe von Worten, schnatterndes Selbstbewußtsein, Tappen und Plappern, ontologische Phantasien, panpsychische Halluzinationen – das ist das Zeugs, das sind die Hirngespinste der Hoffnung, die deine Bücherregale füllen. Betrachte sie nur, all diese traurigen Geister trauriger Irrsinniger und leidenschaftlicher Rebellen – deine Schopenhauer, Tolstois und Nietzsches!

Komm! Dein Glas ist leer. Schenk ein und vergiß!“ Ich gehorche, denn jetzt ist mein Hirn nichts als ein Tummelplatz für die Würmer des Alkohols. Ich trinke den traurigen Denkern auf meinen Bücherregalen zu und zitiere Richard Havey:

„Wozu enthaltsam! Leben, Liebe, Tag und Nacht
Bieten sich uns, wenn sie es wollen, nicht wir.
Nimm denn, wenn sie dir Überfluß gebracht,
Und denk: das Grab ist schon gerichtet dir.“

„Ich schlage dich doch!“ schreit die Weiße Logik.

„Nein“, antworte ich, und die Würmer machen mich toll. „Ich kenne dich und fürchte dich nicht. Hinter deiner Maske von Genußsucht bist du selbst der große Nasenlose, und deine Wege führen in die Nacht. Die Genußsucht hat keinen Sinn. Auch sie ist Lüge, bestenfalls das saubere Kompromiß eines Feiglings – –“

„Und ich schlage dich doch!“ unterbricht mich die Weiße Logik.

„Willst du dies arme Leben nicht vollenden,
So steht dir's frei, es, wenn du willst, zu enden,
Und fürchte kein Erwachen nach dem Tod.“

Und ich lache meinen Trotz heraus, denn jetzt, in diesem Augenblick weiß ich, daß die Weiße Logik, wenn sie mir vom Tode zuwispert, der größte Betrüger von allen ist. Sie selbst hat ihre Demaskierung verschuldet mit ihrer eigenen genialen Chemie, die sich gegen sie selber kehrt, mit ihren eigenen Würmern, die die alten Illusionen wieder erwecken und die alte Stimme jenseits meiner Jugend wieder ertönen lassen, diese Stimme, die mir erzählt, daß ich immer noch dieselben Möglichkeiten und Fähigkeiten habe, wenn auch Leben und Bücher mich lehrten, daß sie nicht existierten.

Und gerade, als ich mein Glas wieder bis zum Grunde geleert habe, ruft der Gong zum Essen. Der Weißen Logik spottend, setze ich mich mit meinen Gästen an den Tisch und diskutiere mit angenommenem Ernst die neuesten Zeitschriften und die lächerlichen Dinge, die in der Welt geschehen, reite mannigfache Einfälle und Entgegnungen in allen Gangarten des Paradoxes und der Persiflage. Und schlägt die Stimmung um, dann ist es am lustigsten, der Fetische des achtbaren, feigen Bürgertums zu spotten, die flüchtigen Gottgespenster und die Ausschweifungen und Torheiten der Weisheit zu verlachen und zu verhöhnen und dadurch den Gegner zu verwirren.

Den Clown brauchen wir! Den Clown! Fühlt jemand in sich den Drang zum Philosophen, so mag er ein Aristophanes sein! – Keiner bei Tische denkt, ich sei berauscht. Ich bin in Stimmung, das ist alles. Ich bin der Anstrengung des

Denkens müde, und wenn die Tafel aufgehoben ist, veranstalte ich Belustigungen und Spiele, denen wir uns mit bukolischem Ungestüm hingeben.

Und zuletzt, wenn wir uns Gute Nacht gesagt haben, gehe *ich* zwischen meinen Bücherwänden hindurch in mein Schlafgemach zur Weißen Logik, die mich, unbesiegt, nie verlassen hat. Und während ich in einen schweren Schlummer sinke, höre ich die Jugend rufen, wie Harry Kemp sie gehört hat:

„Ich hörte den Ruf der Jugend in der Nacht:
„Fort ist die Freude, die ich an der Welt einst hatte;
Denn meine Füße finden keinen Halt;
Der Morgen gleitet in den Tag hinüber,
Er wagt nicht, einen Augenblick zu halten,
Er muß die Welt mit Licht erfüllen.
Vergänglicher als selbst die Rose
Mein Regenbogen kommt und schwindet
Und sendet seine Strahlen in die Wolken –
Ich bin die Jugend, weil ich sterben muß!""

. · .

Das Vorstehende ist nur eine kleine Probe von einer Wanderung mit der Weißen Logik durch die Dämmerung meiner Seele. So gut ich es konnte, habe ich versucht, dem Leser einen Begriff davon zu geben, was in der tiefsten Seele eines Mannes wohnt, der an König Alkohol gekettet ist. Und der Leser darf nicht vergessen, daß die Laune, von der er jetzt eine Viertelstunde lang gelesen hat, nur eine von den Myriaden Launen König Alkohols ist, und daß alle vierundzwanzig Stunden des Tages wochen- und monatelang von solchen Launen erfüllt sein können.

Meine Aufzeichnungen nähern sich ihrem Ende. Wie jeder starke, erfahrene Trinker, kann ich sagen: Wenn ich heute noch auf diesem Planeten lebe, so habe ich das ausschließlich meinem Glück zu verdanken, einem unverdienten Glück, das in meiner starken Brust, meinen breiten Schultern, meiner eisernen Konstitution begründet ist. Ich darf wohl sagen, daß nur ein geringer Prozentsatz von jungen Leuten in der Entwickelungsperiode zwischen fünfzehn und siebzehn das gewaltsame Trinken wie ich überstanden hätte; daß ein nicht bedeutender Prozentsatz von Männern den Alkohol, den ich in meinen Mannesjahren getrunken habe, hätte vertilgen und doch lange genug leben können, um davon zu berichten. Wenn ich heute noch lebe, so verdanke ich das keineswegs irgendwelcher persönlichen Tugend, sondern nur dem Umstand, daß ich nicht die Konstitution eines Säufers habe, und der außerordentlichen Widerstandskraft meines Organismus gegen die Verheerungen, die König Alkohol anrichtet. Aber während ich am Leben blieb, sah ich alle die andern, die nicht so glücklich waren, die lange, traurige Straße wandern und sterben.

Also nur mein unendliches, unbedingtes Glück, mein gnädiges Geschick, meine gütige Vorsehung – nennt es, wie ihr wollt – brachte mich unversehrt durch das Fegefeuer König Alkohols. Mein Leben, meine Laufbahn, meine Lebensfreude sind nicht vernichtet. Ein wenig angesengt sind sie freilich, aber wie die Überlebenden einer Freiwilligenschar auf verlorenem Posten sind sie auf unfaßbare, wundersame Weise dem Kampf entronnen und wundern sich nun über die Zahl der Gefallenen.

Und wie ein solcher Überlebender aus den alten Indianerkriegen ausrief: „Nie wieder Krieg!“, so rufe ich: „Setzt unsere Jugend nicht mehr dem Kampf mit dem Gifte aus!“ Wollt ihr dem Kriege Einhalt gebieten, so tut es auch! Und ebenso macht es mit dem Trinken! China gebot dem allgemeinen Gebrauch des Opiums Einhalt, indem es den Anbau und die Einfuhr unterband. Die Philosophen, Priester und Ärzte Chinas hätten sich zu Tode predigen können, ohne daß sich der Verbrauch des Opiums auch nur im geringsten vermindert hätte, solange es so leicht erhältlich war. Und bei uns ist es nicht anders, das ist alles.

Wir haben glücklich durchgesetzt, daß Arsenik und Strychnin, Typhusbazillen und Tuberkeln nicht mehr frei herumliegen und unsere Kinder vergiften. Macht es ebenso mit König Alkohol. Gebietet ihm Einhalt! Laßt ihn nicht los, daß er sich unter dem Schutz von Gesetzen und Polizei auf unsere Jugend stürzt. Nicht über und nicht für Alkoholiker schreibe ich, sondern für die Jugend, für jene, die nichts König Alkohol in die Arme treiben könnte als Abenteuerlust und die geistige Veranlagung, die geselligen Mannesimpulse, die unsere barbarische Zivilisation auf Irrwege geführt hat, diese Zivilisation, die sie an jeder Straßenecke mit Gift füttert. Die gesunden, normalen Jungen meiner Zeit – für sie schreibe ich!

Mehr aus diesem als aus irgendeinem andern Grunde war ich jetzt, schon ein wenig benebelt, durch das Mondtal geritten und hatte für das gleiche Stimmrecht von Männern und Frauen gestimmt. Ich hatte für das Stimmrecht der Frauen gestimmt, weil ich wußte, daß sie, die Gattinnen und Mütter meiner

Rasse, König Alkohol zum Tode verurteilen und in den Vorhof zu den andern längst vergangenen Zeiten mit ihren so barbarischen Bräuchen verweisen würden. Sollte es jetzt so aussehen, als jammerte einer, der selbst zu Schaden gekommen, so bitte ich den Leser, sich zu erinnern, daß es mir wirklich recht schlimm ergangen ist, und daß ich den Gedanken nicht ertragen kann, meine Söhne und Töchter ebenso leiden zu sehen.

Die Frauen sind die wahren Erhalter der Rasse. Die Männer sind die Vernichter, Abenteurer und Spieler, und schließlich müssen die Frauen sie retten. Unter den ersten Versuchen des Mannes auf dem Gebiete der Chemie befand sich die Bereitung des Alkohols, und seither hat Generation auf Generation ihn erzeugt und getrunken. Und nie war ein Tag, an dem die Frau nicht den Alkoholverbrauch des Mannes mißbilligte, wenn sie auch nicht die Macht besaß, ihrem Worte besonderes Gewicht zu verleihen.

Sobald die Frau in irgendeiner Gemeinde das Stimmrecht erhält, wird sie sich dafür einsetzen, daß die Kneipen geschlossen werden, etwas, worauf tausend Generationen von Männern nicht verfallen werden, denn ebensogut könnte man von einem Morphinisten verlangen, daß er für das Verbot des Morphiums einträte.

Die Frauen wissen das. Sie haben einen unberechenbaren Preis in Schweiß und Tränen bezahlen müssen, damit die Männer ihren Alkohol hatten. Sie sind stets um das Wohl der Rasse besorgt, und darum werden sie zum Besten ihrer noch nicht geborenen Söhne stimmen, wie auch der Kinder ihrer Töchter, die doch wieder die Mütter, Frauen und Schwestern dieser Söhne sein sollen.

Und es wird ganz leicht gehen. Die einzigen, die darunter zu leiden haben, sind die Trunkenbolde und Gewohnheitstrinker einer einzigen Generation. Ich bin einer von ihnen, und auf Grund meiner langjährigen Bekanntschaft mit König Alkohol erkläre ich feierlich, daß es mir nicht sonderlich schwerfallen würde, das Trinken aufzugeben, wenn kein anderer mehr tränke, und wenn man nichts zu trinken bekäme. Andererseits sind die jungen Männer in überwiegender Mehrheit so normal veranlagt und neigen so wenig zum Alkohol, daß sie ihn nie entbehren werden, wenn er ihnen nicht zugänglich ist. Ihnen wird die Kneipe dann nur ein Blatt in der Geschichte der Menschheit bedeuten und als ein ebenso seltsamer alter Brauch erscheinen wie Stiergefechte und Hexenverbrennungen.

*

Natürlich ist ein persönliches Bekenntnis nicht vollständig, wenn es nicht bis zum letzten Augenblick durchgeführt ist. Aber leider kann ich nicht die Bekehrung eines Säufers berichten. Ich war nie ein Säufer, und ich bin nicht bekehrt worden. Vor einiger Zeit geschah es, daß ich eine Reise von hundertachtundvierzig Tagen mit einem Segelschiff um Kap Horn herum machte. Ich nahm persönlich keinen Vorrat an Alkohol mit, aber obgleich unter diesen hundertachtundvierzig Tagen nicht ein einziger war, an dem ich nicht von dem Kapitän etwas zu trinken hätte bekommen können, trank ich auf der ganzen Reise nicht einen Tropfen. Ich trank nicht, weil ich kein Verlangen danach hatte. Niemand an Bord trank. Die Atmosphäre war nicht zum Trinken geschaffen, und mein Organismus spürte kein Verlangen nach Alkohol. Ich brauchte ihn nicht.

Und da erhob sich vor mir ein Problem, ein klares, einfaches Problem: Es ist so leicht, warum es nicht auch lassen, wenn ich wieder an Land bin? Ich erwog dieses Problem sorgfältig. Ich erwog es fünf Monate lang und kam unterdessen überhaupt nicht mit dem Alkohol in Berührung. Und die Erfahrungen dieser Zeit ließen mich gewisse Schlüsse ziehen.

Erstens bin ich überzeugt, daß nicht einer von zehntausend, ja nicht einer von hunderttausend Männern mit einer organischen Veranlagung zum Trinken geboren ist. Das Trinken ist meiner Ansicht nach nichts als eine geistige Angewohnheit. Es geht damit nicht wie mit Tabak, Kokain, Morphium oder sonst einer dieser unzähligen Drogen. Das Verlangen nach Alkohol ist einzig und allein geistigen Ursprungs. Es ist eine Angelegenheit geistigen Trainings und Wachstums, ist großgezogen in der Geselligkeit. Von einer Million Trinker hat nicht einer allein angefangen zu trinken. Alle Trinker trinken zuerst in Gesellschaft, und dieses Trinken hat stets Folgen von allergrößter sozialer Reichweite, wie ich es im ersten Teil meiner Erinnerungen aus eigener Erfahrung geschildert habe. Diese sozialen Folgen sind die Grundlage für die Gewohnheit des Trinkens. Die Rolle, die der Alkohol selbst spielt, ist unbedeutend im Vergleich mit dem Anteil der sozialen Atmosphäre, in der das Trinken stattfindet. Selten wird heute ein Mensch geboren, dessen Organismus ohne lange Übung in Gesellschaft von Trinkern einen unstillbaren Drang nach Alkohol verspürt. Ich nehme zwar an, daß solche Individuen geboren werden, habe aber selbst nie eines getroffen.

Auf dieser fünf Monate langen Reise fühlte ich bei allen sonstigen leiblichen Bedürfnissen nie den leisesten Drang nach Alkohol, und da wurde mir klar, daß dieser Drang rein mental und sozial war. Wenn ich an Alkohol dachte, fielen mir im selben Augenblick gute Kameraden ein. Dachte ich an gute Kameraden, so kam mir sofort der Alkohol in den Sinn. Kameradschaft und Alkohol waren siamesische Zwillinge. Sie waren unzertrennlich.

Lag ich zum Beispiel auf meinem Deckstuhl, las ich oder unterhielt mich mit andern, so weckte tatsächlich jede Erwähnung irgendeines Teiles der Welt sofort die Erinnerung an Trinken und gute Kameraden in mir. Große Tage, Nächte und Augenblicke, alle von Purpur und Freiheit überglänzt, tauchten vor mir auf. „Venedig“ starrt mir von der gedruckten Seite entgegen, und ich erinnere mich der Cafétische auf den Bürgersteigen. „Die Schlacht von Santiago“ – und ich: „Ja, ich war mit dabei!“ Aber ich sehe nicht den Walplatz vor mir, nicht den Kettleberg oder den Friedensbaum. Was ich sehe, ist das Café Venus an der Plaza von Santiago, wo ich eine bewegte Nacht hindurch mit einem sterbenden Schwindsüchtigen sprach und trank.

„Londoner East End“ lese ich, oder jemand spricht davon; und zu allererst ersteht vor meinen Augen das Bild der strahlenden Wirtshäuser, und in meinen Ohren ertönt das Echo der Rufe: „Zwei Bittere!“ und „Drei Whiskys!“ „Quartier Latin“ – auf einmal bin ich in den Studenten-Kabaretts, sehe lustige Gesichter und kühne Geister um mich her, und wir nippen den kühlen, gut gemischten Absinth, und während unsere Stimmen steigen und sich aufschwingen, erörtern wir Gott und Kunst, Demokratie und alle Probleme des Lebens.

In einem Pampero auf dem La Plata zerbrachen wir uns den Kopf, ob wir Buenos Aires, das „Paris Südamerikas“, anlaufen sollen, falls wir Havarie erleiden, und ich sehe vor mir die sonnenbeschienenen Versammlungsstätten der Männer, die freudig erhobenen Gläser, das Singen und Summen lustiger Stimmen. Vorm Nordostpassat im Stillen Ozean versuchen wir unsern sterbenden Kapitän zu überreden, Honolulu anzulaufen, und wie ich mit ihm rede, sehe ich mich wieder an den kühlen Lanais und Fizzes draußen in Waikiki, wo die Brandung sich bricht, Cocktails trinken. Irgend jemand spricht davon, wie man in den San Franciscoer Restaurants Wildenten kocht, und das versetzt mich plötzlich wieder mitten in das Licht und das Klirren von vielen Tischen, wo ich alte Freunde durch den goldenen Schimmer langgestielter Rheinweingläser betrachte. – Und so erwog ich also das Problem. Nein, sollte ich all diese schönen Stellen der Erde wiedersehen, dann nur so wie einst: Das Glas in der Hand! Es liegt ein Zauber in diesen Worten. Sie bedeuten mehr, als alle Wörter eines Wörterbuches bedeuten können. Mein Geist hat sich an den Alkohol gewöhnt, ist ihm mein ganzes Leben lang angepaßt worden, und jetzt ist er ein Teil des Stoffes, aus dem ich selbst bestehe. Ich liebe den sprühenden Witz, das ausgelassene Lachen, die klangvollen Stimmen der Männer, wenn sie, das Glas in der Hand, die graue Welt abschütteln und ihr Hirn mit allem Scherz, aller Freude eines beschleunigten Pulses füllen.

Nein, entschied ich: Ich trinke weiter, wenn ich Gelegenheit dazu habe. Alle Bücher vor mir auf den Regalen, alle Gedanken der großen Denker, von meinem persönlichen Temperament beleuchtet, zur Hand, beschloß ich kühl und wohlüberlegt fortzufahren, wie ich es jetzt gewohnt war. Ich wollte trinken – nur bedächtiger, vorsichtiger als bisher. Nie mehr wollte ich einem wandernden Feuerbrand gleichen, nie mehr die Weiße Logik anrufen! Ich hatte gelernt, wie man es vermeidet, sie anzurufen. Jetzt liegt die Weiße Logik begraben neben der langen Krankheit. Keine von beiden wird mich je wieder überfallen. Es ist viele Jahre her, seit ich die lange Krankheit begrub; ihr Schlaf ist gesund. Und ebenso gesund ist der Schlaf der Weißen Logik. Aber jetzt kann ich wohl sagen: Ich wünschte, meine Vorfahren hätten König Alkohol lange vor meiner Zeit in Bann getan. Ich bedaure es, daß er in der Gemeinschaft blüht und gedeiht, in der ich geboren bin, so daß ich seine Bekanntschaft machen mußte und lange innig mit ihm verkehrt habe.